벨벳 속의 발톱

얼 스탠리 가드너 지음 — 하현길 옮김

The Case of the Velvet Claws

거짓말쟁이. 당신은 진실을 말할 수가 없는 사람이에요.

문학수첩

페리 메이슨
변호사

델라 스트리트
메이슨의 비서

폴 드레이크
사립 탐정, 메이슨의 친구

이바 그리핀
의뢰인

1

가을 햇살이 유리창에 쏟아지고 있었다.

페리 메이슨은 커다란 책상 앞에 앉아 있었다. 그는 뭔가를 기다리는 듯했다. 체스판을 열심히 들여다보는 체스 선수처럼 온화한 표정에는 거의 변화가 없었다. 오로지 눈에서만 감정의 변화를 발견할 수 있었다. 메이슨은 사색가인 동시에, 대결 상대가 자신이 원하는 위치에 딱 들어설 때까지 기다리다가 강력한 한 방을 날려 끝장내버리는 투사의 인상을 주었다. 가죽 장정의 책으로 가득 찬 책장이 사방의 벽을 따라 죽 늘어서 있었다. 한쪽 구석에 커다란 금고가 있었고, 메이슨이 앉은 회전의자 외에도 의자가 두 개 더 있었다. 사무실은 주인의 개성을 그대로 반영하듯 깔끔하면서도 엄격하리만치 효율적인 분위기를 풍겼다.

대기실로 통하는 문이 열리고 비서인 델라 스트리트가 재빨리 들어와 등 뒤로 문을 닫았다.

"어떤 여자가 찾아왔는데요, 자신을 이바 그리핀이라고 소개하네요."

페리 메이슨은 침착한 눈길로 비서를 바라봤다.

"그렇지 않다고 생각하는 모양이군?"

그녀는 고개를 가로저었다.

"제가 보기엔 거짓말 같아요. 전화번호부에서 그리핀이라는 성을 찾아봤는데 그중에 그녀가 알려준 주소에 살고 있는 사람은 없었어요. 시민 인명록을 뒤져봐도 마찬가지였고요. 그리핀이라는 성을 가진 사람들은 많지만 이바 그리핀은 없었어요. 그녀가 말한 주소로도 단서를 찾을 수 없었고요."

"주소가 어떻게 되지?"

"그로브 스트리트 2271번지요."

메이슨은 메모지에 주소를 받아 적었다.

"만나보지."

"그러세요. 그녀가 거짓말하는 것처럼 보인다고 소장님께 미리 알려드리고 싶었을 뿐이에요."

델라 스트리트는 스물일곱 살가량의 젊은 아가씨였는데, 날씬한 몸매에 침착한 눈매를 지니고 있었다. 무엇 하나 허투루 보지 않는 날카로운 눈은 모든 것을 주의 깊게 살피고, 겉으로 드러난 것보다 훨씬 더 깊은 곳까지 꿰뚫어 본다는 인상을 주었다.

델라는 완강한 태도로 문가에 서서 메이슨을 응시했다.

"일을 맡더라도 그녀의 실체부터 알아내셨으면 해요."

"직감인가?" 메이슨이 물었다.

"그렇게 부르고 싶으시다면요." 델라가 미소를 지으며 대꾸했다.

메이슨은 고개를 끄덕였다. 표정은 전혀 변하지 않았다. 단지 눈동자에만 주의하는 기색이 살짝 감돌았을 뿐이었다.

"좋아, 들여보내요. 내가 직접 알아보도록 하지."

델라는 밖으로 나가며 문을 닫았지만 손잡이를 놓지는 않았다. 잠시 후, 손잡이가 돌아가고 문이 열리며 자신감으로 똘똘 뭉친 여자가 사무실 안으로 들어섰다.

삼십 대 초반, 어쩌면 이십 대 후반으로 보이는 여자로, 단정하게 차려입고 있어 대단히 잘 가꿨다는 인상을 주었다. 그녀는 책상 너머에 앉은 사내를 보기에 앞서 사무실 내부를 평가하듯 재빨리 훑어봤다.

"이리 와서 앉으시죠." 메이슨이 말했다.

그제야 그를 본 그녀의 얼굴에는 살짝 못마땅한 기색이 어렸다. 방에 들어왔을 때 자신이 여성이며 귀중한 손님이라는 걸 알아보고 곧바로 자리에서 일어서서 경의를 표하기를 기대했던 모양이다.

그녀는 앉으라는 메이슨의 권유를 잠시 무시하려는 것 같았지만 이내 책상 맞은편 의자로 걸어가 앉으며 그를 똑바로 쳐다봤다.

"무슨 일로 오셨습니까?" 메이슨이 물었다.

"변호사 메이슨 씨죠?"

"그렇습니다."

신중하게 평가하며 메이슨을 이리저리 살펴보던 파란 눈동자가 갑자기 무언가로 잡아당기기라도 한 듯 커졌다. 그러자 놀라울 정도로 순진무구한 얼굴이 되었다.

"곤경에 처했어요."

이런 일이 매일같이 있어 조금도 놀랄 게 없다는 듯 메이슨은 담담하게 고개를 끄덕였다.

그녀가 말을 잇지 않자, 대신 메이슨이 말했다.

"이곳을 찾아오는 사람들 대부분이 그렇죠."

"당신은 쉽게 이야기를 털어놓을 수 없는 사람이로군요. 제가 만나본 변호사들은 대부분⋯⋯." 그녀는 거기까지 말하고 다시 입을 다물어버렸다.

페리 메이슨은 그녀를 바라보며 슬며시 미소를 지었다. 천천히 의자에서 일어선 그는 두 손으로 책상 끝을 짚은 채, 기울인 상체가 그녀 쪽으로 향하도록 양손에 무게를 실었다.

"네, 무슨 말씀인지 압니다. 당신이 상담했던 변호사들 대부분은 으리으리한 사무실에 앉아 있었겠죠. 바삐 드나드는 직원들도 많았을 겁니다. 그들에게 상당히 거금을 지불했지만 그에 상응하는 대가는 거의 얻지 못했을 거고요. 당신이 사무실을 찾아가면 그들은 연신 허리를 굽실거리고 뭔가를 찾는 시늉을 하며 엄청난 의뢰비를 요구했겠죠. 하지만 정말로 곤경에 처했다면 다시는 그런 곳을 찾아가고 싶지 않을 겁니다."

크게 뜬 그녀의 눈이 약간 가늘어졌다. 잠시 동안 두 사람은 서로를 빤히 바라보았고, 이내 그녀가 눈길을 떨구었다.

메이슨은 천천히, 목소리를 전혀 높이지 않으면서도 힘 있게 말을 이었다.

"그렇지만 전 다릅니다. 의뢰를 위해 싸우고, 제 의뢰인을 위해 싸우기 때문에 사건을 수임합니다. 아직까지 법인 조직에 관한 의뢰를 맡겼던 사람도 없었고, 유언장을 공증해본 적도 없습니다. 이 일을 시작하고 나서 작성한 계약서는 열두 건도 되지 않았고요. 원금을 갚지 않는 저당물의 담보권을 어떻게 행사하는지는 알고 싶지도 않습니다. 사람들은 제 눈매가 마음에 들어서라든가, 제 사무실의 인테리어가 훌륭해서라든가, 클럽에서 알고 지낸 사이라서 절 찾아오는 게 아닙니다. 제가 필요하기 때문에 찾아오는 거죠. 제가 할 수 있는 일을 시키려고 고용하고 싶어 찾아온다는 말입니다."

그의 말이 끝나자 그녀가 올려다봤다.

"당신이 하는 일이 뭔데요, 메이슨 씨?"

메이슨은 한마디를 내뱉었다.

"전 싸웁니다!"

여자는 힘차게 고개를 끄덕였다.

"제가 부탁하고 싶은 게 바로 그거예요."

메이슨은 다시 회전의자에 앉아 담배를 물었다. 두 개의 개성이 맞부딪치며 만들어낸 강한 뇌우가 사라지기라도 한듯 실내 공기가 맑아졌다.

"자, 탐색전에 시간을 너무 허비했군요. 본론으로 들어가서, 원하는 게 무엇인지 말씀해주시겠습니까? 먼저 당신이 누구인지, 그리고 어떻게 절 찾아오게 되었는지 말씀해주시죠. 그런 식으로 시작하는 게 편할 겁니다."

그녀는 여러 번 연습하고 오기라도 한 듯 속사포처럼 말을 쏟아내기 시작했다.

"전 이바 그리핀이에요. 결혼했고요. 그로브 스트리트 2271번지에 살아요. 지금까지 일을 맡겨왔던 변호사들과는 상의하기 곤란한 문제가 생겼어요. 이름을 밝히지 말아달라고 요청한 어떤 친구가 당신에 대해 말해줬고요. 그 친구 말에 따르면 당신은 단순한 변호사 이상이라더군요. 직접 뛰쳐나가 일을 해치운다면서요." 그녀는 잠시 말을 멈췄다가 물었다. "사실인가요?"

메이슨은 고개를 끄덕였다.

"대체로 사실입니다. 보통 변호사들은 담당한 사건을 진행하기 위해 직원과 탐정을 고용하며 증거 같은 걸 찾아내죠. 전 그렇게 하지 않습니다. 제가 다루는 사건들은 쉽게 다른 사람에게 맡길 만한 종류가 아니거든요. 전 사건을 많이 수임하지는 못하지만 수임료를 많이 받고, 대체로 좋은 결과를 내고 있습니다. 제가 탐정을 고용하는 경우는 단 한 가지뿐인 진실을 밝혀내기 위해서입니다."

그녀는 간절한 마음을 담아 빠른 속도로 고개를 끄덕였다. 두 사람 사이의 긴장이 풀린 지금, 얼른 자신의 이야기를 털어놓고 싶은 모양이었다.

"어젯밤 '비치우드 인'에서 벌어진 무장 강도 사건에 대해 신문에서 읽으셨나요? 그렇다면 아시겠지만, 손님 일부는 식당 홀에 있었고 나머지는 따로 분리된 별실에 있었어요. 어떤 남자가 손님들을 상대로 강도질을 하려고 했고, 누가 그자를 총으로 쐈죠."

메이슨은 고개를 끄덕였다.

"읽었습니다."

"제가 그 자리에 있었어요."

이번에는 그가 어깨를 으쓱하며 물었다.

"누가 총을 쐈는지 알고 있습니까?"

그녀는 잠시 눈길을 피했다가 이내 메이슨과 시선을 마주쳤다.

"아니요."

메이슨은 눈을 가늘게 뜨며 험악한 표정으로 그녀를 노려봤다. 그녀는 잠시 맞서다가 곧 눈길을 떨구었다. 메이슨은 그녀가 자신의 물음에 대답하지 않았다는 듯 계속 기다렸다.

잠시 후, 그녀는 고개를 들고 거북한 듯 의자에서 몸을 꼼지락거렸다.

"당신을 변호사로 선임하려면 역시 사실대로 말씀드려야겠군요. 네, 알아요."

메이슨은 고개를 끄덕였는데, 그건 그녀의 대답에 대한 확인이라기보다는 만족감이 묻어난 것처럼 보였다.

"계속하시죠." 메이슨이 말했다.

"우린 얼른 그곳을 빠져나가려고 했지만 그럴 수가 없었어요. 출입구마다 경찰관이 가로막고 있었거든요. 누군가 강도 사건이 벌어지고 총격이 있기 전에 경찰에 신고를 한 것 같았어요. 우리가 나가기 전에 경찰이 그곳을 봉쇄한 걸 보면요."

"'우리'라니 누구를 말하는 겁니까?" 메이슨이 물었다.

그녀는 자신의 구두코를 빤히 내려다보다가 중얼거리듯 대답했다. "해리슨 버크요."

메이슨이 느릿하게 말했다. "이번에 입후보한 해리슨 버크를 말하는……."

"맞아요." 그녀는 메이슨이 해리슨 버크에 관해 또 다른 말을 덧붙이는 걸 방해하듯 딱 잘라 말했다.

"그 사람과 거기서 뭘 하고 있었죠?"

"저녁 식사를 하고 춤을 췄어요."

"그렇군요."

"음, 우린 별실로 돌아가서 경찰들이 현장에 있었던 목격자들의 이름을 받아 적기 시작할 때까지 눈에 띄지 않도록 주의하고 있었어요. 이번 사건을 담당한 경사는 해리슨의 친구였는데, 우리가 그곳에 있었다는 사실을 언론에서 알게 되면 해리슨에게 치명적이라고 판단했죠. 그래서 모든 일이 끝날 때까지 우린 별실에 있게 해주고, 나중에 뒷문으로 빼돌려 줬어요."

"다른 사람에게 들키지는 않았습니까?"

그녀는 고개를 저었다. "제가 아는 한 들키지 않았어요."

"좋습니다. 거기서부터 계속 말씀하시죠."

그녀는 메이슨을 올려다보다가 느닷없이 물었다. "프랭크 로크를 아시나요?"

메이슨은 고개를 끄덕였다. 《스파이시 비츠》의 편집국장 말씀하시는 겁니까?"

그녀는 입술이 일자가 되도록 꽉 다물고, 말없이 고개만 끄덕였다.

"그자는 왜요?" 메이슨이 물었다.

"그 사람이 그 사실을 알고 있어요."

"그걸 보도하려고 하는 겁니까?"

그녀는 고개를 끄덕였다.

페리 메이슨은 책상 위에 놓인 문진을 만지작거렸다. 그의 손가락은 길고 끝이 갸름하여 보기 좋은 모양을 하고 있었으나, 손끝에는 만족스러울 만큼 힘이 어려 있었다. 유사시에는 무엇이든 꽉 쥐어 박살 낼 수 있을 것 같았다.

"그 친구를 매수할 수도 있을 텐데요." 메이슨이 말했다.

"안 돼요, 전 할 수 없어요. 당신이 해줘야 해요."

"해리슨 버크가 하면 되지 않을까요?"

"어떤 상황인지 이해가 안 가세요? 해리슨 버크가 유부녀와 함께 비치우드 인에 있었다는 건 변명이라도 할 수 있죠. 하지만 스캔들이나 다루는 신문 나부랭이가 어떤 사실을 폭로하는 걸 막으려고 입막음할 돈을 지불했다는 건 절대로 변명할 수 없을 거라고요. 해리슨은 이 일에 연루되면 안 돼요. 그들이 해리슨을 함정에 빠뜨릴지도 모르니까요."

메이슨은 손가락으로 책상 윗면을 가볍게 두들겼다.

"부인께선 제가 그 친구를 매수하길 바라는 겁니까?"

"네, 당신이 해주면 좋겠어요."

"얼마나 많이 지불하실 겁니까?"

그녀는 메이슨의 말이 떨어지기 무섭게 상체를 앞으로 쑥 내밀며 재빨리 말했다.

"미리 말씀드릴 게 있어요. 명심하셔야 하는데, 제가 어떻게 알고 있는지는 묻지 마세요. 전 당신이 프랭크 로크를 매수할 수 있으리라고는 생각하지 않아요. 그런 사람은 두어 수는 앞서서 대처하지 않으면 안 되니까요. 프랭크 로크는 《스파이시 비츠》의 소유자처럼 행세하고 있어요. 그 신문이 어떤지는 잘 알고 계시죠? 남의 흠을 잡아내 협박하는 일이 전부인 신문이라고요. 벌건 눈을 하고선 시중에 떠도는 그런 정보란 정보는 다 긁어모으고 있죠. 하지만 프랭크 로크는 허수아비일 뿐이에요. 누군가가 그 사람 뒤에 있어요. 그를 손아귀에 꽉 움켜쥔 사람이요. 정말로 신문사를 소유하고 있는 누군가 말이에요. 협박죄와 명예훼손죄로 소송에 걸리지 않도록 손을 써주는 좋은 변호사를 두고 있고요. 그럼에도 일이 잘못된다면, 프랭크 로크가 비난을 뒤집어쓰는 거죠."

그녀는 하던 말을 멈췄다. 아주 잠시 침묵이 흘렀다.

"듣고 있으니 말씀을 계속하시죠." 페리 메이슨이 말했다.

그녀는 잠시 입술을 깨물고 있다가 다시 얼굴을 들고 방금과 같이 빠른 어조로 말했다.

"해리슨이 그곳에 있었다는 걸 그들이 눈치챘어요. 함께 있었던 여자가 누구인지는 지금도 모르지만요. 하지만 그들은 해리슨이 그곳에 있었다는 기사를 실어 경찰이 그를 목격자로 소환할 것을 요구하려고 해요. 게다가 총격 사건에 좀 미심쩍은 면이 있어요. 누군가가 이 사람을 함정에 빠뜨리려고 무장 강도 사건을 벌이고, 체포된 범인이 경찰의 신문을 받지 못하도록 사살한 것처럼 보이거든요. 경찰과 지방 검사는 그곳에 있었던 모든 사람들을 조사할 방침인 것 같아요."

"그들이 부인은 신문하지 않겠습니까?"

그녀는 고개를 저었다.

"네, 저는 내버려둘 거예요. 제가 그곳에 있었다는 건 아무도 모르니까요. 담당 경사는 해리슨이 그곳에 있었다는 걸 알고 있지만, 그게 다예요. 전 경사에게 가명을 알려줬거든요."

"그래서요?"

"모르시겠어요? 《스파이시 비츠》가 압력을 가하면 경찰은 해리슨을 신문하지 않을 수 없을 거라고요. 그러면 해리슨은 함께 있었던 여자가 누구였는지 털어놓을 수밖에 없겠죠. 그렇지 않으면 실제보다 더 나쁘게 비칠 거고요. 사실, 우리가 그곳에 함께 있었다는 게 잘못된 건 아니죠. 우리에겐 그럴 권리가 있었으니까요."

메이슨은 잠시 동안 손가락으로 책상 윗면을 가볍게 두들기다가 그녀를 빤히 쳐다봤다.

"좋습니다, 이 문제에 관해 오해의 소지가 없도록 확실히 해두고 싶군요. 부인은 해리슨 버크의 정치 경력을 구하려는 건가요?"

그녀는 의미심장한 눈길로 메이슨을 쳐다봤다.

"아니요, 이 점에 있어서 어떤 오해도 없으면 좋겠네요. 전제 자신에게 피해가 오지 않았으면 해요."

메이슨은 다시 한참 동안 손가락으로 책상을 두들기다가 겨우 입을 열었다.

"돈이 좀 들 겁니다."

그녀는 핸드백을 열었다.

"그럴 것 같아 마련해 왔어요."

메이슨은 지폐를 세어 책상 가장자리에 나란히 쌓아놓는 그녀를 지켜봤다.

"그게 뭡니까?"

"당신에게 줄 수수료예요. 이 일에 관한 비밀을 유지하는 데 얼마나 들지 확실해지면 제게 다시 연락해주세요."

"어떻게 연락하면 됩니까?"

"《이그재미너》에 'E. G. 협상을 맺을 준비가 됐다'라는 문구와 함께 당신의 머리글자가 적힌 광고를 실어주세요. 그럼 제가 사무실로 찾아올 테니까요."

"별로 마음에 들지 않는데요. 전 협박자에게 돈을 지불하는 걸 좋아하지 않으니까요. 일을 맡는다면 다른 방식으로 하고 싶습니다."

"다른 방식이라는 게 있을까요?"

메이슨은 어깨를 으쓱했다. "지금은 알 수 없습니다만, 때론 다른 방법이 생기기도 하거든요."

그녀는 희망을 담아 말했다. "프랭크 로크에 관해 한 가지 말씀드릴 게 있어요. 그자는 자신이 과거에 저지른 일을 두려워해요. 그게 정확히 무슨 일인지는 모르겠어요. 아마도 교도소에 수감된 적이 있거나, 뭐 그런 비슷한 일인 것 같긴 해요."

메이슨은 그녀를 똑바로 쳐다봤다.

"그자를 잘 알고 계신 것 같군요."

그녀는 고개를 저었다.

"전 그 사람을 한 번도 본 적 없어요."

"그런데 어떻게 그 사람에 관해 잘 알고 있는 겁니까?"

"어떻게 아는지 묻지 말아달라고 말씀드렸는데요."

메이슨은 강인한 손가락으로 책상 가장자리를 연신 두들겼다.

"제가 해리슨 버크를 대리한다고 밝혀도 될까요?"

그녀는 단호하게 고개를 가로저었다.

"누구를 대리한다고 해서는 절대로 안 돼요. 그러니까, 어떤 이름도 대서는 안 된다는 거예요. 당신은 그렇게 하는 방법을 알고 계시잖아요. 전 모르지만."

"언제부터 일에 착수하면 되겠습니까?"

"지금 당장요."

페리 메이슨은 책상 옆에 부착된 버튼을 눌렀다. 곧 대기실로 통하는 문이 열리더니 델라가 노트를 들고 들어왔다.

의자에 앉아 있던 여자는 초연하고 무심한 분위기를 풍기며 의자 등받이에 기댔다. 비서 따위 앞에서 이야기할 주제가 아니라는 듯한 태도였다.

"부르셨어요?" 델라가 물었다.

메이슨은 책상 오른쪽 맨 위 서랍으로 손을 넣어 편지 한 장을 꺼냈다.

"이 편지, 다 좋은데 한 가지 덧붙이고 싶어. 펜으로 내용을 적어줄 테니 타이핑해줘요. 난 중요한 일이 생겨 외출할 겁니다. 언제 사무실로 돌아올지는 아직 모르겠고."

"제 쪽에서 소장님께 연락할 방법이 있을까요?"

메이슨은 고개를 가로저었다. "내가 연락하도록 하죠."

메이슨은 편지를 앞으로 끌어당겨 여백에 뭔가를 끄적거렸다. 델라는 잠시 머뭇거리다가 책상을 돌아 메이슨의 어깨 너머로 내용을 들여다봤다.

메이슨은 편지에 이렇게 썼다. "대기실로 나가면 드레이크 탐정 사무소에 전화를 걸어서 폴 드레이크를 찾아. 그에게 이 여자가 사무실을 떠나면 미행해달라고 해줘요. 여자가 눈치채면 안 된다고 단단히 주의를 주고. 여자의 정체를 알아내야 한다고, 그리고 중요한 일이라고도 강조하고."

메이슨은 압지를 들어 방금 쓴 내용을 잘 누른 뒤 델라에게 건넸다.

"이건 즉시 처리해줘요. 나가기 전에 서명할 수 있도록."

델라는 자연스럽게 편지를 받아 들었다. "알겠습니다." 그러고는 사무실을 나갔다.

페리 메이슨은 의자에 앉은 여자 쪽으로 고개를 돌렸다.

"이 일에 얼마까지 쓸 수 있는지 알아야겠습니다."

"얼마 정도가 적당하다고 생각하시나요?" 그녀가 물었다.

"단 한 푼도요." 메이슨은 딱 잘라 말했다. "협박자 따위에게 돈을 지불하는 건 좋아하지 않습니다."

"알고 있어요." 그녀가 아는 척했다. "하지만 이런 일을 처리한 경험이 있을 텐데요?"

"《스파이시 비츠》는 상대방으로부터 짜낼 수 있는 한 최대한 짜내려고 들 겁니다. 제가 알고 싶은 건 최대치가 얼마냐는 거죠. 녀석들이 지나치게 많이 원하면 제가 질질 끌 겁니다. 녀석들이 제법 합리적으로 나온다면 빠르게 처리할 수 있을 거고요."

"최대한 빨리 처리해주셔야 해요."

"그렇다면 생각하고 말고 할 여지가 없군요. 얼마나 많이 내놓을 수 있습니까?"

"5천 달러까지는 가능해요." 그녀가 조심스럽게 말했다.

"해리슨 버크는 정계에 몸담고 있습니다. 들은 바로는 심심풀이로 정치를 하는 게 아니더군요. 개혁파로서 선거에 나서고 있고, 그 사람 후원자들은 반대파의 후원자들보다 훨씬 더 부유하고요."

"무슨 말씀을 하시려는 거예요?" 그녀가 물었다.

"《스파이시 비츠》는 5천 달러 정도를 껌값으로도 여기지 않을 거라는 사실을 지적하는 겁니다."

"비상시에는 9천, 어쩌면 만 달러까지 줄 수 있어요."

"비상 상황이 될 겁니다."

그녀는 아랫입술을 깨물었다.

"상황이 돌변해서 신문에 광고가 실릴 때까지 기다릴 수 없는 경우, 부인과 연락할 수 있는 방법이 필요하면 어떡하죠? 어디로 연락하면 될까요?"

메이슨의 말이 떨어지기가 무섭게 그녀는 단호하게 고개를 저었다.

"그렇게는 할 수 없어요. 이것만은 꼭 이해해주셔야 해요. 제 주소로 찾아오시면 안 돼요. 전화도 안 되고요. 제 남편이 누구인지 알려고도 하지 마세요."

"남편분과 함께 살고 계신가요?"

그녀는 매서운 눈길로 메이슨을 노려봤다.

"당연하죠. 그렇지 않으면 제가 어디에서 돈을 손에 넣겠어요?"

대기실로 통하는 문에서 노크 소리가 들리고, 델라 스트리트가 머리와 어깨를 안으로 들이밀었다.

"원하실 때 언제든지 서명하실 수 있도록 편지를 작성해두었습니다, 소장님."

메이슨은 의자에서 일어서서 여자를 의미심장한 눈길로 쳐다봤다.

"좋습니다, 그리핀 부인. 최선을 다하겠습니다."

여자는 의자에서 일어나 문 쪽으로 한 걸음 내딛다가 멈춰서서 책상 위에 놓인 돈을 내려다봤다.

"저 돈, 영수증을 받을 수 있을까요?" 그녀가 물었다.

"필요하시다면 써드려야죠."

"받아두고 싶어요."

"좋습니다." 메이슨이 의미심장한 어조로 대구했다. "의뢰비 조로 수령한 돈에 대하여 페리 메이슨의 서명이 들어가고 이바 그리핀 앞으로 발행된 영수증을 부인의 핸드백 안에 넣어두어도 괜찮으시다면, 당연히 만들어드려야죠."

그녀는 이마를 찌푸렸다. "그런 식으로 영수증을 작성하지 않았으면 좋겠어요. 영수증 소지자가 의뢰비로 미리 약속된 액수를 당신에게 지불했다는 내용으로 만들어주세요."

메이슨은 떨떠름한 표정을 지으며 두 손으로 재빨리 지폐 뭉치를 들어 올리고는 델라에게 흔들어 보였다.

"델라, 이 돈을 받아둬요. 회계장부에 그리핀 부인의 이름을 기입하고, 쪽 번호 아래쪽에 기재된 계좌로 500달러가 입금되면 그 내역도 적어두고. 그 금액이 계약금으로 지불되었다는 점도 표시해줘요."

"수임료 총액이 얼마나 될지 말해줄 수 있나요?" 여자가 물었다.

"제가 일을 얼마나 해야 하느냐에 달려 있죠. 상당히 고액이긴 하겠지만 과하다 싶진 않을 겁니다. 결과에 따라 달라질 테니까요."

그녀는 고개를 끄덕이고는 잠시 주저하다가 말했다.

"이곳에서 볼 일은 끝난 것 같군요."

"비서가 영수증을 드릴 겁니다."

그녀는 메이슨에게 미소를 지어 보였다.

"안녕히 계세요."

"살펴 가십시오."

그녀는 대기실로 통하는 문 앞에서 걸음을 멈추고 고개를 돌려 메이슨을 쳐다봤다. 메이슨은 그녀에게 등을 돌리고 양손을 주머니 속에 찔러 넣은 채 창밖을 내다보고 있었다.

"이쪽으로 오시죠." 델라가 그렇게 말하고, 문을 닫았다.

페리 메이슨은 오 분 가까이 도로를 멍하니 내다봤다. 그때, 대기실로 통하는 문이 다시 열리더니 델라 스트리트가 사무실로 들어왔다.

"그 여자는 갔어요."

메이슨은 홱 돌아서서 델라와 얼굴을 마주했다.

"왜 그녀가 거짓말을 한다고 생각했지?"

델라는 메이슨의 눈길을 피하지 않고 똑바로 쳐다봤다.

"제 눈에는 그 여자가 문제를 일으킬 것처럼 보였어요."

메이슨은 널찍한 어깨를 으쓱했다.

"내게는 계약금 500달러를 현금으로 내는 사람으로 보이던데? 사건이 해결되면 수임료로 1500달러를 더 낼 사람으로 말이야."

델라는 약간 감정이 상한 목소리로 말했다. "그 여자는 사기꾼이에요. 정직하지 않다고요. 자신만 안전할 수 있다면 어느 누구라도 배신할 수 있고, 자기 잇속이나 차리는 뺀질뺀질한 사람이란 말이에요."

메이슨은 그녀를 찬찬히 살피듯 쳐다봤다.

"델라는 계약금으로 500달러나 지불하는 유부녀를 못 믿겠다는 투로군? 그 여자는 의뢰인이야."

델라는 고개를 가로저었다. "제가 말하려는 건 그게 아니에요. 그 여자에게서 뭔가 거짓된 기운이 풍긴다는 거죠. 조금 전만 하더라도 그녀는 뭔가를, 소장님이 꼭 아셔야 할 뭔가를 숨기고 있었다고요. 솔직히 털어놓으면 일이 훨씬 수월해질 텐데 아무것도 알지 못하는 채로 문제를 처리하도록 소장님을 내몰고 있단 말이에요."

메이슨이 어깨를 으쓱했다.

"그 여자가 일을 수월하게 해주는지 어떤지를 왜 신경 써야 하지? 그 여자는 내 시간에 비용을 지불하는 사람이라고. 내가 투자하는 건 시간이 전부인데."

델라가 천천히 말했다. "소장님께서 투자하는 게 시간뿐이라고 확신하세요?"

"아닐 이유라도 있나?"

"왠지는 모르지만 그 여자는 위험해요. 자기 이익만 챙기면 소장님을 곤경에 빠뜨려놓고 그대로 가버릴 사람인 건 분명해요."

메이슨의 표정은 변함없었지만 눈동자는 반짝거렸다.

"그거야 내가 감당해야 할 위험이지. 의뢰인이 내게 성실하길 기대하지는 않아. 그들은 내게 돈을 지불해. 그걸로 됐지, 뭐."

델라는 뭔가 아쉬운 듯 다정한 눈길로 그를 잠자코 쳐다봤다. "의뢰인이 아무리 불성실하더라도 소장님은 성실하게 대하려고 애쓰시잖아요."

"당연하지. 그게 내 의무니까."

"소장님의 직업에 대한 의무인가요?"

"아니, 나 자신에 대한 의무지. 난 돈을 받고 싸우는 검투사야. 의뢰인을 위해 싸운단 말이지. 의뢰인 대부분은 정직한 사람이 아니야. 그렇기 때문에 내게 의뢰를 하는 거고. 의뢰인들은 스스로 파놓은 함정에 빠져 허우적거려. 그들을 함정에서 벗어나게 해주는 게 나고. 난 의뢰인들에게 정직해야 해. 그들은 내게 항상 정직하지 않더라도 말이야."

"공정하지 않잖아요!" 델라가 쏘아붙였다.

"당연히 공정하지 않지. 그게 일인데 어쩌겠어?" 메이슨이 씩 웃었다.

델라는 어깨를 으쓱하곤 순식간에 자신의 업무로 되돌아가서 말했다. "그 여자가 사무실을 나서자마자 미행해주길 소장님께서 원하신다고 사립 탐정에게 전했어요. 틀림없이 기다리고 있다가 실수 없이 하겠다고 하더군요."

"폴 드레이크 본인에게 직접 말했겠지?"

"물론이죠, 그렇지 않았다면 모든 게 잘됐다고 말씀드리지 않았을 거예요."

"좋아, 계약금 중에서 300달러는 은행에 예금하고 200달러는 가지고 나갈 수 있도록 해줘. 그 여자가 정말로 누구인지 알아내면 비장의 무기를 확보할 수 있겠군."

델라는 대기실로 되돌아갔다가 현금 200달러를 가지고 돌아와 메이슨에게 건넸다. 그는 델라에게 미소를 지었다.

"당신은 좋은 여자야, 델라. 다른 여자들에 관해 재미있는 생각을 하곤 하지만 말이야."

델라는 메이슨 쪽으로 휙 돌아섰다.

"그 여자가 싫어요! 그 여자가 밟고 서 있는 땅까지 싫다고요! 그냥 싫다는 게 아니에요. 어쩐지 불길한 일이 일어날 것 같은 예감이 든다니까요."

메이슨은 두 발을 넓게 벌리고 서서 양손을 주머니에 찔러 넣은 채 델라를 빤히 쳐다봤다.

"그 여자를 왜 그리 싫어하는 거야?" 메이슨은 흥미가 가득한 목소리로 물었다.

"그 여자의 모든 게 싫어요! 전 무엇이든 손에 넣으려면 일을 해야만 했어요. 일하지 않고 손에 넣은 건 지금껏 하나도 없었죠. 게다가 열심히 했지만 아무것도 얻지 못한 적도 여러 번 있었고요. 그 여자는 평생 단 한 번도 뭔가를 얻기 위해 노력해본 적이 없는 사람일 거예요! 손에 넣은 것에 대해 대가를 치르려 하지 않죠. 자기 자신에게조차도요."

메이슨은 생각에 잠기면서 입술을 오므렸다.

"단 한 번 그 여자를 쓱 훑어보고 옷차림이 마음에 들지 않아 이처럼 심술을 부리는 건가?"

"옷차림이야 마음에 들었어요. 백만장자처럼 차려입었더라고요. 그만큼 갖춰 입으려면 누군가가 꽤 많은 돈을 썼겠죠. 돈을 지불한 게 본인이 아닌 것은 확실하고요. 그 여자는 지나치게 잘 가꾸고, 지나치게 잘 차려입고, 지나치게 어린아이 같은 표정을 하고 있어요. 상대가 자신에게 호감을 갖게 하려고 애쓰면서 눈을 크게 뜨는 술책을 알아차리셨나요? 그 어린애 같은 눈빛은 틀림없이 거울 앞에서 연습한 결과물이라고요."

메이슨은 갑자기 수수께끼에 잠긴 듯 그윽한 눈길로 비서를 쳐다봤다. "델라, 모든 의뢰인이 자네의 인정을 받을 만한 자들이라면 법률사무소 같은 건 존재하지 않을 거야. 그 점을 잊지 말도록. 자넨 의뢰인을 있는 그대로 받아들이면 돼. 델라는 그들과 다르지. 자네 집안은 원래 부유했지만 지금은 형편이 좋지 않아. 그래서 자네가 일터에 나온 거고. 하지만 그렇지 않은 여자도 이 세상에 많단 말이야."

델라의 눈동자에 다시 한번 우수가 어렸다. "그런 여자들은 뭘 하고 싶은 건데요? 뭘 할 수 있죠?"

메이슨은 잠시 사이를 두었다가 대꾸했다. "어떤 남자랑 결혼했을 수도 있지. 그러고는 다른 남자와 함께 비치우드 인에 갔다가 곤경에 처하고, 곤경에서 벗어나기 위해 변호사를 고용할 수도 있을걸?"

델라는 메이슨의 눈길을 피하며 대기실로 통하는 문 방향으로 돌아섰다. 그녀의 눈이 벌게졌다. "전 의뢰인에 관해 이야기를 꺼냈는데 소장님은 제 이야기를 하시는군요." 그러고는 대기실로 나가버렸다.

문간까지 다가간 메이슨은 델라가 자기 책상 앞 의자에 앉고는 종이 한 장을 타이프라이터에 끼우는 걸 지켜봤다. 그러는 사이, 대기실 문이 열리며 큰 키에 어깨가 축 처지고, 긴 목에 매달린 머리를 앞으로 쑥 내민 남자가 대기실로 들어섰다. 조금 튀어나오고 반들거리며 유머가 담긴 눈으로 델라에게 웃어 보이더니 메이슨을 향해 말했다.

"여어, 페리."

"어서 오게, 폴. 뭘 좀 알아냈나?"

"일을 보고 돌아왔네."

메이슨은 사립 탐정이 안으로 들어오자 문을 닫았다.

"어떻게 됐나?"

폴 드레이크는 얼마 전에 여자가 차지하고 있던 의자에 앉아 한 발을 다른 의자에 올리고 담배를 물었다.

"그 여자, 머리가 꽤 잘 돌던데?"

"왜 그렇게 생각하나? 자네가 미행하는 걸 눈치채던가?"

"아, 눈치채진 못했을걸. 난 승강기 문 옆에 서 있었어. 여자가 자네 사무소에서 나오면 바로 볼 수 있는 자리였지. 난 여자가 나오자마자 먼저 승강기에 올라탔어. 혹시 누가 따라 나오기라도 할까 봐 고개를 돌리고 계속 자네 사무소 쪽만 보더군. 자네가 델라를 시켜 뒤를 밟게 하는 게 아닌가 싶어 그랬던 모양이지. 승강기가 아래층에 닿자 마음을 놓은 것 같았네.

여자는 모퉁이까지 걸었고, 난 행인 대여섯 사람 뒤에 몸을 숨기고 그녀를 따라갔지. 여자는 길을 가로질러 백화점 안으로 들어가더군. 그러고는 목적지가 어딘지 정해놓기라도 한듯 쭉쭉 걷더니 여자 화장실로 들어가버리더라니까.

화장실로 들어갈 때 거동이 좀 수상해 보이더군. 미행을 떼어버리려는 수작일 수도 있겠다는 생각이 퍼뜩 들어 점원 한 명을 붙잡고 여자 화장실 출입문이 다른 곳에도 있는지 물었어. 그랬더니 출입구가 세 개나 된다고 하더군. 하나는 미용실 방향, 또 하나는 손톱 관리실 쪽, 나머지 하나는 카페로 이어진다는 거야."

"여자는 어느 쪽으로 나왔나?" 메이슨이 물었다.

"미용실인데, 내가 그곳에 도착하기 십오 초 전에 나와버렸어. 화장실은 단순히 다른 사람의 눈을 속이기 위해 들렀던 것 같아. 남자가 그곳으로 따라 들어올 수 없을 테니 사전에 파악해뒀던 게 분명해. 그녀가 미용실 정문 앞에 차를 세워두고 운전사에게는 자리를 떠나지 못하도록 지시했다는 것까지는 알아냈지. 뭐, 도움이 될지는 모르겠지만, 차는 대형 링컨이었네."

"글쎄, 뭐, 별로……." 메이슨이 말했다.

"그러리라고 예상했네." 드레이크가 씩 웃었다.

2

거친 적갈색 피부를 가진 사내 프랭크 로크는 트위드 양복을 걸치고 있었다. 그의 피부색은 야외 스포츠로 단련되어 햇볕에 그을린 것이 아니라, 너무나 많이 빨아들인 니코틴에 물든 느낌이었다. 눈은 밀크 초콜릿처럼 연한 갈색이었고 광채가 전혀 없었다. 마치 죽은 사람의 눈처럼 생기가 없었다. 코는 크고 입가는 느슨해서 언뜻 보면 온화하고 남에게 해를 끼치지 않을 사람 같았다.

"여기서 말하시죠."

페리 메이슨은 고개를 가로저었다.

"아뇨, 이 방에는 온갖 종류의 도청기가 설치되어 있을 것 같군요. 내가 하는 말을 당신만 듣고 있다고 확신할 수 있는 곳에서 이야기할 겁니다."

"그게 어딥니까?" 프랭크 로크가 물었다.

"내 사무실로 가주면 좋죠." 그다지 기대하지 않은 듯 메이슨의 말투에는 열의가 없었다.

프랭크 로크가 웃음을 터뜨렸다. 쇠줄로

가는 듯한 음울한 웃음이었다.

"이번에는 내가 거절할 차례로군요."

"좋습니다. 모자부터 쓰고 함께 나가시죠. 우리 두 사람 모두의 마음에 드는 곳이 있겠지."

"그게 무슨 뜻이오?" 로크가 물었다. 갑자기 그의 눈에 의심하는 기색이 가득 찼다.

"아무 호텔이나 고르자는 겁니다."

"당신이 미리 찍어놓은 호텔 말이오?"

"아니. 택시를 타고 기사에게 적당히 돌아다니라 하죠. 그렇게 의심스럽다면 당신이 호텔을 골라도 좋고."

프랭크 로크는 잠시 주저하더니 말했다. "잠깐만. 자리를 비워도 괜찮은지 알아봐야겠소. 하던 일이 있어서."

"알겠습니다." 메이슨은 그렇게 대꾸하고 자리에 앉았다.

프랭크 로크는 의자에서 벌떡 일어서서 사무실 밖으로 나갔다. 문은 열어놓은 채였다. 바깥쪽 사무실에서 바쁘게 찰칵거리는 타이프라이터 소리와 웅얼거리는 목소리들이 들려왔다. 메이슨은 차분하게 앉아 담배를 피웠다. 얼굴에는 한 가지 일에 집중할 때면 드러나곤 하는 특유의 표정이 떠올라 있었다.

십 분 가까이 흐르고, 모자를 쓴 프랭크 로크가 방으로 들어왔다.

"다 됐소. 이제 나갑시다."

두 사람은 함께 건물을 나와 지나가던 택시를 붙잡았다.

"상업 지역을 한 바퀴 돌아주시죠." 메이슨이 말했다.

로크는 아무런 감정도 실려 있지 않는 초콜릿색 눈으로 변호사를 빤히 쳐다봤다.

"그냥 이 안에서 이야기해도 될 것 같은데?"

메이슨은 고개를 가로저었다. "빽빽 소리를 지르지 않아도 말소리가 들리는 곳에서 이야기하고 싶군요."

로크가 씩 웃었다. "난 고함 소리를 듣는 데 아주 익숙한데."

메이슨은 얼굴을 찌푸렸다. "내가 소릴 지르면 단단히 화가 났다는 뜻입니다."

"그래요?" 로크는 지루한 듯 담배를 입에 물며 대수롭지 않다는 듯 말했다.

택시가 왼쪽으로 돌자 메이슨이 말했다. "저기 호텔이 하나 있군."

로크가 다시 씩 웃었다. "나도 봤소. 하지만 당신이 골랐다는 게 마음에 걸리는군. 게다가 너무 가깝고. 호텔은 내가 고르도록 하지."

"좋습니다, 잘 보고 고르시죠. 단, 기사 양반에게 어디로 가라고는 하지 말고. 그냥 알아서 달리도록 내버려두다가 눈에 띄는 호텔을 고르면 좋겠습니다."

로크가 웃음을 터뜨렸다. "몹시 조심하는군, 서로."

메이슨이 고개를 끄덕이자 로크가 칸막이 유리창을 두드렸다.

"내리겠소. 저 호텔 앞에서."

조금 놀란 표정을 지은 택시 기사는 로크를 쳐다보았다가 브레이크를 밟아 차를 세웠다. 메이슨이 50센트짜리 동전을 기사에게 팅겨 줬고, 두 사람은 싸구려 호텔 로비로 들어섰다.

"휴게실로 가면 어떻겠나?" 로크가 물었다.

"좋지."

로비를 가로지른 두 사람은 승강기를 타고 중이층으로 올라간 다음, 손톱 관리실 앞을 지나 스탠드식 재떨이를 사이에 둔 의자에 마주 앉았다.

"자, 이제 됐군. 당신은 변호사 페리 메이슨이고, 누군가의 의뢰를 받아 뭔가를 하려고 날 찾아왔겠지? 말해보시오!"

"어떤 사건이 당신 신문에 실리지 않도록 하고 싶소."

"흔히 있는 이야기군. 뭘 싣지 말라는 건가?"

"음, 절차를 먼저 상의하기로 하지. 단도직입적으로 돈 이야기를 꺼낼 생각이 있나?"

로크는 강하게 고개를 가로저었다.

"우린 협박이나 하는 사이비 신문이 아니네. 가끔 광고주의 편의를 봐줄 때는 있지만."

"아, 그렇단 말이지?"

"그렇다네."

"뭘 광고하면 되겠나?"

메이슨의 물음에 로크는 어깨를 으쓱했다.

"무엇이든. 광고하고 싶은 게 없다면 아무것도 내지 않아도 되네. 우린 당신에게 지면을 파는 거니까. 그뿐이오."

"무슨 말인지 알겠네." 메이슨이 말했다.

"잘됐군. 원하는 게 뭔가?"

"어젯밤에 비치우드 인에서 살인 사건이 벌어졌어. 아니, 총격 사건이 있었다는 게 정확하겠군. 그게 살인인지 아닌지 난 모르니까. 총에 맞은 사내가 강도질을 하려고 했다는 건 알고 있네."

로크는 감정 없는 밀크 초콜릿빛 눈으로 변호사를 쳐다봤다. "그래서?"

메이슨은 이야기를 계속했다.

"이 사건에 뭔가 미심쩍은 면이 있나 보더군. 지방 검사가 대대적인 수사에 나서려고 하는 걸 보면."

"언제 본론으로 들어갈 건가?"

"지금 말하려는 참이오."

"좋아, 계속하게."

"누군가가 내게 그러더군. 지방 검사가 받은 목격자 명단에 빠진 사람이 있는 것 같다고."

로크가 메이슨을 빤히 쳐다봤다.

"누굴 대리하고 있는 건가?"

"당신 신문의 광고주가 될 수도 있는 사람이지."

"알았네, 계속해봐. 마저 들어보도록 하지."

"뒷이야기는 그쪽도 알고 있네."

"알고 있다고 하더라도 그걸 인정하진 않을 거요. 난 광고 지면을 파는 일 말고는 아무 일도 하지 않아. 모든 걸 털어놓아야 하는 건 당신이지. 날 찾아온 건 당신이잖나? 난 한 발자국도 움직이지 않을 거라고." 로크가 말했다.

"좋아. 당신 신문의 광고주로서, 난 좀 전에 말한 살인 사건과 연루되고 싶지 않소. 달리 말하면, 현장에 있었을지도 모르지만 지방 검사에게 제출된 명단에는 포함되지 않은 목격자의 이름이 언급되는 게 싫다는 거요. 특히, 당신 신문이 그 명단에서 제외된 어느 저명한 목격자의 이름을 거론하며 왜 그자를 소환하여 신문하지 않는지 의문을 제기하는 것을 바라지 않네. 그리고 이것도 광고주로서 하는 말인데, 그 목격자에게 동반자가 있었다든가 혹은 그 동반자가 누구인지에 대해서 어떤 식으로든 추측하여 써대지 않기를 바라. 그럼 지면 광고에 얼마를 지불해야 하겠나?"

"어디 보자…… 그렇게 신문 편집 방침에 꼬치꼬치 지시를 내릴 거라면 상당한 광고료를 지불해야 할 거요. 계약서를 하나 작성하지. 당신과 광고 계약을 체결해서 일정 기간 동안 지속적으로 그 지면을 당신에게 파는 식으로 말이야. 당신이 계약을 파기할 경우에 손해를 배상한다는 내용도 넣지. 즉, 광고를 더이상 싣고 싶지 않게 되면 당신이 손해배상금의 총액 이상을 지불하게 되는 거지."

"계약을 파기하는 즉시 총액 이상의 금액을 지불해야 한다고?" 페리 메이슨이 물었다.

"물론이지."

"그리고 계약이 체결된 직후에 파기할 수도 있는 거고?"

"아니, 그건 안 되지. 하루 이틀은 기다려야 하네."

"기다리는 동안 당연히 어떤 일도 벌어지지 않겠지?"

"물론이네."

메이슨은 담배 케이스를 꺼내 길고도 힘이 넘치는 손가락으로 담배 한 개비를 뽑아 불을 붙였다. 그는 조금도 호감이 담기지 않은 냉정한 눈길로 로크의 얼굴을 훑어봤다.

"자, 당신을 찾아와 말하고 싶었던 건 이게 전부요. 이젠 당신 차례야."

의자에서 일어선 로크는 목을 앞으로 길게 내밀고, 초콜릿색 눈을 연신 깜빡거리며 서너 걸음 왔다 갔다 했다.

"이 문제는 신중히 생각해봐야겠군."

메이슨은 회중시계를 꺼내 시간을 확인했다.

"좋아, 신중하게 생각할 시간을 십 분 주지."

"아니, 아니. 생각해보려면 시간이 좀더 필요하단 말이네."

"아니, 그렇지 않을 텐데."

"필요해."

"십 분 드리지." 메이슨이 지지 않고 밀어붙였다.

"날 찾아온 건 당신이잖소. 내가 당신을 찾은 게 아니란 말이야." 로크가 항의했다.

"어리석은 소리 말게. 내가 의뢰인을 대리하고 있다는 걸 잊으면 안 돼. 당신이 내게 제안을 하면, 내가 의뢰인에게 전달하는 식이란 말이야. 그리고 의뢰인과 연락하기란 쉽지 않지."

로크가 양 눈썹을 치켜세웠다. "아, 그러시다고?"

"그렇지."

"흠, 십 분 안에 결론을 낼 수도 있겠군. 하지만 신문사에 전화부터 해봐야 해."

"알겠소. 통화하고 오게. 난 이 자리에서 기다리지."

로크는 즉시 승강기를 타고 1층으로 내려갔다. 메이슨은 난간으로 슬그머니 다가가서 로비를 가로질러 가는 로크를 지켜봤다. 그는 로비에 있는 전화박스로 가지 않고 호텔 밖으로 나갔다.

메이슨은 승강기를 타고 버튼을 눌러 로비로 내려가 곧바로 호텔 현관을 나가 도로 반대쪽으로 건너갔다. 그는 어떤 건물의 문간에 서서 담배를 피우며 길 건너편을 지켜봤다.

삼사 분 후, 약국에서 나온 로크가 호텔로 들어갔다.

길을 건넌 메이슨은 로크의 몇 걸음 뒤에서 호텔로 들어왔다. 그는 로크가 전화박스가 늘어서 있는 곳에 이를 때까지 뒤를 밟았다. 그리고 메이슨은 문이 열린 전화박스 중 하나에 쏙 들어가서는 고개만 내밀고 소리쳤다. "이봐, 로크."

로크가 홱 돌아섰다. 그는 경계심으로 가득 찬 초콜릿색 눈을 크게 뜨고 메이슨을 노려봤다.

"전화를 걸어 의뢰인과 연락이 되는지 확인해보는 게 좋을 것 같아서 말이지. 그래야 당신에게 즉시 대답해줄 수 있을 것 아니오? 그런데 연락이 되지 않더군. 아무도 전화를 받지 않아. 그래서 동전을 돌려받으려고 기다리는 중이네."

로크는 고개를 끄덕였지만 아직 그의 눈에서는 의심하는 기색이 사라지지 않았다.

"동전 따위 잊어버려. 우리 시간이 그보다 더 귀중하잖나."

메이슨이 대꾸했다. "당신은 그렇겠지." 그러고는 전화박스 안으로 뒷걸음질 쳤다. 그는 수화기를 두세 번 찰카닥거리고는 넌더리가 난다는 듯 어깨를 으쓱거리며 밖으로 걸어 나왔다. 두 사람은 어깨를 나란히 한 채 승강기를 타고 중이층으로 올라와 아까 앉았던 의자로 되돌아왔다.

"어떤가?" 메이슨이 물었다.

"생각해봤는데……." 프랭크 로크는 말하기를 주저했다.

메이슨이 냉랭한 어조로 말했다. "충분히 심사숙고했을 거라고 생각하네만."

"알다시피, 당신이 누구의 이름도 대지 않고 불쑥 들고 온 그 문제는 어떻게 보느냐에 따라서 정치적으로 중요한 의미가 있을 수도 있어." 로크가 말했다.

"다시 한번 어느 누구의 이름도 언급하지 않고 하는 말이지만, 정치적인 의미가 전혀 없을 수도 있지. 당신과 내가 여기에 앉아서 거간꾼들처럼 서로를 속이려고 해봐야 아무 소용 없는 건 확실해. 얼마나 부를 건가?"

"광고 계약서에 계약 내용을 위반할 시 손해배상금으로 2만 달러를 지불한다는 단서 조항을 넣어야겠네."

"미쳤군!" 메이슨이 소리쳤다.

프랭크 로크는 어깨를 으쓱했다. "지면을 사겠다고 제의해 온 건 당신이야. 내가 당신에게 광고 지면을 간절하게 팔고 싶은지는 잘 모르겠는데."

메이슨이 자리를 박차고 일어섰다. "당신은 아무것도 팔고 싶지 않은 것 같군." 그는 말을 마치고 승강기로 걸어갔다. 로크가 그의 뒤를 따랐다.

"어쩌면 다시 광고 지면을 사고 싶다는 생각이 들지도 모르니 말해두는데, 우리 광고비는 다소 융통성이 있다는 걸 알아두시오."

"값이 내려갈 수도 있다는 뜻이오?" 메이슨이 물었다.

"아니지, 값이 올라갈 수도 있다는 뜻이네."

"아하." 메이슨은 어처구니없다는 듯 감탄사를 내뱉었다.

그는 걸음을 멈추고 홱 돌아서서 적의가 어린 냉혹한 눈길로 로크를 노려봤다.

"내 말 잘 듣게. 난 내 상대가 누구인지 잘 알고 있어. 그리고 지금 이 자리에서 분명히 말해두겠는데, 도망칠 궁리를 해봤자 소용없을 거야."

"내가 무엇으로부터 도망친다는 건가?" 로크가 물었다.

"무엇으로부터 도망칠 수 없는지는 본인이 잘 알 것 아닌가? 맙소사! 당신네 패거리는 협박이나 일삼는 사이비 신문 따위를 발행해서 오랫동안 수많은 사람들을 휘둘러왔겠지. 이번에는 상대를 잘못 만났다는 걸 절실히 깨닫게 해주겠어!"

로크는 어느 정도 평정심을 되찾고 어깨를 으쓱했다.

"전에도 당신처럼 안간힘을 쓰던 사람들이 있었지."

"그냥 하는 말이 아니야. 반드시 깨닫게 해주지."

"그래, 당신이 한 말은 분명히 들었소. 그러니 목소리를 높이지 마시라고." 로크가 느물거렸다.

"됐어, 정확히 자네가 이해한 대로 될 테니 각오하라고. 젠장! 곧장 당신네 패거리의 꼬리를 잡기 위해 뛰어들겠어."

로크가 히죽 웃었다. "마음대로 해보시오. 그건 그렇고, 거기 있는 승강기 버튼을 누르든가, 아니면 내가 누를 수 있도록 옆으로 비켜서게."

메이슨은 돌아서서 버튼을 눌렀다. 두 사람은 말없이 아래로 내려와 로비를 가로질렀다.

거리로 나서자, 로크가 미소를 지었다.

"아무튼 서로 감정 상하지 말자고." 그가 갈색 눈으로 메이슨을 빤히 쳐다보며 말했다.

메이슨은 등을 돌렸다.

"빌어먹을, 감정이 상하지 않을 리가 있나."

3

자신의 차 안에 앉은 페리 메이슨은 다 피운 담배꽁초로 새 담배에 불을 붙여 물었다. 얼굴에는 끈질긴 인내력으로 집중하느라 생긴 주름이 깊게 잡혀 있고, 두 눈은 반짝거렸다. 마치 링 구석에 앉아 경기 시작 공이 울리기를 기다리는 권투 선수 같았다. 표정에 초조한 기색은 없었다. 그가 긴장하고 있다는 걸 나타내는 유일한 증거는, 한 시간이 넘도록 연신 담배에 불을 붙이고 있다는 점뿐이었다.

도로 바로 맞은편에는 《스파이시 비츠》 편집국이 입주한 건물이 있었다.

메이슨이 담뱃갑의 마지막 담배를 절반쯤 피웠을 때, 프랭크 로크가 건물에서 나왔다.

로크는 무의식적으로 사방을 슬쩍슬쩍 훔쳐보며 조심스럽게 걸었다. 뭔가 특별한 것을 찾는 게 아니라 습관처럼 탐색하는 눈길을 던지는 것 같았다. 그 모습은 새벽까지 먹이를 찾아 돌아다니다가 아침 햇살에 놀라 살금살금 굴로 되돌아오는 여우와 비슷했다.

메이슨은 피우던 담배를 창밖으로 던지고 차량 시동 장치를 발로 밟았다. 가벼운 쿠페가 길가에서 미끄러져 나와 차량의 물결 속으로 파고들었다.

로크는 모퉁이에서 오른쪽으로 접어든 뒤 택시를 불렀다. 메이슨은 택시 뒤에 바짝 따라붙었다가, 도로 위 차량의 수가 줄어들자 간격을 벌렸다.

로크가 탄 택시는 술을 함께 파는 식당 앞에서 멈춰 섰다. 바텐더 외에는 사람이 한 명도 없을 것 같은 식당이었다. 로크는 운전기사에게 택시비를 지불하고, 택시가 멀어질 때까지 지켜보았다. 그러고는 어깨를 으쓱하더니 식당으로 들어가 술을 주문했다. 술이 나오자 단숨에 입안에 털어 넣고 한 잔을 더 주문했다.

페리 메이슨은 반 블록쯤 떨어진 곳에 차를 세운 뒤, 새 담뱃갑을 꺼내 셀로판지를 뜯고 다시 담배를 피우기 시작했다.

프랭크 로크는 식당 안에서 사십오 분가량 머물렀다. 그리고 밖으로 나와 재빨리 사방을 둘러보더니 건물 모퉁이 쪽으로 걸어갔다. 술기운으로 자신감이 생긴 듯했고, 구부정했던 어깨도 펴진 것 같았다.

메이슨은 로크가 택시를 잡아타는 모습을 지켜봤다. 그러고는 그가 어떤 호텔 앞에 내릴 때까지 뒤를 밟았다. 메이슨은 차를 세우고 호텔 로비로 들어가 조심스럽게 주변을 살폈다. 로크의 모습은 보이지 않았다.

메이슨은 로비 안을 이리저리 둘러봤다. 영업 사원이나 업무 모임 등에 공간을 빌려주는 상용 호텔이었다. 전화박스가 줄지어 늘어서 있고 데스크에는 전화교환원 한 명이 대기하고 있었다. 로비에는 사람들이 꽤 많았다.

메이슨은 천천히 조심스럽게 주위 사람들을 살피며 데스크로 다가가 직원에게 물었다.

"프랭크 로크가 이곳에 묵고 있는지 알 수 있겠습니까?"

직원은 투숙객 색인 카드를 손가락으로 쭉 훑고는 말했다.

"존 로크라는 분은 계십니다만……."

"아뇨, 프랭크 로크 말입니다."

"저희 호텔에는 없습니다. 죄송합니다."

"알겠습니다." 메이슨은 그렇게 말하고 돌아섰다.

그는 로비를 가로질러 식당에 들어가 안을 기웃거렸다. 몇 사람이 식사를 하고 있었으나 로크의 모습은 보이지 않았다. 지하에는 이발소가 있었는데, 메이슨은 계단을 내려가 유리창으로 된 칸막이 안쪽을 들여다볼 수 있었다.

로크는 끝에서 세 번째 의자에 앉아 뜨거운 수건으로 얼굴을 덮고 있었다. 메이슨은 트위드 양복과 갈색 구두로 로크를 알아봤다.

메이슨은 고개를 끄덕이고 계단을 올라가 로비로 되돌아갔다. 그러고는 전화박스 옆 데스크에 있는 직원에게로 걸어갔다.

"전화박스에서 거는 전화는 모두 당신이 취급합니까?"

전화교환원이 고개를 끄덕였다.

"20달러를 쉽게 버는 방법을 알려줄 수 있는데……."

그녀가 메이슨을 빤히 쳐다보았다. "농담하시는 거죠?"

메이슨은 고개를 가로저었다. "내 말 잘 들어요. 전화번호를 하나 알고 싶을 뿐이예요."

"무슨 뜻이죠?"

"이런 뜻이죠. 내가 어떤 남자를 전화로 불러낼 거예요. 그 사람은 지금 당장은 전화를 받지 않을 테지만 나중에 여기로 올라올 겁니다. 지금 이발소에 있거든요. 나와 통화를 마친 후에 그가 어떤 번호로 전화를 걸 겁니다. 내가 알고 싶은 건 바로 그 전화번호예요."

"하지만 그 사람이 여기서 전화를 걸지 않으면요?"

"그런 경우에도, 당신은 최선을 다해주었으니 20달러를 받을 수 있는 거죠."

"그런 정보는 유출하지 못하도록 되어 있어요." 교환원이 이의를 제기했다.

"그러니까 당신이 20달러를 벌 수 있는 거죠." 메이슨은 활짝 웃으며 덧붙였다. "전화번호를 알려주고, 통화 내용을 엿들어주는 대가로 말입니다."

"어머나, 전 통화를 엿듣거나 내용을 말씀드릴 수 없어요."

"직접 말해줄 필요 없어요. 무슨 내용이 오갔는지는 내가 말할 테니까. 당신은 내가 말하는 내용이 통화로 오갔는지만 대답해주면 됩니다. 내가 원하는 전화번호가 맞는지 확인하기 위해서니까요."

교환원은 그래도 머뭇거렸다. 누가 슬쩍 보는 것만으로 지금까지 오간 이야기를 알아차리기라도 할까 봐 걱정이 되는 듯 사방을 힐끔힐끔 둘러봤다.

메이슨은 주머니에서 10달러 지폐를 두 장 꺼내 잘 접어 조용히 손가락에 감았다.

교환원의 눈동자는 지폐에 붙박여 꼼짝도 하지 않았다.

마침내 교환원이 지고 말았다. "알았어요."

메이슨은 20달러를 건넸다.

"그 남자의 이름은 로크예요. 이 분쯤 있다가 내가 전화를 걸 테니까 그자를 호출해줘요. 통화 내용은 아마 이럴 겁니다. 로크가 어떤 사람에게 전화해서 어떤 여자의 이름을 알아내는 정보료로 400달러를 지불해도 좋겠느냐고 물을 거예요. 상대방은 좋다고 대답할 거고요."

교환원은 천천히 고개를 끄덕였다.

"외부에서 걸려 오는 전화는 모두 당신을 통하겠죠?" 메이슨이 물었다.

"아니요, 13번 교환대라고 말씀하셔야 해요."

"좋아요, 그럼 13번 교환대로 연결해달라 하죠."

그는 교환원에게 씩 웃어 보이고는 호텔 밖으로 나갔다.

메이슨은 다음 블록에서 공중전화가 비치된 약국을 찾아냈다. 호텔의 번호를 대고 '13번 교환대'라고 말했다.

교환원의 목소리가 들리자 메이슨이 말했다. "좋아요, 프랭크 로크를 불러줘요. 그 사람 이름을 호출하고 꼭 아가씨 교환대의 전화를 사용하도록 해야 해요. 로크가 지금은 받을 수 없다고 하더라도 끊지 않고 계속 기다리죠. 그 사람은 지금 이발소에 있어요. 그러나 심부름꾼에게는 그 사람이 그곳에 있다는 걸 내가 알려줬다고 하지 말아요. 그냥 이발소를 살펴보라고만 하면 될 겁니다."

"잘 알았습니다." 교환원이 말했다.

수화기를 귀에 대고 이 분쯤 기다리자, 다시 교환원의 목소리가 들렸다.

"선생님의 번호를 남겨주시면 이쪽에서 전화를 거시겠답니다."

"그것도 괜찮겠군요. 여기 번호는 '해리슨 23850'이에요. 그리고 심부름꾼에게는 전화를 걸 때 꼭 아가씨 교환대를 이용하라고 전하도록 단단히 일러주세요."

"네, 그건 제게 맡겨두세요."

"좋아요. 로크에게 그 번호로 전화를 걸어 스미스 씨를 찾으라고 말해줘요."

"무슨 스미스 씨라고 할까요?"

"그냥 스미스라고만 하고 전화번호를 알려줘요."

"네, 알겠습니다."

메이슨은 전화를 끊었다.

십 분 가까이 기다리자 전화벨이 울렸다.

메이슨은 카랑카랑하고 툴툴거리는 목소리로 전화를 받았다. 전화선 반대쪽에서 로크의 조심스러운 목소리가 들렸다.

메이슨은 날카로운 목소리를 유지한 채 말했다.

"저기요, 오해하지 말고 들으세요. 《스파이시 비츠》의 프랭크 로크 씨 맞죠?"

"맞아요. 당신 누굽니까? 내가 어디 있는지 어떻게 알았소?"

"사무실을 찾아갔더니, 당신이 떠난 직후라고 하더라고요. 웹스터 스트리트에 있는 주류 밀매상[1]이나 그 호텔에서 당신

---

[1] 이 작품이 처음 출간된 1933년에는 금주법이 시행되고 있었다. 때문에 정상적인 경로를 거치지 않고 몰래 제조된 밀주가 많이 유통되었다.

을 찾을 수 있을 거라고 직원들이 알려주던데."

"신문사 직원들이 그런 걸 어떻게 안다는 말이오?"

"나야 모르죠. 직원들이 그렇게 말해줬다니까요." 메이슨이 느물거렸다.

"그건 됐고, 무슨 용건이요?"

"그러니까요, 당신이 전화상으로 일 이야기를 하고 싶어 하지 않는 건 알고 있지만 무척 급한 용건이라서요. 당신네들 심심풀이로 장사하는 건 아니겠죠? 다른 사람들이 그러는 것처럼요. 그리고 나도 심심풀이로 장사하는 게 아니고요."

"이보시오." 로크의 목소리에 경계심이 잔뜩 묻어났다. "누군지 모르겠지만, 할 이야기가 있으면 직접 만나러 와요. 호텔에서 얼마나 멀리 떨어진 곳에 있는 거요?"

"호텔 근처가 아니에요. 아무튼 내 말을 들어보세요. 난 당신에게 아주 가치 있는 정보를 제공할 수 있어요. 전화상으로는 안 되겠고, 당신이 정보를 원하지 않는다면 다른 곳에 팔아치울 생각입니다. 내가 알고 싶은 건 당신이 정보에 관심이 있는지 아닌지예요. 어젯밤에 해리슨 버크와 함께 있던 여자의 이름을 알고 싶어요?"

수화기 너머에서 사오 초간 침묵이 이어졌다.

"우린 유명인들에 관한 선정적인 정보가 담긴 기사를 다룹니다. 뉴스로서 가치가 있는 정보라면 무엇이든 기꺼이 받아들이고요." 로크가 말했다.

"그건 좀 믿기 어려운데요…… 당신은 간밤에 무슨 일이 벌어졌는지 알고 있잖아요. 나도 알고 있고요. 사건과 관련된 사람들의 명단은 만들어졌지만 해리슨 버크의 이름은 거기 없었어요. 함께 있던 여자의 이름도 없었고요. 자, 그 여자가 누구였는지 확실히 알 수 있다면 천 달러를 쓸 용의가 있을까요?"

"아니." 로크가 딱 잘라 단호하게 말했다.

"그럼…… 알았어요. 500달러의 가치는 있겠죠?" 메이슨이 다급하게 물었다.

"안 돼."

"그렇다면……." 메이슨은 징징거리며 끈질기게 물고 늘어졌다. "이렇게 하시죠. 400달러를 내면 알려주죠. 이 이하로는 절대 안 됩니다. 다른 사람이 350달러를 내겠다고 했단 말입니다. 당신이 있는 곳을 찾아내는 데 꽤나 애를 먹은데다가 당신도 특종을 잡으려면 400달러 정도는 들여야 할 것 아닙니까?"

"400달러는 큰돈이오."

"내가 가지고 있는 정보는 엄청나단 말입니다."

"정보 외에 다른 것도 제공해야 할 거요. 명예훼손으로 소송을 당할 경우에 증거로 사용할 수 있는 뭔가를 말이오."

"물론이죠. 내가 증거를 넘겨줄 때 400달러를 줘요."

로크는 잠시 침묵했다.

"생각할 시간을 좀 주시오. 다시 전화해서 결과를 알려주겠소."

"여기서 연락을 기다리죠. 이 번호로 전화해주세요." 메이슨은 그렇게 말하고 전화를 끊었다.

메이슨은 아이스크림 판매대에 있는 스툴에 앉아 조급한 기색도, 어떠한 감정도 내보이지 않은 채 탄산수를 마셨다. 두 눈은 깊은 생각에 잠겨 있었지만 태도는 침착하기 이를 데 없었다.

육칠 분쯤 지나 전화벨이 울렸다. 메이슨은 다시 징징대는 목소리를 꾸며 전화를 받았다.

"스미스입니다."

로크의 목소리가 수화기에서 흘러나왔다.

"증거를 손에 넣을 수 있다면 아까 말한 금액을 지불하겠소."

"좋습니다. 내일 오전 중에 당신 사무실로 연락하죠. 마음을 바꾸면 안 됩니다. 나로서는 350달러를 지불하겠다는 쪽을 거절하는 거니까."

"이봐요, 오늘 밤에 만나서 바로 거래를 끝내고 싶소."

흥분한 탓인지 로크의 목소리가 떨렸다.

"그렇게는 안 되겠는데요. 정보는 오늘 밤에라도 넘겨줄 수 있지만, 증거는 내일이 되어야 줄 수 있으니까요."

"정보는 오늘 밤에 알려주고 내일 증거를 가져왔을 때 돈을 지불하면 될 것 아니오." 로크가 끈질기게 물고 늘어졌다.

메이슨은 조롱으로 가득 찬 웃음을 터뜨렸다. "말이 되는 소릴 하셔야지."

로크는 신경질적으로 말했다. "젠장, 알았으니 마음대로 하시오."

메이슨은 낄낄 웃었다. "이해해줘서 고맙군요." 그렇게 말하고 전화를 끊었다.

메이슨은 주차해놓은 차로 돌아가서 이십 분 가까이 차 안에 앉아 있었다. 마침내 프랭크 로크가 젊은 여자 한 명을 동반하고 호텔을 나왔다. 깨끗이 면도를 하고 마사지라도 받았는지 약간 칙칙하던 피부에 혈색이 돌아왔다. 처세에 능숙하고 세상을 즐기며 살아가는, 잘난 척하는 사내의 분위기가 풍겼다.

함께 나온 여자는 얼굴 생김새로 미루어 보아 스물한두 살을 채 넘지 않은 것 같았다. 그녀는 풍만한 몸매를 거침없이 드러냈으며, 아무 표정도 없었고, 비싼 옷차림에 과하다 싶은 화장을 했다. 한창 피어나는 미인이었다.

메이슨은 두 사람이 택시를 잡을 때까지 기다렸다가 호텔로 들어가 전화교환대 쪽으로 다가갔다.

교환원은 불안한 눈길로 메이슨을 올려다보고는 사람들 눈을 피해서 허리 앞쪽에 손을 넣어 종이쪽지 하나를 꺼냈다.

쪽지에는 전화번호가 끄적거려 있었다. "프레이버그 629 803".

메이슨은 교환원에게 고개를 끄덕여 보이고는 종이쪽지를 자기 주머니 속으로 슬쩍 집어넣었다.

"어떤 정보에 돈을 지불하겠다는 내용이었죠?" 메이슨이 물었다.

"전화상으로 오간 내용을 누설할 수는 없어요."

"나도 알고 있지만, 통화 내용이 그렇지 않다는 건 말해줘도 되지 않습니까?"

"아닐 수도 있어요."

"그럼 됐어요. 달리 말해주고 싶은 게 있나요?"

"없어요!"

"그거면 됐어요." 메이슨은 그렇게 말하고 씨익 웃었다.

4

페리 메이슨은 경찰청 형사과를 찾아갔다.

"드럼 있습니까?"

형사 하나가 고개를 끄덕이며 엄지로 안쪽 문을 가리켰다. 메이슨은 안쪽으로 걸어갔다.

"시드니 드럼을 찾는데요."

메이슨은 책상 한쪽 귀퉁이에 엉덩이를 걸치고 담배를 피우는 형사에게 말했다. 그러자 누군가가 소리를 높여 외쳤다.

"어이, 드럼! 이리 나와보게."

문이 열리고, 시드니 드럼이 두리번거리다가 페리 메이슨을 발견하고 활짝 웃었다.

"여어, 페리."

시드니 드럼은 껑충한 키에 몸집이 호리호리하고 불거진 광대뼈를 지녔으며 눈빛이 흐릿한 사내였다. 경찰청 형사과에 있는 것보다 이마에 녹색 모자챙을 드리우고 귀 뒤에 펜을 꽂은 채 높다란 스툴에 앉아 장부를 기입하고 있는 게 더 잘 어울릴 듯했다. 어쩌면 이런 모습이라 형사로서 뛰어난 것인지도 몰랐다.

메이슨은 밖으로 나가자는 신호로 고갯짓을 했다.

"잠깐 이야기할 것이 있어, 시드니."

"알겠어. 곧 뒤따라가지."

메이슨은 고개를 끄덕이고 복도로 나갔다. 시드니 드럼은 오 분쯤 뒤에 따라 나왔다.

"말해봐."

"자네에게도 중요할지 모를 어떤 사건의 목격자를 뒤쫓고 있어. 일이 어디로 이어질지는 아직 모르지만. 아무튼, 지금 어느 의뢰인을 위해 움직이고 있는데 어떤 전화번호에 대해 알고 싶네."

"번호가 어떻게 되는데?"

"'프레이버그 629803'. 내 예상대로라면 엄청 머리가 좋은 녀석일 거야. 그러니 번호를 잘못 알고 걸었다고 변명해봤자 통하지 않을 거고. 어쩌면 전화번호부에 등재되지 않은 번호일 수도 있어. 전화국 기록에서 직접 알아내야 하는데, 이 일은 자네가 개인적으로 하는 게 좋을 것 같더라고."

"얼씨구, 이 친구 뻔뻔하기 짝이 없군!"

메이슨은 기분이 상한 것 같았다.

"내가 의뢰인을 위해 일한다고 했지. 이 건에는 자네에게 줄 25달러도 포함되어 있어. 25달러라면 전화국까지 가는 수고를 도맡아줄 법도 한데?"

드럼이 씩 웃었다.

"왜 처음부터 그렇게 말하지 않았나? 모자를 쓰고 올 테니 잠시만 기다려. 자네 차로 갈까 아니면 내 차로 갈까?"

"두 대 다 몰고 가지. 자넨 자네 차로, 난 내 차로 가는 걸로. 난 여기로 돌아오지 않을 수도 있거든."

"알겠네. 거기서 만나지."

메이슨은 경찰청에서 나와 자신의 차에 올라타고 전화국으로 차를 몰았다. 경찰차를 몰고 온 드럼이 먼저 도착해 있었다.

"몰래 정보를 얻어내는 데 자네가 없는 편이 좋을 수도 있겠더군. 그래서 나 혼자 올라가 알아봤지." 드럼이 말했다.

"누구 전화번호였나?"

"조지 C. 벨터였어. 주소는 엘름우드 556번지고. 자네 생각대로 전화번호부에 등재되어 있지 않더군. 물샐틈없이 철저히 감춰져 있었던 모양이야. 전화번호 자체는 물론이고, 이런 번호가 있다는 사실조차 발설할 수 없게 되어 있었어. 그러니까 이 정보를 어디서 얻어냈는지는 잊어버려."

"물론이지." 메이슨은 흔쾌히 대답하며 주머니에서 10달러짜리 지폐 두 장과 5달러짜리 한 장을 꺼냈다.

드럼의 손가락이 세 장의 지폐를 거머쥐었다.

"휴……. 간밤에 포커 판에서 털렸던 참이라 한층 더 반갑군. 이런 의뢰인을 또 만나거든 날 찾아주게."

"아마 당분간은 이 의뢰인과 지내게 될 걸세."

"그거 좋군." 드럼이 맞장구쳤다.

페리 메이슨은 자신의 차에 올라탔다. 시동 장치를 밟아 엘름우드 드라이브를 향해 속도를 높이는 그의 얼굴은 음울했다.

엘름우드 드라이브는 이 도시에서 고급 주거지역에 속했다. 큰길에서 쑥 들어가 자리 잡은 집들은 모두 앞마당에 잔디가 깔려 있고, 손질이 잘된 산울타리와 정원수로 둘러싸여 있었다. 메이슨은 556번지 앞에 차를 세웠다. 조금 경사진 둔덕 꼭대기에 위치한, 거만하다 싶을 정도로 당당해 보이는 저택이었다. 양옆으로 60미터 떨어진 곳까지 다른 집이 이웃하지 않은데다가, 높은 둔덕 위에 위치한 덕에 저택에 장엄하다는 느낌이 더해졌다.

메이슨은 차를 진입로 안쪽으로 몰지 않고 길가에 세워둔 채 현관까지 걸어갔다. 현관에는 전등 하나가 불을 밝히고 있었다. 저녁인데도 기온이 높았고, 불빛에 이끌린 벌레들이 반투명한 전구에 날개를 부딪치고 있었다.

메이슨이 두 번째로 벨을 누르자, 제복 차림의 집사가 문을 열었다. 그는 주머니에서 명함 한 장을 꺼내 집사에게 건넸다.

"벨터 씨와 약속하진 않았지만 날 만나주실 겁니다."

집사는 명함을 힐끗 보고는 옆으로 비켜섰다.

"잘 알겠습니다. 들어오시겠습니까, 손님?"

페리 메이슨이 응접실로 들어가자 집사가 의자를 권했다. 집사가 2층으로 올라가는 발소리가 들렸다. 이어 위에서 말소리가 들리고, 집사가 다시 계단을 내려오는 소리가 들렸다.

집사가 응접실로 돌아와 말했다. "죄송합니다만 주인어른께서는 손님을 모르시는 모양입니다. 제게 용건을 말씀해주실 수는 없는지요?"

메이슨은 집사의 눈을 똑바로 쳐다보며 딱 잘라 말했다.

"말할 수 없습니다."

집사는 메이슨이 더 말할 거라고 생각했는지 잠시 기다렸으나, 더이상 말이 이어지지 않자 돌아서서 다시 계단을 올라갔다. 이번에는 삼사 분 동안이나 2층에 있었다. 집사가 응접실로 되돌아왔을 때는 얼굴이 경직되어 있었다.

"이쪽으로 오시죠. 주인어른께서 만나시겠답니다."

집사를 따라 2층으로 올라간 메이슨은 거실로 안내되었다. 저택의 한쪽 면을 전부 차지하고 있는 게 분명한 이 방은 복도와 바로 연결되어 있었다. 내부는 쾌적함을 최우선으로 하여 꾸며져 있었을 뿐, 스타일이라고 할 만한 건 없었다. 의자는 묵직하고 편안했다. 실내장식 또한 무계획적으로 보이는 이 방은, 여성적인 취향은 전혀 없이 남성적인 분위기만을 물씬 풍기고 있었다.

안쪽 방으로 통하는 문 하나가 벌컥 열리더니 몸집이 큰 사내가 문지방에 섰다.

페리 메이슨은 남자의 뒤쪽, 그가 등장한 방 안을 훔쳐볼 수 있었다. 사방의 벽을 따라 책장이 세워져 있고 한쪽 구석에는 커다란 책상과 회전의자가 있었다. 뒤로는 타일이 박힌 욕실이 언뜻 보이는, 서재로 꾸민 방이었다.

사내는 거실로 들어와 등 뒤의 문을 닫았다.

살이 많이 붙고 창백한 얼굴에 커다란 덩치를 가진 사내였다. 눈 밑의 살점은 부풀어 올라 있었다. 가슴이 두텁고 어깨도 넓었다. 상체에 비해 엉덩이가 좁아서, 메이슨은 이 사내의 다리가 굉장히 가늘다는 인상을 받았다. 무엇보다도 주의를 끄는 건 눈이었다. 다이아몬드처럼 단단하고 지극히 차가웠다.

그 사내는 문 가까운 곳에 서서 잠시 메이슨을 노려봤다. 그러고는 앞으로 걸어 나왔는데, 걸음걸이로 미루어 보아 두 다리가 상체의 엄청난 무게를 견디기 위해 안간힘을 쓰고 있는 듯했다.

메이슨은 사내가 사십 대 후반쯤이며, 행동거지를 보아 일을 하는 데 있어서는 철저히 잔혹하고 인정사정없는 성격이라고 판단했다.

메이슨도 어깨 넓이에서는 크게 뒤지지 않았지만, 마주 서고 보니 키는 남자보다 족히 10센티미터는 작았다.

"벨터 씨인가요?" 메이슨이 물었다.

고개를 끄덕인 사내는 두 발을 넓게 벌리고 선 채 메이슨을 유심히 봤다.

"용건이 뭔가?" 사내가 단도직입적으로 물었다.

"댁으로 찾아와 죄송하지만, 사업상의 문제를 논의하고 싶습니다."

"사업상의 문제라니?"

"《스파이시 비츠》가 지면에 다루겠다고 협박하는 일에 관한 겁니다. 기사로 싣지 않았으면 해서요."

다이아몬드처럼 단단한 두 눈에 비친 감정은 조금도 달라지지 않았다. 그는 눈도 깜빡이지 않고 메이슨을 노려봤다.

"그런 일인데 왜 이리로 온 건가?"

"만나야 할 사람이 당신이라고 생각하기 때문입니다."

"아, 그럼 잘못 생각한 거지."

"당신이 틀림없다고 생각합니다."

"난 아니라니까. 《스파이시 비츠》에 관해서라면 전혀 아는 게 없어. 거지 같은 신문을 가끔 읽기는 하지만. 내게 그 신문에 대해 묻는다면 협박이나 일삼는 비열한 사이비 언론이라고 대답해주지!"

메이슨의 눈이 험악해졌다. 그는 상체를 약간 내밀었다.

"뭐, 그런 건 아무래도 좋습니다. 난 당신한테 뭘 물어보려고 온 게 아니라, 전하려고 온 거니까요."

"뭘 전하겠다는 건가?" 벨터가 물었다.

"난 변호사고, 《스파이시 비츠》가 협박해서 돈을 긁어내려는 의뢰인을 대리하고 있으며, 수작질을 좋아하지 않는다는 점을요. 요구한 금액은 물론 한발 더 나아가 땡전 한 푼 지불할 의사가 없다는 걸 전하려고요. 당신 신문의 광고 지면은 단 한 줄도 구입하지 않을 거고, 당신 신문에 나의 의뢰인에 관한 기사는 절대 게재되지 않을 거라는 것도요. 내 말을 똑똑히 알아두시오!"

벨터가 비웃었다.

"애초에 앰뷸런스 꽁무니나 쫓아다니며 사건을 수임하려는 사기꾼 변호사를 만나준 게 잘못이군. 집사에게 엉덩이를 걷어차 내쫓으라고 할 걸 그랬나. 자넨 분명 술에 취했거나 미친놈이야. 아니면 양쪽 모두거나. 내 눈에는 둘 다인 것처럼 보이는군. 스스로 나갈 텐가, 경찰을 부를까?"

"할 말을 다 마치면 내 발로 나가겠습니다. 당신은 이 일의 배후에 숨어 있고, 로크를 희생양 삼아 전면에 내세우고 있죠. 가만히 앉아 거금을 긁어모으는 거지. 남을 협박하고 그

배당금을 챙기고 있단 말입니다. 참 잘하는 짓이군. 이렇게 해서 재산을 불리는 모양입니다?"

벨터는 말없이 메이슨을 노려봤다.

"내가 누구며, 내 요구가 무엇인지 당신이 알고 있는지 어떤지 모르겠지만, 그런 거야 로크에게 연락해보면 즉시 알 수 있을 겁니다. 만약 《스파이시 비츠》가 내 의뢰인에 관해 눈곱만큼이라도 왈가왈부하면, 그 쓰레기 신문의 진짜 소유주가 누군지 가면을 벗겨버릴 겁니다. 알겠습니까?"

"좋아, 자네의 공갈 협박은 그게 단가? 그렇다면 내 걸 들려주지. 난 자네가 누군지 모르고 조금도 신경 쓰지 않아. 이따위 공갈이나 치며 돌아다니는 걸 보니 자네 평판은 티 하나 없이 깨끗하다 자부하나 보지? 그런데 뜻밖에도 그렇지 않을 때도 있단 말이야. 남의 집 울타리 너머로 진흙을 던지기 전에 자신의 울타리부터 지키는 게 좋을걸?"

메이슨이 주저 없이 고개를 끄덕였다.

"물론, 그건 이미 각오했습니다."

"그렇다면 실망하진 않을 걸세. 이렇게 말했다고 해서 내가 《스파이시 비츠》와의 관계를 인정했다고 오해하지는 말라고. 난 그따위 신문에 관해서는 아는 바가 하나도 없어. 알고 싶지도 않고. 이제 꺼져!"

메이슨이 돌아서서 문밖으로 나오려는데, 문간에 서 있던 집사가 벨터에게 말했다.

"죄송합니다만 주인어른, 사모님께서 지금 막 외출하시려는데 주인어른을 꼭 뵙고 싶다고 하십니다."

벨터는 문 쪽으로 걸어가며 말했다. "알았다. 디글리, 이 친구 상판을 잘 봐두라고. 여길 또 찾아오거든 쫓아내버리란 말이야. 필요하면 경찰을 부르고."

메이슨은 돌아서서 집사를 노려봤다.

"경찰은 두 명을 부르는 게 좋을 겁니다, 디글리. 한 명으로는 감당하지 못할 테니까."

메이슨은 두 사람이 바짝 뒤를 따라오고 있다는 걸 느끼며 계단을 내려왔다. 1층 복도에 이르렀을 때, 문 가까이에 있는 모퉁이에서 여자가 미끄러지듯 걸어 나왔다.

"조지, 혹시 내가 방해했나요? 하지만……."

그녀와 메이슨의 눈이 딱 마주쳤다.

그 여자는 메이슨의 사무실로 찾아와 이바 그리핀이라는 이름을 댄 사람이었다.

순간, 그녀의 얼굴에서 핏기가 가셨다. 갑작스럽게 밀려든 공포로 인해 파란 눈이 새카매졌다. 그녀는 표정을 무너뜨리지 않도록 안간힘을 썼다. 메이슨의 사무실을 찾아왔을 때처럼, 연습한 대로 파란 눈을 크게 뜨며 어린아이처럼 순진무구해 보이는 표정을 가장했다.

메이슨의 얼굴에는 아무런 감정도 드러나지 않았다. 그는 침착하고 태평한 눈길로 여자를 쳐다봤다.

"그래, 무슨 일이야?" 벨터가 물었다.

"아무것도 아니에요. 바쁜 줄 몰랐어요. 방해해서 미안해요."

그녀는 두려움으로 떨리는 가느다란 목소리로 대답했다.

"이 친구는 신경 쓰지 마. 엉터리 구실로 집 안에 들어온 사기꾼 변호사니까. 지금 꼬리를 말고 황급히 떠나려던 참이지."

메이슨이 발뒤꿈치로 홱 돌아서며 말했다.

"이것 보십시오, 다시 한번 말해두지만……."

집사가 메이슨의 팔을 움켜잡았다.

"이쪽입니다, 손님."

메이슨은 강력한 어깨를 프로 골프 선수가 스윙하듯 멋지게 휘둘렀다. 내던져진 집사는 복도 반대편 벽에 쾅 부딪쳤고, 그 바람에 벽에 걸린 그림들이 몸살을 앓듯 부르르 떨렸다. 페리 메이슨은 조지 벨터의 거대한 몸집 앞으로 똑바로 걸어갔다.

"당신에게 기회를 줄 생각이었는데 생각이 달라졌습니다. 내 의뢰인 혹은 나에 관한 기사를 싣기라도 하면 앞으로 스무 해 동안 콩밥을 먹게 해드리죠. 내 말 이해했습니까?"

다이아몬드같이 단단한 눈동자가 곤봉으로 무장한 사람의 얼굴을 노려보는 뱀의 눈처럼 차갑게 번득이며 메이슨을 뚫어져라 쏘아봤다. 조지 벨터의 오른손은 주머니 속으로 들어가 있었다.

"그래, 제때 걸음을 멈춘 게 다행인 줄 알아. 내 몸에 조금이라도 손을 댔다면 네놈 심장에 구멍을 내줬을 거라고! 그게 정당방위라는 걸 증언해줄 목격자들도 있고, 너 같은 놈을 멈추게 할 방법은 달리 아는 게 없거든."

"괜한 수고 마십시오. 그런 식으로는 날 저지할 수 없을 테니까요. 내가 알고 있는 걸 아는 사람들이 있습니다. 내가 누구의 집에, 무슨 일로 방문했는지도 잘 알고 있죠."

벨터의 입술이 일그러졌다.

"네 녀석은 똑같은 말을 쉬지 않고 나불대는 문제가 있군. 깐에는 제법 가치가 있다고 생각했던 패들을 이미 다 써먹었단 말이야. 협박이나 일삼는 싸구려 사기꾼 변호사가 덤터기 씌우려는 것 때문에 내가 겁을 먹을 거라고 생각했다면 잘못 봤어! 이제 꺼져! 마지막 경고다!"

메이슨은 빙글 돌아섰다.

"좋습니다, 나가드리죠. 할 말은 다 했으니까."

현관문을 나서려는 메이슨의 귓가에 이죽거리는 조지 벨터의 목소리가 들려왔다.

"아무렴, 적어도 두 번씩은 말했지. 어떤 건 세 번씩이나 말하기도 했고."

5

페리 메이슨의 사무실에 앉은 이바 벨터는 손수건에 얼굴을 파묻고 소리를 죽이며 훌쩍훌쩍 울었다.

겉옷을 벗은 채 책상 뒤에 앉은 메이슨은 동정심이라고는 전혀 찾아볼 수 없이 경계하는 눈길로 여자를 지켜봤다.

"그렇게 하면 안 됐어요." 이바가 코를 훌쩍이며 말했다.

"이렇게 될 줄 어떻게 알았겠습니까?"

"그 사람은 정말 무자비하다고요."

메이슨은 고개를 끄덕였다. "저도 누구 못지않게 무자비합니다."

"왜 《이그재미너》에 광고를 내 연락하지 않았어요?"

"놈들이 너무 큰 금액을 요구했습니다. 제가 무슨 산타클로스라도 된다고 착각한 모양이더군요."

"그 사람들은 이게 큰 먹잇감이라는 걸 알아요. 이 문제에 많은 게 달려 있으니까요." 그녀가 흐느껴 울었다.

메이슨은 아무런 대꾸도 하지 않았다.

이바는 조금 더 훌쩍거리다가 얼굴을 들었다. 그녀는 말로
다 할 수 없이 비통한 눈빛으로 메이슨을 쳐다봤다.

"그 사람을 협박하는 일은 절대로 하지 말았어야 했어요.
집으로 찾아오지도 말았어야 했고요. 남편은 협박 따위에 쉽
게 넘어가지 않아요. 곤경에 처할 때마다 싸워서 벗어나는 사
람이라고요. 남에게 자비를 구한 적도 없고, 상대방에게 자비
를 베풀 생각 또한 눈곱만큼도 없죠."

"이제 그 사람이 어떻게 나올까요?" 메이슨이 물었다.

그녀는 울면서 말했다. "당신을 파멸시키려 하겠죠. 당신
이 맡았던 소송 건을 모두 찾아내서 배심원을 매수했다든가,
위증을 사주했다든가, 직업윤리에 위배되는 행동을 했다는
둥 여러 꼬투리를 잡아 고발할 거예요. 당신을 이 도시에서
몰아내려고."

"나에 관해 손톱만큼이라도 신문에 실으면 즉시 명예훼손
으로 고소할 겁니다. 내 이름을 들먹일 때마다 소송을 제기할
거예요."

이바는 뺨에 흘러내린 눈물을 닦지도 않고 고개를 가로저
었다.

"그렇게 할 수 없을걸요? 그 사람은 아주 교활해요. 그 사
람에게는 뭘 해도 괜찮고 뭘 하면 안 되는지 일일이 조언해
주는 변호사들이 있어요. 당신과 당당히게 맞서 싸우지 않고

등 뒤로 몰래 돌아가서, 당신 사건을 담당하는 판사들을 위협할 거예요. 판사들이 당신에게 불리한 판결을 내리도록 하겠죠. 자신은 뒤에 숨은 채 당신이 가는 곳마다 싸움을 걸어올 거라고요."

메이슨은 책상 가장자리를 손가락으로 두들기며 말했다.

"해볼 테면 해보라죠."

"어쩌자고 거기 온 거예요? 어째서 신문에 광고를 내지 않았어요?" 이바가 우는 목소리로 말했다.

메이슨이 일어섰다.

"이제 다 했습니까? 그 말은 충분히 들었습니다. 제가 거기에 간 건 그렇게 하는 게 좋을 거라 판단했기 때문입니다. 그 빌어먹을 신문사가 절 조롱거리로 만들려고 하는데, 전 어느 누구에게도 그런 대접을 받을 생각이 없단 말입니다. 부인의 바깥양반이 얼마나 무자비한지는 모르겠습니다만 그 점에서는 저도 누구 못지않습니다. 여태껏 남에게 애걸해본 적 없고 앞으로도 그럴 생각은 없습니다."

메이슨은 말을 멈추고, 거센 비난이 담긴 눈길로 이바를 내려다봤다.

"부인께서 처음부터 숨김없이 이야기해줬더라면 이런 일은 생기지 않았을 겁니다. 모든 걸 거짓으로 꾸며냈기 때문에 이런 난리 법석이 벌어진 거라고요. 이건 부인 책임이지 제 책임이 아닙니다."

"제게 화내지 마세요, 메이슨 씨. 이제 의지할 사람이라고는 당신밖에 없단 말이에요. 이 곤경을 헤쳐나갈 방법을 당신이 마련해줘야 한다고요." 그녀가 애원했다.

메이슨은 다시 의자에 앉았다. "그럼 이제부터 제게 거짓말을 해선 안 됩니다."

이바는 자기 무릎을 내려다보며 흐트러진 치맛자락을 바로잡고, 장갑을 낀 손가락 끝으로 외투에 작은 주름을 접었다.

"어떻게 해야 하죠?" 그녀가 물었다.

"가장 먼저 할 일은 다시 처음부터 털어놓는 겁니다."

"전부 알고 있잖아요."

"그렇다면 좋습니다. 하나하나 확인할 수 있도록 제가 알고 있는 것을 말씀해주시죠."

이바는 이마를 찌푸렸다. "무슨 말씀인지 모르겠어요."

"어서 털어놓으시라니까요. 모든 걸 다요."

이바의 목소리는 가냘프고 힘이 없었다. 꼬고 있는 다리 위에 놓인 치맛자락을 연신 만지작거렸다. 그녀는 메이슨을 쳐다보지 않고 말했다.

"조지 벨터가 《스파이시 비츠》와 관련이 있다는 건 지금껏 아무도 몰랐어요. 누구도 의심하지 못하도록 철저히 숨겨

왔으니까요. 프랭크 로크를 제외하면 신문사 사람들도 전혀 모르고 있고요. 그러면서도 조지는 로크를 마음대로 조종할 수 있었어요. 큰 약점을 쥐고 있는 것 같아요. 무엇인지는 정확히 모르겠지만요. 살인 사건 같기도 하고…….

어쨌든 친구들 사이에도 의심하는 사람은 없었어요. 모두들 조지가 주식거래로 돈을 벌었다고 생각하고 있죠. 전 칠개월 전에 조지 벨터와 결혼했어요. 그 사람의 두 번째 아내로요. 그의 인품과 돈에 끌렸던 것 같은데, 사이가 좋았던 적은 한 번도 없어요. 지난 두 달 동안은 남편과의 관계가 한계에 도달했죠. 전 이혼소송을 제기하려는 중이었고, 남편도 제속마음을 눈치채고 있었던 것 같아요."

이바는 말을 멈추고 메이슨을 쳐다봤지만, 그의 눈에서는 동정하는 기색을 조금도 찾을 수 없었다.

"전 해리슨 버크와 가까워졌어요. 두 달쯤 전에 그 사람을 처음 만났죠. 우린 그저 친구 사이일 뿐 그 이상은 아니에요. 그런데 하필이면 함께 있는 그때 살인 사건이 벌어진 거예요. 해리슨 버크가 제 이름을 털어놓았다면 당연히 그 사람의 정치 생명은 끝장이 났을 거예요. 조지가 버크와 절 간통죄로 고소했을 테니까요. 그래서 그 일을 덮어야만 했죠."

"어쩌면 남편분이 모르고 지나갈 수도 있었습니다. 사건을 담당한 지방 검사는 신사적인 사람이거든요. 버크가 지방 검사에게 사정을 털어놓았으면, 반드시 증언해야 하는 중요한 뭔가를 목격하지 않은 이상 굳이 부인을 소환하지 않았을 겁니다."

"그건 당신이 그 사람들 수법을 모르니까 하는 소리예요. 저도 다 알고 있진 않지만 그들이 곳곳에 스파이를 두고 있는 건 알아요. 그들은 정보 쪼가리를 사들이고 이런저런 가십거리들을 긁어모으죠. 누군가 사람들의 주의를 끌 정도로 유명해지면, 그 사람에 관한 정보를 수집하기 위해 어떤 수고도 마다하지 않고요. 해리슨 버크는 정계에서 꽤나 이름이 있는 사람인데다가 이번에 재선을 위해 애쓰고 있어요. 그 사람들은 버크를 좋아하지 않고, 버크도 그 사실을 알고 있죠. 남편이 프랭크 로크와 통화하는 걸 엿들었는데, 버크에 관한 정보를 캐고 있더군요. 그래서 당신을 찾아왔던 거고요. 버크와 함께 있었던 여자가 누구였는지 눈치채기 전에 그 사람들을 매수하려고요."

"버크와의 관계가 순수한 우정이라면 왜 남편분에게 사실대로 말하지 않았습니까? 이 일로 이러쿵저러쿵 떠들어봤자 결국 자신의 얼굴에 먹칠을 하는 꼴이 될 텐데 말입니다."

이바는 고개를 세차게 가로저었다.

"당신은 아무것도 몰라요. 남편 성격을 몰라서 하는 말이라고요. 간밤에 당신이 그 사람을 다루던 방식에시 다 드러나잖아요. 남편은 잔인하고 무정해요. 싸움꾼이고요. 더구나 돈이라면 환장하는 사람이기도 하죠. 그 사람은 제가 이혼소송을 제기하면 위자료만이 아니라 변호사 수임료와 소송비용으로 엄청난 돈을 얻게 된다는 걸 잘 알고 있어요. 그 사람은 제게 불리한 정보를 손에 넣기만을 원해요. 게다가 재판중에 해리슨 버크의 이름을 끌어낼 수 있다면 그 사람에겐 금상첨화겠죠."

페리 메이슨은 이마를 찌푸리며 생각에 잠겼다.

"놈들이 그런 거액을 고집스럽게 요구하는 데는 뭔가 꿍꿍이속이 있는 것 같단 말입니다. 정치 관계자에 대한 공갈치고는 너무 거액이라는 생각이 들어요. 혹시 남편분이나 로크가 쫓고 있는 인물의 정체를 알고 있다는 생각은 들지 않습니까?"

"그럴 리가 없어요." 이바가 딱 잘라 말했다.

잠시 동안 침묵이 흘렀다. 메이슨이 말했다.

"그럼 어떻게 할까요? 요구한 금액을 지불할까요?"

"더이상 돈을 요구하지는 않을 거예요. 조지는 협상 따위다 걷어치울 테니까요. 당신에게 질 수 없다고 판단하고 이제 정면으로 맞서 싸우려고 하겠죠. 여기서 졌다가는 목숨이 끊어질 때까지 당신에게 쫓길 거라고 생각할 거예요. 그게 그 사람이 지금까지 해온 방식이고, 다른 사람들도 다 그렇게 하고 있다고 생각해요. 그 사람은 그냥 누구에게도 질 수가 없는 사람이에요. 그렇게 타고났으니 어쩌겠어요."

메이슨은 냉랭한 표정으로 고개를 끄덕였다. "좋습니다. 그 사람이 싸우기를 원한다면, 저도 기꺼이 링 위로 올라갈 겁니다. 이제 제가 최우선적으로 할 일은, 《스파이시 비츠》가 제 이름을 기사에 싣는 순간 소송을 제기해서 프랭크 로크를 법정으로 끌어내는 겁니다. 그리고 신문사의 실소유주를 불게 만드는 것이죠. 신문이 누구의 소유인지 알게 되면 좋아할 사람이 적지 않을 겁니다."

이바가 다급하게 말했다. "아, 아직도 그 사람들이 싸우는 방식을 이해 못 하셨군요. 조지가 어떤 사람인지도요. 명예훼손 소송이 재판에 회부될 때까지는 시간이 오래 걸리잖아요. 그동안 조지가 재빨리 움직일 거예요. 게다가 제가 의뢰인이라는 걸 잊으면 안 돼요. 전 당신이 보호해줘야 할 사람이라고요. 법정 다툼이 시작되기도 전에 전 파멸해버릴 거예요. 해리슨 버크에 대해 이미 본격적으로 알아보고 있을 테니까요."

메이슨은 손가락으로 책상을 두들기다가 말했다.

"잠깐만요. 남편분이 로크를 조종할 수 있는 약점을 잡고 있는 것 같다고 말씀하셨죠? 부인께서는 그게 무엇인지 알고 계신 것 아닙니까? 제게 말해주시면 그걸로 로크에게 일격을 가할 수 있을지 알아볼 수 있을 겁니다."

그녀는 하얗게 질린 얼굴로 메이슨을 쳐다봤다.

"당신 지금 무슨 말을 하고 있는지 알기나 해요? 무슨 일을 벌이려는 건지 알아요? 어떤 일이 벌어질지 알고 있느냐고요? 살해되고 말 거예요! 그러는 게 처음도 아닐걸요. 그 사람들은 갱단과 청부업자와 비밀리에 손을 잡고 있단 말이에요."

메이슨은 이바의 눈에서 시선을 떼지 않고 말했다.

"프랭크 로크에 대해서 알고 계신 게 뭡니까?"

이바는 몸을 부르르 떨며 눈길을 떨구었다. 잠시 뒤 그녀가 피곤한 목소리로 말했다. "아무것도 몰라요."

메이슨이 참다못해 큰 소리로 말했다. "부인은 여기 올 때마다 거짓말을 하는군요. 아이처럼 순진한 얼굴을 하고선 남을 속여 원하는 걸 얻어내는 거짓말쟁이란 말입니다. 미인이기 때문에 그런 짓을 해올 수 있었겠죠. 부인을 사랑했던 남자들뿐 아니라 부인이 사랑했던 남자들까지 모두 속여왔겠죠. 곤경에 처했으면서도 절 속이려고 하는 겁니까?"

이바는 분노로 가득 차 이글거리는 눈길로 메이슨을 노려봤다.

"당신은 내게 그런 식으로 말할 권리가 없어요!"

"당치도 않은 소리! 왜 없단 말입니까?" 메이슨이 험악한 얼굴로 쏘아붙였다.

두 사람은 잠시 눈싸움을 벌였다.

"남부에서 있었던 일 같아요." 이바가 온순하게 말했다.

"뭐가요?"

"로크가 말려들었다는 문제 말이에요. 무슨 일인지는 저도 몰라요. 어디에서 벌어진 일인지도요. 알고 있는 거라고는 남부 어디에서 어떤 문제가 있었다는 것뿐이에요. 여자가 얽힌 사건이었고요. 그러니까, 그 여자 때문에 문제가 시작됐는데 어떻게 끝났는지는 모르겠어요. 살인이 벌어졌을 수도 있지만 잘 모르겠어요. 무슨 곡절이 있었고, 그 탓에 오늘날까지 로크가 조지의 손아귀 안에 있는 게 분명해요. 조지가 남을 다루는 방법은 늘 그런 식이거든요. 약점을 잡고 그것을 무기로 삼아 자신이 원하는 일을 하도록 만들죠."

메이슨은 이바를 똑바로 쳐다보았다.

"바로 그런 식으로 남편분이 부인을 조종하나 봅니다."

"그러려고 했어요."

"그런 수법으로 부인과 결혼한 겁니까?" 메이슨이 물었다.

"모르겠어요. 아닐 거예요."

메이슨은 차갑게 웃었다.

"글쎄, 이제 와서 무슨 소용이겠어요?" 이바가 말했다.

"전혀 소용없을 수도 있지만 많은 게 달라질 수도 있죠. 돈이 좀더 있어야겠습니다."

이바가 핸드백을 열었다.

"많이 갖고 있진 않아요. 300달러 드릴 수 있어요."

메이슨은 고개를 저었다.

"예금계좌를 갖고 있죠? 자금을 더 가지고 있어야겠습니다. 이 일을 처리하기 위해 써야 할 데가 있어요. 이젠 부인을 위해서만이 아니라 제 자신을 위해서도 싸워야 하니까요."

"수표로 드릴 수는 없어요. 예금계좌를 가지고 있지 않거든요. 남편이 개설하지 못하게 했어요. 이것도 남편이 돈으로 다른 사람들을 조종하는 방식이죠. 전 남편에게 현금을 받든가 다른 방법으로 돈을 손에 넣어야 해요."

"다른 방법이라니요?" 메이슨이 물었다.

이바는 대답하지 않았다. 그러고는 핸드백에서 지폐 뭉치를 꺼냈다. "여기, 500달러예요. 제가 가진 건 다예요."

"좋습니다. 25달러만 남겨두고 나머진 제게 주시죠."

메이슨은 책상 옆에 부착된 버튼을 눌렀다. 대기실로 통하는 문이 열리더니 델라 스트리트가 무슨 일인지 알고 싶어 하는 눈빛을 하고 나타났다.

"이 숙녀분께 드릴 영수증을 한 장 더 작성해줘요. 회계장부 번호를 참조해서 지난번과 같은 식으로 만들면 돼요. 475달러짜리인데, 중도금 명목으로 하고."

이바 벨터가 메이슨 쪽으로 돈을 밀었다. 메이슨은 그걸 집어 델라에게 건넸다.

두 여자는 마치 길거리에서 마주치자 호시탐탐 공격할 기회를 노리며 다리에 힘을 주고 서로의 주위를 맴도는 두 마리의 개처럼 노골적으로 적의를 드러내고 있었다.

델라는 턱 끝을 높이 치켜든 채 돈을 받아 들고 대기실로 되돌아갔다.

"돌아가실 때 비서가 영수증을 드릴 겁니다. 연락은 어떻게 할까요?"

이바는 기다리고 있기라도 했던 것처럼 잽싸게 말했다.

"좋은 수가 있어요. 집으로 전화해주세요. 제 하녀가 전화를 받으면 세탁소라고 하고 제가 부탁한 드레스를 못 찾았다고 말하세요. 연락이 오면 제게 전달하도록 미리 일러둘 테니까요. 그런 다음 제가 전화를 드리겠어요."

메이슨이 폭소를 터뜨렸다.

"좋은 수를 알고 계시군요. 자주 쓰셨나 봅니다?"

메이슨을 올려다보는 이바의 동그랗고 파란 눈에 눈물이 그렁그렁 맺히니 순진무구한 표정이 한층 그럴듯했다.

"무슨 말씀인지 전혀 모르겠어요."

메이슨은 회전의자를 뒤로 밀치고 일어서서 책상을 돌아 앞으로 나갔다.

"앞으로는 애써 그렇게 어린애 같은 눈매를 하지 않으셔도 됩니다. 우린 서로를 잘 알고 있다고 생각하니까요. 곤경에 처해 있는 건 부인이고, 그곳에서 부인을 빼내려고 하는 게 저란 말입니다."

이바가 천천히 의자에서 일어서서 메이슨의 눈을 똑바로 쳐다보더니, 갑자기 두 손을 그의 양쪽 어깨에 올려놓았다.

"당신 덕분에 자신감이 생겼어요. 제가 알고 지냈던 사람들 중에서 제 남편에게 당당히 맞설 수 있는 사람은 당신뿐이에요. 당신에게 꽉 매달려 있으면 보호받을 것 같은 느낌이 들어요."

이바는 고개를 뒤로 젖혀 자기 입술이 메이슨의 입술과 가까워지도록 한 채 그를 똑바로 쳐다봤다. 몸도 메이슨에게 바짝 밀착시키고 있었다.

메이슨은 길고도 힘센 손가락으로 이바의 팔꿈치를 잡아 여자의 몸을 떼어 돌려세웠다.

"돈을 지불하는 동안은 보호해드릴 겁니다."

이바는 메이슨과 얼굴을 마주하려고 꼼지락거리며 돌아섰다.

"돈 말고는 아무것도 생각하지 않는 건가요?"

"이 사건에서는 그렇습니다."

"전 세계를 뒤져봐도 의지할 사람은 당신밖에 없어요. 당신만이 저의 파멸을 막아줄 유일한 방패라고요." 이바가 울음 섞인 목소리로 외쳤다.

"그게 제가 하는 일입니다. 그런 이유로 제가 여기 있는 거라고요."

메이슨은 쌀쌀맞게 대꾸하며 그녀와 함께 대기실로 통하는 문으로 걸어갔다. 메이슨이 오른손으로 손잡이를 잡자, 그녀는 몸을 틀어 메이슨의 손아귀에서 팔꿈치를 빼냈다.

"잘 알았어요. 그리고 감사하고요."

이바의 말투는 극히 형식적이고, 냉랭했다. 그런 다음 그대로 대기실로 나가버렸다.

메이슨은 그녀의 등 뒤에서 문을 닫았다. 책상으로 가서 수화기를 들고, 델라의 목소리가 들리자 말했다. "외부로 연결해줘, 델라."

그는 드레이크 탐정 사무소의 번호를 대고, 폴 드레이크를 불러냈다.

"폴인가? 나 페리일세. 급히 처리해줘야 할 일이 있어. 《스파이시 비츠》의 프랭크 로크 말인데, 여자관계가 아주 대단한 녀석이야. 휠라이트 호텔에 여자를 한 명 두고 놀아나고 있어. 여자는 그 호텔에 살고 있는데, 로크가 가끔 호텔 이발소에 들러 잔뜩 멋을 부리고선 함께 외출하더군. 녀석은 남부 어딘가에서 흘러들어왔다는데 정확히 어딘지는 나도 몰라. 고향을 떠난 건 어떤 문제에 연루된 탓이었던 것 같아. 프랭크 로크라는 게 본명이 아닐 수도 있어. 녀석에 관한 모든 정보를 수집해줘. 될 수 있는 대로 많은 사람을 투입해서 최대한 빨리. 비용은 얼마나 들까?"

"우선 200달러. 그리고 이번 주말에 또 200달러 들 거야. 그때까지 조사가 계속된다면 말이지."

"의뢰인이 부담하게 하기에는 너무 거액인데……"

"그럼 전부 325달러로 하지. 그리고 나중에 경비 지출 내역에 이 비용을 첨부할 수 있을 때 지불해주면 되고."

"알겠어. 즉시 착수해주게."

"잠깐만 기다리게. 나도 지금 막 자네에게 연락하려던 참이었거든. 여기 건물 바로 앞에 서 있는 대형 링컨에 운전기사가 앉아 있는데, 요전에 자네의 의문투성이 여자 친구가 날 따돌리는 데 써먹었던 것과 같은 차라는 느낌이 드는군. 어때, 추적해볼까? 내 사무실로 올라오면서 차량 번호를 적어뒀거든."

"아니, 그러지 않아도 괜찮아. 내가 직접 여자를 추적해봤거든. 그 여자 일은 잊고 프랭크 로크 문제나 맡아줘."

"알겠어." 드레이크는 그렇게 말하고 전화를 끊었다.

메이슨은 수화기를 내려놓았다.

델라가 문간에 서 있었다.

"그 여자는 갔어?"

메이슨이 묻자 델라는 고개를 끄덕였다.

"그 여자가 소장님을 난처하게 만들 거예요."

"지난번에도 그런 말을 했지."

"네, 했어요. 다시 한번 말씀드리는 거예요."

"왜?"

"태도가 마음에 들지 않아서요. 일하는 여성을 대하는 태도도 싫고요. 속물근성으로 가득 찬 여자라니까요."

"그런 사람은 많아, 델라."

"저도 잘 알아요. 그렇지만 그 여자는 달라요. 정직이라는 게 무슨 뜻인지 모르는 여자예요. 남을 속이고 등치는 게 좋아죽는 여자라고요. 자기에게 이득이 된다면 곧장 소장님을 배신할 거예요."

페리 메이슨은 생각에 잠겼다.

"그렇게 나오면 그 여자에게 이롭지 않을걸?" 메이슨은 어떤 생각에 몰두한 듯 건성으로 대꾸했다.

델라는 잠시 메이슨을 쳐다보다가, 이윽고 문을 닫아 그를 혼자 내버려두었다.

6

해리슨 버크는 키가 훤칠하고 언제 어디서나 남의 눈길을 끄는 사내였다. 의회에서의 성적은 특이할 게 없었지만, 대중의 인기를 얻는 데 급급한 정치인 몇몇이 하원에 제출한 법안을 지지함으로써 '민중의 벗'이라고 자칭하고 있었다. 물론 그 법안이 절대로 상원을 통과하지 못할 것이고, 설혹 통과한다 하더라도 대통령이 즉시 거부권을 행사하리라는 걸 잘 알면서도 벌이는 수작이었다.

버크는 시민들 중에서 영향력을 행사할 수 있는 계층을 더 많이 끌어들이고, 자신이 근본적으로 보수 성향이라는 인상을 심어주는 전략을 은밀히 수행하며 상원 의원 선거에 입후보할 계획을 세우고 있었다. 그는 일반 유권자들의 지지를 안고, '민중의 벗'이라는 명성에도 상처를 입지 않은 채 그 일을 해내려 했다.

그는 상대를 꿰뚫어 보는 기민한 눈길로 페리 메이슨을 쳐다보며 말했다.

"선생이 무슨 말을 하고 있는지 전혀 이해할 수가 없군요."

"그러신가요? 그렇다면 솔직히 말씀드려야겠군요. 비치우드 인에서 강도 사건이 벌어졌는데, 마침 의원님께서 유부녀와 함께 그곳에 있었던 밤의 이야기를 하는 겁니다."

해리슨 버크는 마치 주먹으로 한 대 얻어맞기라도 한 것처럼 움찔거렸다. 헐떡거리며 깊이 숨을 들이쉬고, 자신이 생각하기에 근엄하게 보일 것 같은 표정을 지으려고 애썼다.

잘 울리는 굵직한 목소리로 버크가 말했다.

"뭔가 잘못 알고 계신 것 같군요. 오늘 오후는 굉장히 바빠서 이만 돌아가주셨으면 합니다."

메이슨의 얼굴에는 혐오와 분노가 한가득 뒤섞여 있었다. 그는 정치인의 책상 앞으로 한 걸음 다가서서 사내의 얼굴을 뚫어져라 내려다봤다.

"의원님은 지금 곤경에 처해 있어요. 말도 안 되는 소릴 빨리 그만둘수록 곤경에서 벗어날 수 있는 방법을 더 빨리 강구할 수 있죠." 메이슨이 느릿하게 말했다.

"하지만 난 선생에 관해 아는 게 하나도 없단 말이오. 신임장 같은 것도 가져오지 않았잖습니까." 버크가 항의했다.

"이번 사건에는 머리로 알고 있는 것 외에는 그 어떤 신임장도 필요하지 않습니다. 저도 알아야 할 건 다 알고 있습니다. 전 그날 밤 의원님과 함께 있었던 여성분을 대리하고 있습니다. 《스파이시 비츠》는 모든 걸 까발리고, 의원님을 감시 배심과 대배심에 출두하도록 해서 의원님이 알고 있는 것, 그리고 당시 누구와 함께 있었는지 증언하도록 요구하려고 합니다."

해리슨 버크의 얼굴이 환자처럼 잿빛으로 돌변했다. 힘이 빠져버린 두 팔과 어깨를 지탱하려는 듯 책상 위로 상체를 쑥 내밀었다.

"뭐라고요?"

"들으신 대로입니다."

"난 전혀 몰랐소. 그 사람이 말해준 적이 없거든. 처음 듣는 소리요. 뭔가 실수가 있는 게 분명합니다."

"다시 한번 잘 생각해보시죠. 어떤 실수도 없다는 걸 알게 되실 겁니다."

"어떻게 선생을 통해 이런 이야기를 듣게 된 건지 영문을 모르겠군요."

"그건 아마도 그 여성분이 의원님을 끌어들이고 싶어 하지 않았기 때문이죠. 자기 일만으로도 머릿속이 복잡한데다 어떻게든 스스로 곤경을 헤쳐나가려고 애쓰고 있습니다. 전 최선을 다하고 있습니다만 그러기 위해서는 돈이 듭니다. 제 의뢰인은 의원님을 찾아와 선거 기부금으로 들어온 돈을 달라는 요구 따위는 하지 않겠죠. 그래서 제가 요구하러 왔습니다."

"돈을 요구하시는 건가요?" 버크가 물었다.

"그게 아니면 무엇 때문에 제가 이곳에 온 것 같습니까?"

자신이 처해 있는 공포스러운 상황이 일련의 파도처럼 하나씩 의식 속으로 파고들자 해리슨 버크는 간신히 위험성을 알아차린 모양이었다.

"맙소사! 까딱하다가는 이 일로 끝장이 나겠군!"

메이슨은 잠자코 있었다.

"《스파이시 비츠》라면 매수할 수 있을 겁니다. 그들이 어떤 방법을 쓰는지는 잘 모르겠지만 듣자 하니 그 신문의 광고 지면을 사고 계약대로 하지 않으면 손해배상을 물리는 조항을 두고 있다고 하더군요. 선생은 변호사이니 그 점에 관해서는 잘 알고 있을 겁니다. 또 그런 일을 다루는 방법도 잘 알고 있을 거고요."

"지금은 《스파이시 비츠》를 매수할 수 없습니다. 첫째, 그들이 터무니없는 거액을 요구했습니다. 둘째로, 그들은 지금 혈안이 되어 날뛰고 있습니다. 이건 더이상 자비를 주고받는 문제가 아닙니다."

해리슨 버크가 허리를 쭉 폈다. "변호사 양반, 뭘 잘못 알고 있는 게 아닙니까? 그 신문이 왜 그런 태도를 취하는지 이유를 모르겠군요."

메이슨은 버크를 향해 씩 웃었다. "정말 모르겠습니까?"

"모르겠어요."

"그럼 말해드리죠. 신문의 배후에 숨어 있는 실세, 즉 그 신문사를 실제로 소유하고 있는 사람이 조지 C. 벨터입니다. 그리고 의원님과 데이트한 여성분이 그 사람의 아내인데, 이혼소송을 제기하려고 고심하고 있었습니다. 그러니 생각해보십시오."

버크의 얼굴이 흙빛으로 변했다.

"그럴 리가요. 벨터는 그런 일에 말려들 사람이 아닙니다. 아주 신사적이란 말입니다."

"뭐, 신사적인 사람일 수도 있지만 그 신문의 소유주인 건 분명합니다." 메이슨이 말했다.

"그럴 리가 없다니까요!" 버크가 반박했다.

"사실인 걸 어떡합니까? 정보를 드리는 거니까 받든 말든 알아서 하십시오. 끝장나는 건 제가 아니라 의원님입니다. 곤경을 벗어나려면 의원님이 가지고 있는 카드를 제대로 사용하면서 좋은 충고를 받아들여야 합니다. 전 좋은 충고를 드릴 준비가 되어 있습니다."

해리슨 버크는 깍지 낀 손을 비틀었다. "선생이 원하는 게 정확히 뭡니까?"

"그 작자들을 쳐부술 수 있는 유일한 방법은 맞대결입니다. 그자들은 협박을 일삼는 자들이므로 저도 협박으로 맞서

야죠. 지금 정보를 캐고 있는데 이 일에는 돈이 필요합니다. 제 의뢰인은 돈이 다 떨어졌고, 저는 제 돈을 처넣을 생각은 추호도 없습니다.

저 탁상시계의 바늘이 한 바퀴 돌 때마다 제 시간은 이 사건에 쏟아부어지고 있고, 다른 사람들도 저마다 자기 시간을 쏟아붓고 있습니다. 비용이 마구 올라가는 거죠. 제가 보기에는 의원님께서 그 비용의 일부를 부담하지 않을 이유가 없는 것 같습니다."

해리슨 버크는 눈을 깜빡거리더니 조심스럽게 물었다.

"그게 얼마쯤입니까?"

"당장 필요한 건 1500달러입니다만 완전히 곤경에서 벗어나시려면 좀더 많이 들 것으로 예상됩니다."

버크는 혀끝으로 입술을 적셨다. "생각을 좀 해봐야겠습니다. 내가 비용을 지불한다고 해도 그만한 돈을 손에 넣기까지는 준비가 필요하고요. 내일 아침에 다시 오면 그때 답을 드리겠습니다."

"상황이 급박하게 돌아가고 있습니다. 지금부터 내일 아침까지는 꽤 많은 일들이 벌어질 겁니다."

"그럼 두 시간 뒤에 다시 와주십시오." 버크가 말했다.

메이슨은 해리슨 버크를 빤히 쳐다보았다.

"알겠습니다. 지금부터 의원님께서 하고자 하는 일이 있으시겠죠? 제 뒷조사를 하시려는 것 아닙니까? 알게 되실 사항을 미리 말씀드리죠. 전 법정 변호를 전문으로 하고, 그것도 형사사건을 많이 다루는 변호사입니다. 법률과 관련된 일에 종사하는 사람들은 제각각 나름대로의 전문 분야를 내세우고 있죠. 전 곤경에 처한 사람들을 구하는 전문가입니다. 온갖 곤경에 처한 사람들이 절 찾아오고, 전 그들을 구해냅니다. 제가 맡은 사건들은 대부분 법정까지 가지 않죠.

어떤 가정이나 회사의 고문 변호사에게 저에 대해서 물으면, 일거리를 만드는 사기꾼 변호사라고 할 겁니다. 지방 검사실의 직원에게 물으면, 적으로 삼기에는 위험한 녀석이지만 자세한 건 모르겠다고 할 겁니다. 은행에 물으면 아무것도 알아내지 못할 거고요."

버크는 뭔가를 말하려고 입을 달싹거렸지만 말하지 않는 편이 더 낫다고 생각한 모양이었다.

"이 정도면 저에 관한 정보를 얻기 위해 소비할 시간을 많이 줄여드린 것 같은데요. 만약 이바 벨터에게 연락하면, 제가 의원님을 찾아간 일을 가지고 화를 낼 겁니다. 그녀는 혼자서 문제를 해결하고 싶어 하니까요. 아니면 의원님 사정이 머릿속에 전혀 떠오르지 않았든가요. 어느 쪽인지는 저도 모르겠습니다. 그녀에게 전화를 걸 때마다 하녀에게 드레스 따위에 관한 메시지를 남겼겠죠? 그럼 나중에 그녀가 전화를 걸어오고요."

해리슨 버크는 깜짝 놀란 것 같았다.

"그걸 어떻게 알았습니까?"

"그녀는 그런 식으로 연락을 주고받으니까요. 전 드레스에 관해 말하면 되는데, 의원님은요?"

"구두를 배달한다고 합니다." 해리슨 버크는 자기도 모르게 불쑥 말해버렸다.

"좋은 수법인데요? 같은 의류가 아닌 구두로 정해서 혼동하지 않도록 한 걸 보면요. 하녀가 믿을 만한 사람인지 모르겠군요."

버크의 경계심이 녹아버린 것 같았다.

"하녀는 아무것도 몰라요. 그저 메시지를 전할 뿐이고 이 바만 암호를 알고 있죠. 다른 사람에게도 그런 암호를 쓰고 있는 줄은 몰랐습니다."

메이슨은 큰 소리로 웃었다.

"나잇값을 하셔야죠."

해리슨 버크가 위엄을 갖추며 말했다. "사실 벨터 부인이 내게 전화를 걸었습니다. 아직 한 시간도 채 지나지 않았습니다. 궁지에 몰려 있다고 하면서 즉시 천 달러를 마련해야 한다고 하더군요. 내 도움을 원했죠. 돈을 어디에 쓸지는 말하지 않았고요."

메이슨이 휘파람을 불었다.

"이야기가 완전히 달라지는데요. 전 그녀가 의원님을 끌어들이지 않으려 할까 봐 걱정했거든요. 의원님께서 이 문제를 어떻게 헤쳐나가실지는 신경 쓰지 않지만, 일정 부분 책임은 져야 한다고 생각합니다. 그녀를 위해 뛰는 만큼 의원님을 위해 일하는 셈이기도 하고, 돈이 많이 드는 싸움이 될 테니까요."

버크가 고개를 끄덕였다.

"삼십 분 후에 다시 오십시오. 그때 답을 드리겠습니다."

메이슨은 문으로 걸어가며 말했다. "알겠습니다. 그럼 삼십 분으로 하죠. 돈은 현금으로 준비하시는 게 좋습니다. 혹시 제가 하는 일이나, 제가 누구를 대리하고 있는지 신문에 실리는 경우 관련된 수표가 의원님 계좌에서 발급됐다는 게 알려지길 바라진 않으실 테니까요."

버크는 의자를 뒤로 밀고 일어서서 정치인이 으레 하듯 손을 내밀었다. 메이슨은 그 손을 보지 못했다. 혹은 봤더라도 싹 무시한 채 문 쪽으로 걸어갔다.

"삼십 분입니다." 메이슨은 문간에서 다시 한번 강조하고 등 뒤로 문을 쾅 닫았다.

메이슨이 자기 차의 문손잡이를 잡았을 때, 어떤 사내가 어깨를 두드렸다.

메이슨은 뒤를 돌아봤다. 눈매가 곱지 않은, 육중한 덩치의 사내였다.

"당신과 인터뷰를 하고 싶습니다, 메이슨 씨."

"인터뷰? 당신 뭡니까?"

"전 《스파이시 비츠》의 기자 크랜들입니다. 저희 신문사는 유명인들의 동향에 관심을 가지고 있습니다, 메이슨 씨. 해리슨 버크와 무슨 이야기를 나누셨는지 인터뷰하고 싶습니다."

메이슨은 천천히, 조심스럽게 문손잡이에서 손을 떼고 빙글 돌아서서 사내를 위아래로 훑어봤다.

"아하, 당신들은 이런 전술을 사용하려는 모양이군."

크랜들은 사나운 눈길로 메이슨을 계속 노려봤다.

"너무 나대지 마시죠. 그런다고 돈이 더 생기는 것도 아닐 텐데 말입니다."

"그게 당신이랑 무슨 상관입니까?" 그렇게 쏘아붙인 메이슨은 얼른 거리를 재고서, 이를 드러내며 웃는 녀석의 입에 왼쪽 주먹을 날렸다.

크랜들의 머리가 뒤로 확 젖혀졌다. 뒤로 두 걸음 비틀거리며 물러서더니 밀이 담긴 자루처럼 풀썩 주저앉았다.

지나가던 사람들이 이 모습을 보고 걸음을 멈췄다가 모여들었다.

메이슨은 구경꾼들에게 눈도 돌리지 않고 돌아서서 차에

타고는 문을 쾅 닫았다. 그리고 시동 장치를 꾹 밟아 차량의 물결 속으로 파고들었다.

메이슨은 근처 약국에서 해리슨 버크의 사무실로 전화했다. 그리고 버크가 전화를 받자 말했다.

"메이슨입니다, 버크. 밖으로 나오지 않는 게 좋겠습니다. 그리고 누군가에게 신변 보호를 부탁하십시오. 신문사에서 의원님께 주먹깨나 쓰는 녀석들을 붙여 무슨 짓을 할지도 모르니까요. 말썽이 생기면 손해가 막심할 겁니다. 돈이 마련되거든 사람을 시켜 제 사무실로 보내주십시오. 믿을 수 있는 사람에게 시키고, 꾸러미 속의 내용물을 가르쳐줘서는 안 됩니다. 서류처럼 보이도록 봉인된 봉투에 넣어주십시오."

해리슨 버크가 무슨 말을 하려고 했다.

메이슨은 거칠게 수화기를 고리에 걸고, 전화박스에서 나와 차에 올라탔다.

7

남동쪽에서부터 폭풍우가 몰아치고 있었다. 회색빛 구름이 밤하늘을 천천히 가로지르며 엄청난 양의 빗줄기를 땅바닥에 쏟아부었다.

바람은 페리 메이슨이 사는 아파트를 사방에서 붙잡고 늘어졌다. 아래쪽만 겨우 일이 센티미터 열어둔 유리창 틈에서 들어오는 바람만으로도 커튼이 계속 부풀어 오르며 펄럭거렸다.

메이슨은 침대에서 일어나 앉아 어둠 속에서 울리는 전화기를 더듬어 찾았다. 그는 겨우 수화기를 귀에 대고 말했다.

"여보세요?"

겁에 질린 이바 벨터의 목소리가 숨 가쁘게 전화선을 타고 흘러나왔다.

"천만다행이에요, 연락이 닿아서! 당장 차를 끌고 와주세요! 이바 벨터예요."

메이슨은 아직 잠에서 덜 깬 상태였다.

"어디로 오란 말입니까? 무슨 일이 생겼나요?"

"끔찍한 일이 벌어졌어요. 집으로 오시

면 안 돼요. 지금 밖이에요."

"어디에 계시는데요?"

"그리즈월드 애비뉴에 있는 약국에 있어요. 큰길에 들어서면 약국 불빛이 보일 거예요. 그 앞에 서 있을게요."

페리 메이슨의 머리가 겨우 돌아가기 시작했다.

"아, 잠깐만요. 예전에 한밤중에 날 불러내서 죽이려고 했던 전화를 받은 적이 있어서요. 지금 이 통화에 속임수 같은 건 없는지 확실히 해두고 싶군요."

전화선 저편에서 이바가 소릴 질렀다.

"유난 좀 그만 떨어요, 소심한 양반아! 당장 여기로 오라니까요! 심각한 문제라고요. 내 목소리를 듣고도 모르겠어요?"

메이슨이 침착하게 대꾸했다. "네, 충분히 알겠습니다. 처음 제 사무실로 찾아오셨을 때 어떤 이름을 댔죠?"

"그리핀이요!" 그녀가 새된 목소리로 외쳤다.

"좋습니다. 즉시 그곳으로 가죠."

메이슨은 옷을 입고, 바지 뒷주머니에 리볼버를 집어넣은 다음 레인코트를 걸치고, 챙이 이마까지 내려오는 모자를 쓴 뒤 불을 끄고 아파트를 나섰다. 차는 차고에 있었다. 그는 시동을 걸고 엔진이 데워지기도 전에 빗속으로 달려 나갔다.

모퉁이를 돌자 차가 연신 기침을 해대며 폭발음을 냈다. 메이슨은 공기 조절 장치를 모두 열고 가속 페달을 밟았다. 빗줄기가 앞 유리창을 후려갈겼다. 커다란 빗방울이 떨어지는 인도 위에서 버섯처럼 피어오른 물보라가 헤드라이트 불빛을 받아 반짝거렸다.

메이슨은 교차로를 지날 때에도 다른 차가 달려올 가능성을 싹 무시하고 계속 속도를 올렸다. 우회전하여 그리즈월드 애비뉴로 들어서서 2.5킬로미터쯤 달린 후 메이슨은 속도를 늦추며 불빛을 찾아 두리번거리기 시작했다.

약국 앞에 서 있는 이바의 모습이 눈에 들어왔다. 코트는 걸쳤지만 쏟아지는 비는 전혀 개의치 않는 듯 모자를 쓰지 않아 머리가 흠뻑 젖어 있었다. 휘둥그레진 그녀의 눈은 겁에 질려 있었다.

페리 메이슨은 길가에 차를 세웠다. 그가 차 문을 열어주자 이바 벨터가 말했다.

"안 오시나 하고 걱정했어요."

차에 올라탄 그녀는 이브닝드레스에 새틴 구두를 신고 남성용 코트를 걸치고 있었다. 온몸이 흠뻑 젖어 차 바닥에 물이 뚝뚝 떨어졌다.

"무슨 일입니까?" 메이슨이 물었다.

이바는 비에 젖은 창백한 얼굴로 그를 돌아보며 말했다.

"집으로 가주세요, 빨리요!"

"무슨 일이 일어난 겁니까?" 메이슨이 거듭 물었다.

"남편이 살해당했어요." 이바가 울부짖었다.

메이슨이 실내등의 불을 켰다.

"불 켜지 마세요!"

메이슨은 그녀의 얼굴을 바라보며 차분하게 말했다.

"자세히 말씀해주시죠."

"일단 출발하면 안 될까요?"

"상황을 알기 전까지는 안 됩니다." 메이슨은 아무 일도 아니라는 듯 가볍게 대꾸했다.

"경찰보다 우리가 먼저 도착해야 한다고요."

"왜 그래야 하는데요?"

"그래야 하니까요."

메이슨은 고개를 저었다. "아니요, 무슨 일이 있었는지 정확히 알기 전까지는 경찰과 이야기하지 않을 겁니다."

"아, 정말 끔찍했어요!"

"누가 남편분을 죽였습니까?"

"몰라요."

"그럼, 부인께선 뭘 알고 계시죠?"

"불 좀 꺼주지 않겠어요?" 이바가 신경질적으로 쏘아붙였다.

"무슨 일이 있었는지 제게 다 말해주면 끄겠습니다." 메이슨은 집요했다.

"왜 꼭 켜놓으려는 거죠?"

"당신 얼굴을 잘 보고 싶어서죠." 그의 어조에는 다정함이 조금도 깃들어 있지 않았다. 태도는 엄격하기 짝이 없었다.

이바는 지겹다는 듯 한숨을 내쉬었다.

"무슨 일이 벌어진 건지 잘 모르겠어요. 오랫동안 남편에게 협박당한 사람이 아니었나 싶긴 해요. 위층에서 다투는 목소리가 들렸는데 둘 다 몹시 성이 나 있었어요. 무슨 일인가 들어보려고 계단으로 갔죠."

"대화 내용이 들리던가요?"

"아뇨, 그저 단어 몇 개와 말투만 알 수 있었어요. 서로를 저주하고 있더라고요. 입을 열 때마다 그런 말이 섞여 있던걸요. 남편은 미쳐 날뛰며 싸울 때 으레 그러듯이 차갑고 빈정대는 투로 말하고 있었어요. 다른 남자도 목소리를 높이긴 했는데 소릴 지르진 않았고요. 남편이 말하는 도중에 몇 번이나 말허리를 자르긴 했죠."

"그러고는 어떻게 됐습니까?"

"무슨 이야길 주고받는지 좀더 자세히 듣고 싶어 살금살금 계단을 기어 올라갔어요." 이바는 말을 끊고 숨을 돌렸다.

"알겠습니다. 계속하시죠. 그러고 나서 무슨 일이 벌어졌습니까?"

"그리고…… 총성과 사람이 쓰러지는 소리를 들었어요."

"한 발뿐이었습니까?"

"딱 한 발의 총소리와 사람이 쓰러지는 소리요. 아, 정말 끔찍했어요! 집을 온통 뒤흔드는 것 같았어요."

"네, 잘 알겠으니 계속하시죠. 부인께서는 그후에 어떻게 했습니까?"

"그러고는…… 돌아서서 도망쳤죠. 무서워서요."

"어디로 도망치셨나요?"

"제 방으로요."

"부인을 본 사람이 있었나요?"

"아니요, 아무도 보지 못했을 거예요."

"그런 다음에 뭘 하셨습니까?"

"잠시 동안 가만히 있었어요."

"무슨 소리를 듣지 못했습니까?"

"총을 쏜 남자가 계단을 달려 내려와 집 밖으로 도망치는 소리를 들었어요."

"좋습니다. 그후에 어떻게 됐습니까?" 메이슨은 끈질기게 물었다.

"조지를 보러 가야겠다고, 가서 뭔가 해줄 게 있는지 알아 봐야겠다고 생각했죠. 그래서 2층에 있는 조지의 서재로 올라갔어요. 조지는 거기 있더군요. 막 목욕을 했는지 목욕 가운을 두르고 있었어요. 누운 채로…… 죽어 있더군요."

"어디에 누워 있던가요?" 메이슨은 가차 없이 몰아붙이며 대답을 강요했다.

"그렇게 세세한 건 묻지 마세요. 기억나지 않는다고요. 욕실 가까운 곳이었던 것 같아요. 목욕을 막 끝내고 나온 참이었나 봐요. 말다툼이 벌어졌을 때, 조지는 욕실 문간에 서 있었던 게 분명해요."

"남편분이 죽었다는 걸 어떻게 아셨나요?"

"봤으니까요. 그러니까, 그이가 죽었다고 생각했어요. 아, 잘 모르겠어요. 얼른 가서 절 도와주세요. 만일 그이가 죽지 않았다면 괜찮아요. 아무 문제도 없을 거예요. 하지만 그이가 죽었다면 우린 모두 궁지에 몰린 거라고요."

"왜요?"

"모든 게 공개될 테니까요. 모르시겠어요? 프랭크 로크는 해리슨 버크에 대해서 모조리 알고 있으니까 해리슨이 남편을 죽였다고 생각할 게 빤하잖아요. 그렇게 되면 해리슨이 제 이름을 언급할 테고, 그후에 무슨 일이 벌어질지 누가 알겠어요. 심지어 혐의가 제게 돌아올 수도 있다고요."

"그런 건 걱정할 문제가 아닙니다. 로크가 버크에 대해서 알기는 하지만 로크는 꼭두각시나 하는 별 볼 일 없는 작자니까요. 배경이었던 남편분이 사라지는 순간 로크는 혼자 힘으로 서 있지도 못할 겁니다. 남편분을 노리고 있었던 게 해리슨 버크뿐이라고 생각할 이유도 없고요."

"그렇긴 하지만, 해리슨 버크에게는 다른 누구보다도 강한 동기가 있어요. 다른 사람들은 누가 그 신문을 경영하는지 몰랐어요. 해리슨은 알고 있었고요. 당신이 말해줬으니까요."

"그 사람이 부인께 얘기한 모양이죠?"

"네, 그랬어요. 당신은 왜 굳이 그 사람을 찾아간 거죠?"

메이슨이 냉랭한 목소리로 대답했다.

"그 사람 혼자 편안하도록 놔둘 수 없었기 때문이죠. 남의 도움을 많이 받고 있으니 이 일에 대한 대가를 치르도록 할 생각이었습니다. 부인 혼자서 모든 돈을 지불하지 않도록 하려고요."

"그건 제가 결정할 문제 아닐까요?"

"전 그렇게 생각하지 않습니다."

이바는 입술을 깨물며 뭔가를 말하려다가 생각을 바꿨는지 그만두었다.

"자, 이제 제 말을 잘 듣고 똑똑히 기억하세요. 남편분이 죽었다면 여러 가지 조사가 진행될 겁니다. 정신을 바짝 차리고 있지 않으면 안 됩니다. 혹시 그때 집 안에 있었던 남자가 누군지 짐작 가십니까?"

"아뇨, 잘 모르겠어요. 그저 목소리로 짐작할 수 있을 뿐이에요."

"그 정도면 됐습니다. 무슨 이야기를 하고 있었는지는 들리지 않았다고 하셨죠?"

"네, 안 들렸어요." 이바가 느릿하게 말했다. "하지만 두 사람의 목소리는 들렸어요. 말투를 구분할 수 있었고요. 남편의 목소리가 들렸고, 다른 남자의 목소리도요."

"그 남자의 목소리를 전에도 들어본 적이 있나요?"

"네."

"누군지 알고 있습니까?"

"네."

"흠, 수수께끼 같은 대답은 그만두시죠. 그게 누구였습니까? 전 부인의 변호사입니다. 그러니 제게 말씀해주셔야죠."

이바는 얼굴을 돌리고 메이슨을 정면으로 쳐다봤다.

"누군지 알고 계시잖아요."

"제가 알고 있다고요?"

"네."

"잠깐만요, 우리 중 한 사람은 제정신이 아니군요. 그 사람이 누군지 제가 어떻게 안단 말입니까?"

"그건······." 이바는 천천히 말했다. "그 사람이 당신이었기 때문이죠!"

메이슨의 눈매가 차갑고 험악해졌다.

"저요?"

"네, 당신이었어요! 정말이지 전 말하고 싶지 않았어요! 제가 알고 있다는 걸 당신에게 알리고 싶지 않았다고요. 당신의 비밀을 지켜줄 생각이었단 말이에요! 하지만 당신이 살살 캐내고 말았어요. 다른 사람에게는 결코, 무슨 일이 있어도 말하지 않겠어요! 이건 당신과 저만이 아는 비밀이 될 거예요."

메이슨은 입술을 깨물며 이바를 빤히 쳐다봤다.

"과연, 부인께선 그런 사람이란 말이군요."

이바는 메이슨과 눈을 맞추며 천천히 고개를 끄덕였다.

"그래요, 메이슨 씨. 전 당신이 믿을 수 있는 사람이에요. 절대로 당신을 배신하지 않을 테니까요."

메이슨은 숨을 깊이 들이쉬었다가 한숨을 내쉬었다.

"빌어먹을! 무슨 일이 이따위로 되어가는 거야!"

잠시 침묵이 흘렀다. 이윽고 메이슨이 아무런 감정이 담기지 않은 목소리로 물었다.

"그 뒤에 차가 달려가는 소리를 들었습니까?"

이바는 잠시 망설이다가 대답했다. "네, 들은 것 같아요. 그렇지만 나무가 폭풍우에 흔들리며 집이고 뭐고 온통 문질러대서 무척이나 시끄러웠거든요. 그래도 엔진 소리는 들었던 것 같아요."

"제 말 단단히 명심해두세요. 부인은 지금 신경이 몹시 쇠약해져 있어요. 그렇다고 이대로 형사 앞에 나서서 지금처럼 말한다면 난처한 입장을 자초하게 될 겁니다. 완전히 신경쇠약에 빠져서 그 누구와도 이야기하지 못하도록 의사를 불러들이거나, 더 이치에 맞는 이야기를 생각해내든가 어느 한쪽을 택하는 게 좋을 겁니다. 그리고 엔진 소리를 들었거나, 듣지 못했거나 어느 한쪽으로 답하세요. 들었습니까, 못 들었습니까?"

"들었어요, 확실히." 이바는 반항하듯 대답했다.

"좋습니다, 훨씬 낫군요. 지금 집 안에 몇 명이나 있습니까?"

"무슨 뜻인가요?"

"하인이든 누구든 집 안에 있는 사람을 말하는 겁니다. 그 집에 있는 사람들을 파악하고 싶거든요."

"우선, 집사 디글리가 있어요."

"네, 그 사람은 만났습니다. 그자에 대해서는 알고 있고요. 다른 사람은요? 가정부는 누구죠?"

"베이치 부인요. 그리고 부인의 딸도 와 있어요. 온 지 며칠 된 것 같아요."

"좋습니다, 남자들은요? 모두 말해주시죠. 집사인 디글리뿐인가요?"

"아니요, 칼 그리핀이란 사람이 있어요."

"'그리핀'이라고요?"

"네." 이바는 얼굴을 붉혔다.

"부인께서 처음 절 찾아왔을 때 그리핀이라는 이름을 댔던 건 그걸로 설명이 되는군요."

"아니요, 그렇진 않아요. 그저 머릿속에 맨 처음 떠오른 이름을 댔을 뿐이에요. 무슨 이상한 관계라도 있는 것처럼 말하지 마세요."

메이슨은 씩 웃었다. "전 그런 뜻으로 말하지 않았습니다. 이상한 뜻이 있는 것으로 이해한 건 부인이시죠."

이바는 호들갑스럽게 수다를 떨었다.

"칼은 남편의 조카예요. 그는 밤에는 집에 잘 없어요. 생활이 엉망이에요. 방탕하게 지내고 있나 봐요. 거의 매일 술에 취해 돌아온다고 하는데 그 부분에 대해선 잘 몰라요. 하지만 칼이 남편과 아주 가깝다는 건 알고 있어요. 남편은 살아있는 사람들 중에서 칼에게 애정 비슷한 감정을 가장 많이 가지고 있어요. 남편이 이상한 사람이라는 걸 알아두셔야 해요. 진정으로 누군가를 사랑할 사람이 아니죠. 남을 자기 것으로 만들어 마음대로 지배하고 억누르는 것은 좋아하지만, 사랑할 수는 없어요. 가까운 친구는 한 사람도 없고 완전히 자기 혼자만으로 충분하다고 생각하는 사람이라고요."

"네, 그런 점은 알고 있습니다. 제가 흥미를 가지고 있는 건 남편분의 성격이 아닙니다. 칼 그리핀에 대해서 더 말씀해주시죠. 그 친구는 오늘 밤 집에 있었습니까?"

"아뇨, 저녁 일찍 나갔어요. 사실, 저녁 식사 시간에 이미 집에 없었을 거예요. 오늘 오후에 골프 클럽에 가서 골프를 친 게 아닌가 싶은데요. 언제부터 비가 내리기 시작했죠?"

"6시쯤이었던 같은데요. 그걸 묻는 이유가 있나요?"

"네, 전 그런 식으로 기억을 하거든요. 오후엔 날이 좋았으니까 칼은 골프를 치고 있었어요. 그리고 조지의 말에 의하면 칼에게서 전화가 왔는데 저녁은 골프 클럽에서 먹을 예정이라 늦게까지 집에 들어오지 못할 거라고 했다더군요."

"집에 돌아오지 않았던 게 확실합니까?"

"확실해요."

"2층 방에서 들은 남자 목소리가 칼의 것이 아닌 건 확실한가요?"

이바는 잠시 망설였다.

"네, 그건 당신 목소리였어요."

메이슨은 화가 나서 투덜거렸다. 이바가 서둘러 말했다.

"당신 목소리처럼 들렸다는 거예요. 꼭 당신처럼 말했다니까요. 조용조용 말하면서 자기 뜻대로 대화를 끌고 갔어요. 목소리를 높일 수 있었는데도 당신처럼 침착함을 잃지 않고 차분히 처리하는 것 같았죠. 그렇지만 전 누구에게도, 이 세상의 어느 누구에게도 이 사실을 말하지 않겠어요! 고문을 당한다고 하더라도 당신의 이름을 대지 않을 거예요."

이바는 파란 눈을 애써 동그랗게 뜨고, 연습을 거듭했을 천진난만한 표정을 지으며 그의 얼굴을 똑바로 쳐다봤다.

메이슨도 그녀의 눈길을 피하지 않고 있다가 어깨를 으쓱했다.

"좋습니다, 그 문제는 나중에 이야기하죠. 우선은 부인께서 정신을 차리는 게 중요합니다. 남편분과 그 남자는 부인과 관련된 문제로 다투고 있었나요?"

"아, 모르겠어요. 정말로 모르겠다고요! 두 사람이 무슨 얘기 하고 있었는지 기억 못 할 수도 있잖아요! 지금은 집으로 돌아가야 한다는 생각밖에 없단 말이에요. 만약 시신이 발견되고 나서 제가 모습을 감췄다는 사실을 누군가 알게 되면 무슨 일이 벌어지겠어요?"

"어떻게 될지 잘 알고 있습니다만, 지금까지 이러고 있었는데 일이 분쯤 더 늦는다고 해서 별다른 차이는 없을 겁니다. 댁으로 향하기 전에 꼭 알아두고 싶은 게 하나 있습니다."

"그게 뭔데요?"

메이슨은 손을 뻗어 여자의 얼굴을 잡고, 실내등 불빛이 그녀의 얼굴 전체를 비추도록 돌렸다. 그리고 천천히 말했다.

"총이 발사됐을 때 남편분과 함께 2층에 있었던 사람이 해리슨 버크였습니까?"

이바는 소스라치게 놀라며 헐떡거렸다.

"말도 안 돼! 아니에요!"

"해리슨 버크가 오늘 밤 댁에 찾아왔습니까?"

"아뇨."

"오늘 밤, 혹은 낮에 부인께 전화를 했나요?"

"아니요, 해리슨 버크에 관해서는 아무것도 몰라요. 비치우드 인에서의 밤 이후로는 그 사람을 만나지도 않았고 연락도 없었어요. 연락하고 싶지도 않았고요. 그 사람은 절 곤란하게 만들었을 뿐 인생에 하등 도움도 안 되는 사람이에요."

메이슨이 싸늘한 어조로 말했다.

"그렇다면 남편분이 《스파이시 비츠》와 관련이 있다고 제가 해리슨에게 말했다는 건 어떻게 알았죠?"

이바는 메이슨의 눈길을 피하려 고개를 숙이고, 그의 손아귀에서 벗어나려 머리를 흔들었다.

메이슨은 몰아붙였다.

"얼른 대답하시죠. 해리슨이 오늘 밤 집으로 찾아왔을 때 말해주던가요?"

이바는 풀이 죽은 목소리로 중얼거렸다.

"아뇨, 오늘 오후에 통화했을 때 말해줬어요."

"그 친구가 오늘 오후에 전화를 걸어오긴 했군요?"

"네."

"그때가 제가 해리슨의 사무실을 떠나고 얼마나 지난 뒤인지 알고 계십니까?"

"직후였을 거예요."

"사람을 시켜 저에게 돈을 보내기 전이었나요?"

"네."

"왜 제게 먼저 그 사실을 말하지 않았습니까? 왜 해리슨에게 그런 말을 들은 적 없다고 한 겁니까?"

"깜빡했어요. 아까 전화가 걸려 왔다고 했잖아요. 당신에게 거짓말을 할 생각이었다면 처음부터 전화가 걸려 왔다고 하지 않았을 거라고요."

"아니, 그렇게 말할 이유가 있었죠. 총이 발사됐을 때 해리슨이 그 방에 남편과 함께 있었던 거라고 제가 의심할 가능성이 없다고 생각했기 때문에 그렇게 말했던 거죠."

"그런 게 아니에요." 이바가 말했다.

천천히 고개를 끄덕인 메이슨은 재판관처럼 감정이 조금도 실리지 않은 목소리로 말했다.

"부인은 거짓말쟁이입니다. 당신은 진실을 말할 수가 없어요. 어느 누구에게도, 심지어 자기 자신에게도 정직할 수 없죠. 지금도 부인은 제게 거짓말을 하고 있어요. 그 방에 있었던 남자가 누구인지 알고 있으면서요."

이바는 고개를 가로저었다. "아뇨, 모른다니까요. 몰라요.

그게 누군지 모르겠다는 제 말을 못 믿겠어요? 전 당신이라고 생각했다고요! 바로 그 이유 때문에 집에서 당신에게 전화하지 않은 거라고요. 그래서 거의 이 킬로미터나 떨어진 약국까지 달려와서 전화한 거란 말이에요."

"왜 그렇게 하신 겁니까?"

"당신이 집에 돌아갈 시간을 벌어주고 싶어서요. 모르시겠어요? 만일 제가 신문을 받게 되면, 당신에게 전화를 걸었을 때 당신이 자기 아파트에 있었다고 말하고 싶었어요. 당신의 목소리를 알아들었는데, 전화를 걸었을 때 당신이 받지 않았다면 제가 얼마나 무서웠겠어요?"

"부인은 제 목소리를 들은 게 아닙니다." 메이슨은 침착하게 말했다.

"당신 목소리를 들었다고 생각했다니까요." 이바가 새치름하게 말했다.

"그 일은 생각이고 뭐고 할 게 없습니다. 전 지난 두세 시간 동안 자고 있었으니까요. 물론 알리바이를 댈 순 없지만요. 만약 경찰이 제가 부인 집으로 찾아갔다고 생각한다면, 전 그 의혹에서 벗어나려고 열심히 발버둥을 쳐야겠죠. 당신은 그 점을 계산에 넣고 그렇게 말하는 거예요."

이바는 메이슨을 올려다보다가 갑자기 양팔로 그의 목을 껴안았다.

"오, 페리, 그런 얼굴로 절 보지 마세요. 당연히 전 당신을 밀고하지 않을 거예요. 당신은 이번 일에 저만큼이나 깊숙이 발을 들였어요. 절 구하기 위해 그런 거잖아요? 이젠 우린 같은 배를 탄 거라고요. 제가 당신 편이 될 테니, 당신은 제 편이 되어주어야 해요."

메이슨은 포옹이 풀리도록 이바의 축축한 팔을 손가락으로 잡아 누르고 밀어냈다. 그런 다음 그녀의 얼굴을 손으로 잡아 눈이 마주치도록 돌렸다.

"난 이 일에 조금도 관련이 없습니다. 그러니 '우리'라는 말은 그만두시죠. 부인이 내 의뢰인이기 때문에 곁에 붙어 있는 것뿐입니다. 그게 답니다. 알겠습니까?"

"네."

"입고 있는 코트는 누구 겁니까?"

"칼 거예요. 복도에 있었어요. 처음에는 무작정 빗속으로 뛰쳐나왔는데, 곧 흠뻑 젖을 거라는 걸 깨달았죠. 복도에 이 코트가 있어서 걸친 거예요."

"좋습니다. 제가 집으로 차를 모는 동안 코트에 관해 잘 생각해보시기 바랍니다. 경찰이 출동했는지는 모르겠습니다. 혹시 또 총소리를 들은 사람이 있었을까요?"

"아뇨, 아무도 듣지 못했을 거예요."

"좋습니다. 만약 경찰이 출동하기 전에 우리가 사건을 조사할 기회가 있다면, 부인께선 약국으로 달려가 전화를 걸었다는 걸 싹 잊어버려야 합니다. 경찰에겐 집에서 제게 전화를 걸었고, 절 마중하기 위해 언덕을 달려 내려갔다고 말씀하세요. 그래서 온몸이 젖은 겁니다. 부인은 집 안에 있을 수 없었던 겁니다. 무서워서요. 알겠습니까?"

"네." 이바는 순순히 대답했다.

페리 메이슨은 실내등을 끄고 기어를 넣은 뒤 클러치에서 살짝 발을 떼어 빗속으로 차를 몰았다.

이바는 메이슨에게 바싹 다가와 왼팔을 그의 목에 걸고, 오른팔을 그의 다리 위에 올려놓았다.

"아, 너무 무서워요. 너무 외롭고요." 이바가 흐느꼈다.

"입 닥치고 잘 생각해요!" 메이슨이 호통쳤다.

속도를 높인 차가 엘름우드 드라이브로 접어들자, 메이슨은 기어를 2단으로 넣어 대저택이 자리 잡은 둔덕을 올라갔다. 진입로까지 곧장 들어가 현관 바로 앞에 차를 세웠다.

메이슨은 이바가 차에서 내리는 걸 도우며 낮은 목소리로 말했다.

"제 말 새겨들으십시오. 집 안은 조용한 것 같군요. 아무도 총소리를 듣지 못했나 봅니다. 경찰도 출동하지 않았고요. 머리를 제대로 써야 합니다. 만약 제게 거짓말을 하고 있다면, 부인께선 심각한 곤경에 처하게 될 겁니다."

"전 거짓말을 하지 않았어요. 진실을 말했다고요. 하느님께 맹세할 수 있어요."

"그렇다고 해두죠."

메이슨은 그렇게 대꾸했고, 두 사람은 현관으로 달려갔다.

"문은 잠겨 있지 않을 거예요. 제가 열어뒀으니 그냥 들어갈 수 있어요."

그렇게 말한 이바는 메이슨이 먼저 집 안으로 들어갈 수 있도록 뒤로 물러섰다. 메이슨이 손잡이를 돌렸다.

"아니요, 잠겨 있는데요. 안에서 잠근 것 같아요. 열쇠를 가지고 있습니까?"

이바는 메이슨을 멍하니 쳐다봤다.

"아뇨, 열쇠는 제 핸드백 속에 있어요."

"핸드백은 어디에 있는데요?"

이바는 총기가 사라진 눈길로 메이슨을 맥없이 바라봤다. 공포에 질려 몸이 빳빳이 굳어버린 사람에게서 볼 수 있는 모습이었다.

"맙소사! 핸드백을 그 방에…… 남편 시신 곁에 두고 왔나 봐요!"

"2층에 올라갈 때 핸드백을 가지고 있었습니까?"

"네, 가지고 올라갔던 건 기억해요. 떨어뜨렸나 봐요. 집 밖으로 뛰쳐나왔을 땐 가지고 있었던 기억이 없어요."

"어떻게든 안으로 들어가야 하는데…… 다른 문으로 들어갈 수는 없습니까?"

이바는 고개를 젓다가 다급하게 말했다.

"있어요, 하인들이 드나드는 뒷문이. 그 문 열쇠는 차고 처마 밑에 걸어두고요. 그쪽으로 들어갈 수 있어요."

"갑시다."

두 사람은 현관 계단을 내려와, 집을 빙 두르고 있는 자갈길을 따라 돌았다. 집 안은 캄캄하고 조용했다. 바람이 정원수를 후려갈기고 빗줄기가 건물 외벽을 두들겨댔지만 어두운 저택 안쪽에서는 아무 소리도 들리지 않았다.

"소리 내지 마세요." 메이슨이 이바에게 주의를 줬다. "하인들 모르게 들어가고 싶으니까요. 아무도 깨어 있지 않다면 집 안의 동태를 살피고 나서 잠시 조사하고 싶은 게 있습니다."

이바는 고개를 끄덕이고 차고의 처마 밑을 손으로 더듬어 열쇠를 찾아 뒷문을 열었다.

"잘했습니다. 조용히 안으로 들어가서 현관문을 열어주시죠. 뒷문은 제가 밖에서 잠그고 열쇠를 원래 있었던 곳에 걸어둘 테니까요."

이바는 고개를 끄덕이고 집 안의 어둠 속으로 사라졌다. 메이슨은 문을 닫고 자물쇠를 채운 후 열쇠를 원래 있었던 자리에 돌려놓았다. 그러고는 조금 전에 왔던 길을 따라 현관으로 되돌아갔다.

8

메이슨이 현관 포치에 서서 이삼 분가량 기다린 후에야 이바 벨터의 발소리와 자물쇠가 짤각하며 열리는 소리가 들렸다. 이바는 문을 열고 메이슨을 향해 미소를 지었다.

현관홀에는 밤에 켜두는 전등 불빛이 희미하게 주변을 밝히고 있었다. 2층으로 올라가는 어두운 계단, 홀 안에 설치된 가구, 등받이가 곧은 의자 두 개, 장식이 화려한 거울, 코트 걸이와 우산 꽂이가 보였다.

코트 걸이에는 여성 코트가 한 벌 걸려 있었고, 우산 꽂이에는 지팡이 두 개와 우산 세 개가 있었다. 우산 꽂이 아래 마룻바닥에는 흘러내린 빗물이 흥건히 괴어 전등 불빛을 반사하고 있었다.

"잠깐만요." 메이슨이 속삭였다. "밖으로 나갈 때 전등을 끄지 않았겠죠?"

"네, 제가 나갔을 때와 다르지 않아요."

"그렇다면 남편분께서 이 야간용 등을 제외하고 다른 전등은 하나도 켜지 않은 채 손님을 안으로 맞이했다는 뜻이군요?"

"네, 그랬을 거예요."

"보통 사람들이 다 잠자리에 들 때까지는 계단을 좀더 밝혀두지 않나요?"

"그럴 때도 있죠. 하지만 조지는 2층 방을 몽땅 혼자서 사용하고 있어요. 그이는 집안사람들을 잘 부르지 않는데다가 우리도 그를 찾으려 하지 않거든요."

"알겠습니다. 2층으로 올라가죠. 불을 켜주시고요."

이바가 전등 스위치를 올리자 계단에 밝은 불빛이 쏟아졌다. 앞장서서 계단을 오른 메이슨은 나란히 이어진 방들 중 첫 번째 방으로 들어갔다. 그가 조지 벨터를 만났던 응접실이었다.

그때 벨터가 열고 나타났던 문은 닫혀 있었다. 메이슨은 손잡이를 돌려 문을 열고 서재로 들어갔다.

서재는 응접실과 거의 비슷한 양식으로 만들어진 커다란 방이었다. 큼지막한 의자들은 속을 가득 채워 두툼했다. 책상은 보통 크다고 여겨지는 책상의 두 배는 될 정도로 거대했다. 침실로 통하는 문은 열려 있었고, 그 문에서 1미터쯤 떨어진 곳에 욕실로 통하는 문이 있었다. 침실에도 욕실로 바로 갈 수 있는 문이 나 있었다.

조지 벨터의 시신은 욕실에서 서재로 가는 문간 바로 안쪽 바닥에 쓰러져 있었다. 몸에 걸친 플란넬 가운의 앞섶은 벌어져 있었는데, 그 안에는 아무것도 입고 있지 않았다.

이바가 작은 소리로 비명을 지르며 메이슨에게 바짝 들러붙었다. 메이슨은 그녀를 떨쳐버리고 단숨에 시신으로 다가가 무릎을 꿇었다.

사내는 분명히 죽어 있었다. 딱 하나뿐인 총알 자국은 심장을 똑바로 관통했다. 즉사한 것 같았다.

메이슨은 가운 안쪽으로 손을 넣어 몸이 젖어 있는 걸 확인했다. 그는 가운 앞섶을 여며 시신의 벗은 몸을 가리고, 바닥에 축 늘어져 있는 한쪽 팔을 넘어 욕실로 들어갔다.

연결된 다른 방들과 마찬가지로, 욕실도 몸집이 거대한 사내가 사용하기 좋은 크기로 만들어져 있었다. 바닥보다 낮게 설치된 욕조의 깊이는 거의 1미터에 달하고, 길이는 2미터쯤 되었다. 큰 세면대가 욕실 중앙을 차지하고 있었으며, 수건걸이에는 접힌 수건이 걸려 있었다. 메이슨은 수건을 살펴보고 이바를 돌아봤다.

"자, 보십시오. 이 사람은 목욕을 하던 중 무슨 일이 생겨 밖으로 나온 겁니다. 목욕 가운만 걸쳤을 뿐 수건으로 몸을 닦은 흔적이 없다는 걸 주목하십시오. 가운을 둘렀을 때 여전히 몸이 젖어 있었고, 수건들이 다 접혀 있는 걸 보면 사용된 적이 없는 겁니다."

이바는 알아들었다는 뜻으로 천천히 고갯짓했다.

"남편이 스스로 몸을 닦은 것처럼 보이게 수건 한 장을 물에 적셔서 구겨놓는 게 좋지 않을까요?"

"왜요?"

"아, 왠지 모르지만 갑자기 그런 생각이 들어서요."

"이것 보십시오, 현장에 남은 증거를 조작하면 나중에 심각한 곤경에 빠지게 될지도 모릅니다. 제 말을 머릿속에 단단히 넣어두셔야 합니다! 현재로서는 부인을 제외한 어느 누구도 무슨 일이 언제 벌어졌는지 모르고 있는 것 같습니다. 경찰은 사건 발생 즉시 신고하지 않은 점에 대해서 몹시 화를 낼 겁니다. 그리고 경찰에 신고하기 전에 변호사에게 먼저 연락한 이유도 알고 싶어 할 겁니다. 경찰의 눈에는 부인의 행동이 의심스러울 게 분명하다고요. 아시겠습니까?"

이바는 착 가라앉은 눈을 크게 뜨고 고개를 끄덕였다.

"좋습니다. 제가 하는 말을 잘 듣고 절대 잊지 마십시오. 사건은 이렇게 된 겁니다. 부인께선 제게 말했던 것과 똑같이 있는 사실을 그대로 말씀하시면 됩니다. 한 가지를 제외하고요. 문제의 남자가 이 집을 떠난 다음에 부인께서 2층으로 올라갔다는 겁니다. 부인 이야기 가운데 그 내용이 걸리는데, 아마 경찰도 탐탁지 않게 여길 겁니다. 부인께서 2층으로 올라가 사건 현장을 둘러볼 수 있었다면 경찰에 즉시 신고할 수 있을 만큼 침착한 상태였으리라 판단할 테니까요. 경찰에 신고하기 전에 변호사에게 전화했다는 사실은, 경찰로 하여금

부인에게 죄의식이 있었다고 생각하게 만들 여지가 있습니다."

"당신과는 다른 문제로 상담했었는데, 이 난리 통이 일어나는 바람에 경찰에 신고하기 전에 당신과 이야기하고 싶었다고 설명할 수는 없을까요?"

메이슨은 조소했다.

"그럼 일이 더 꼬일 겁니다. 경찰은 '다른 문제'가 무엇인지 속속들이 알고 싶어 하겠죠. 그리고 이야기를 마치기도 전에 부인에게 남편을 죽이고 싶은 둘도 없는 동기가 있음을 경찰에게 가르쳐주는 셈이 될 거고요. '다른 문제'는 절대 이 사건에 끌어들여서는 안 됩니다. 해리슨 버크와의 일은 입 밖에도 내지 말고, 해리슨에게도 절대로 입을 열면 안 된다고 단단히 일러둘 필요가 있습니다."

"그럼 신문은 어떡하죠? 《스파이시 비츠》는 어떡해요?"

"남편분이 세상을 떠난 마당인데 부인께서 신문의 소유주가 되었다는 생각은 들지 않습니까? 바로 권좌에 앉아 신문사의 정책을 좌지우지할 수 있단 말입니다."

"그이가 신문사를 저한테 상속하지 않겠다는 유언장을 남겼다면요?"

"그런 경우엔 유언장의 효력에 대항하는 소송을 제기하고, 판결이 나기까지 부인을 특별 상속재산관리인으로 지정하도록 수속을 밟으면 됩니다."

이바는 즉시 상황을 이해했다.

"알았어요. 전 집 밖으로 뛰쳐나갔어요. 그리고요?"

"제게 말했던 그대로 한 겁니다. 너무나 겁에 질리고 당황
해서 밖으로 뛰쳐나갔죠. 남편분과 함께 방에 있던 남자가 계
단을 내려오기 전에 뛰쳐나갔다는 걸 명심하시고요. 홀에 있
는 코트 걸이를 지날 때 닥치는 대로 손에 잡히는 코트 한 벌
을 들고 빗속으로 달려 나간 겁니다. 흥분한 나머지 코트 걸
이에 부인의 코트가 있는 것도 모르고 남자 코트를 들고 나
와버린 거죠."

"알겠어요. 그런 다음은요?" 이바는 짜증이 담긴 목소리
로 재촉했다.

"부인이 빗속으로 뛰쳐나갔을 때 진입로에 자동차 한 대가
서 있었는데, 너무나 흥분한 탓에 그게 일반 세단이었는지 아
니면 덮개를 여닫을 수 있는 차였는지조차도 알아보지 못했
습니다. 그저 정신없이 달린 거죠. 그런데 남자 하나가 부인의
뒤를 따라 집 안에서 달려 나와 차에 올라타고 헤드라이트를
켠 겁니다. 부인은 그자에게 들킬까봐 무서워서 재빨리 덤불
속으로 몸을 숨겼죠.

차가 부인이 숨어 있는 곳을 지나쳐 언덕을 내려가자, 부인
은 그 뒤를 쫓아 달려가 차량번호를 보려고 했습니다. 그제야

총소리가 들렸을 때 남편과 함께 있었던 게 누구였는지 확인했어야 한다는 걸 깨달았기 때문이죠."

"네, 그러고는요?"

"그 뒤로는 제게 말했던 그대로 진술하셔도 됩니다. 혼자서 집으로 되돌아가는 게 무서워서 가장 가까운 공중전화로 갔습니다. 그때까지 남편분이 죽었다는 사실을 몰랐다는 걸 잊으시면 안 됩니다. 부인은 그저 총이 발사된 소리를 들었을 뿐이지, 남편이 총을 쏴서 사내가 상처를 입고 도망친 것인지, 아니면 그 남자가 남편에게 총을 쏜 것인지 모르고 있었습니다. 또 발사된 총알이 명중했는지 빗나갔는지, 혹은 남편분이 경상을 입었는지 중상을 입었는지, 아니면 사망했는지, 또는 그 남자가 아직 방 안에 있을 때 남편분이 총으로 자살한 것인지 전혀 모르고 있는 겁니다. 모두 기억할 수 있겠죠?"

"네, 할 수 있을 것 같아요."

"좋습니다. 그래야 부인이 제게 전화한 이유가 설명되죠. 전 금방 간다고 대답했고요. 총이 발사됐다는 걸 전화상으로 제게 말하지 않았다는 걸 명심하십시오. 다만 난처한 일이 생겼다, 무서우니 빨리 와달라고만 한 겁니다."

"어째서 하필 당신에게 와달라고 했다고 할까요? 무슨 좋은 구실이 있을까요?"

"부인의 오랜 친구라고 히죠. 부인과 남편분은 사교 모임에 함께 나간 적이 없다고 보는데, 맞습니까?"

"네."

"그럼 됐습니다. 최근 몇 번 부인이 절 페리라고 불렀죠? 이제부터는 늘 그렇게 부르세요. 특히 주변에 사람들이 있을 때는요. 전 부인의 오랜 친구 중 한 명이고, 그래서 친구로서 제게 전화를 걸었다고 하십시오. 변호사라서 전화한 게 아니라."

"알겠어요."

"남은 문제는 부인께서 제 말을 모두 기억할 수 있느냐는 겁니다. 할 수 있습니까?"

"네."

메이슨은 재빨리 방 안을 둘러봤다.

"핸드백을 이곳에 두고 나왔다고 했죠? 빨리 찾아내는 게 좋을 겁니다."

이바는 책상으로 걸어가서 서랍 하나를 열었다. 핸드백은 그 안에 들어 있었다. 그녀는 핸드백을 꺼냈다.

"총은 어떻게 할까요? 이걸 치우는 게 더 낫지 않을까요?"

메이슨은 이바의 눈길을 따라가다가 바닥에 떨어져 있는 자동 권총을 발견했다. 책상 그림자에 가려 쉽사리 눈에 띄지 않았다.

"아니요, 그랬다간 실수하는 겁니다. 경찰은 총의 내력을 추적해서 누구 소유인지 밝혀낼지도 모릅니다."

이바는 이마를 찌푸리며 말했다. "총을 쏜 사람이 흉기를 현장에 팽개쳐뒀다는 게 이상한데요? 우린 저 권총이 누구 것인지 모르잖아요. 처리하는 게 더 낫지 않을까요?"

"저걸 어떻게 하잔 말입니까?"

"어디에 숨기는 거죠."

"그랬다간 나중에 왜 숨겼는지 설명해야 할걸요? 경찰이 발견하도록 내버려둡시다."

"전 전적으로 당신을 믿고 있어요, 페리. 하지만 저건 어떻게 처리하는 게 좋을 것 같아요. 이곳엔 시신만 남겨두고 싶다고요."

메이슨이 딱 잘라 말했다. "안 됩니다. 제가 말한 것들 다 기억할 수 있죠?"

"네."

메이슨이 수화기를 들었다.

"경찰청으로 연결해주십시오."

9

살인수사반장 빌 호프먼은 몸집이 크고, 하나하나 조심스럽게 관찰하는 눈을 가졌으며, 확실한 결론에 도달할 때까지 머릿속에서 몇 번이고 되풀이하여 궁리하는 신중한 사람이었다.

벨터의 저택 아래층 거실에 앉은 호프먼은 담배 연기 사이로 페리 메이슨을 빤히 쳐다봤다.

"우리가 발견한 서류에 의하면, 벨터가 《스파이시 비츠》의 진짜 소유주였더군. 지난 오륙 년간 꽤 많은 사람들을 괴롭혔던 공갈 협박 전문 신문 말이야."

메이슨이 천천히, 그리고 조심스럽게 말했다.

"저도 알고 있었습니다, 경사님."

"언제부터 알고 있었지?"

"그리 오래되지는 않았습니다."

"어떻게 알게 됐고?"

"이야기해드릴 수 없습니다."

"오늘 밤 경찰이 출동하기도 전에 무슨 수로 자네가 여기 와 있었던 건가?"

"벨터 부인이 이야기하지 않던가요? 그녀 말대롭니다. 부인이 전화했어요. 남편이 흥분해서 집에 찾아온 남자를 총으로 쐈다고 생각했던 모양입니다. 실제로 어떤 일이 벌어졌는지는 몰랐지만 겁이 나서 확인할 수 없었던 거겠죠."

"왜 그리 무서워했을까?"

호프먼이 묻자 메이슨은 어깨를 으쓱했다.

"경사님도 그 사람을 보셨잖습니까. 《스파이시 비츠》를 경영하기에 딱 맞는 타입 같지 않던가요? 뭐, 확실히는 모르겠지만 비정한 사람이었던 게 분명합니다. 여자들을 대하는 데 있어서도 기사도가 넘치는 멋진 신사는 아니었을 겁니다."

호프먼은 그 점을 머릿속으로 곰곰이 생각했다.

"아무튼 권총에 대한 조사가 끝나면 더 많은 걸 알 수 있겠지."

"누구 총인지 확인이 가능할까요?" 메이슨이 물었다.

"그럴 것 같아. 총기 번호가 있더군."

"그랬죠. 번호를 받아 적을 때 저도 봤는데, 32구경 콜트 자동 권총이었죠?"

"맞네."

잠시 침묵이 이어졌다. 호프먼은 생각에 잠긴 채 담배를 피웠다. 메이슨은 근육을 전혀 움직이지 않고 조용히 앉아 있었다. 완전히 느긋한 사람이거나, 조금이라도 움직이면 속마음이 드러날까 두려워하는 사람의 자세였다.

빌 호프먼은 한두 차례 침착한 시선을 들어 페리 메이슨을 봤다. 마침내 호프먼이 입을 열었다.

"전체적으로, 이 사건에는 좀 이상한 데가 있어, 메이슨. 그 점을 어떻게 설명해야 할지 모르겠네."

"그건 경사님 전문 분야잖습니까. 제가 살인 사건에 관여할 때는 대개 경찰의 조사가 끝난 다음이니까요. 제겐 이런 상황이 새로운 경험입니다."

호프먼은 메이슨을 힐끗 처다봤다.

"맞네, 경찰이 도착하지도 않은 현장에 변호사가 먼저 와 있다는 건 퍽 이례적이지. 그렇지 않나?"

"그렇죠." 메이슨은 꼬투리를 잡히지 않도록 애매하게 말했다. "경사님이 말씀하신 '이례적'이라는 말에는 저도 동감합니다."

호프먼은 잠시 침묵에 잠긴 채 담배를 피웠다.

"조카가 있는 곳은 찾아내셨습니까?" 메이슨이 물었다.

"아니, 그 친구가 평소에 드나들던 곳은 거의 다 조사했네. 초저녁에 갔던 곳도 확인했고. 어떤 여자와 함께 나이트클럽에 갔다더군. 여자 말로는 자정이 되기 전에 그 친구와 헤어졌다던데. 밤 11시 15분경에."

갑자기 진입로 쪽에서 엔진 소리가 들렸다. 비는 멎고 달이 구름 사이로 얼굴을 내밀고 있었다.

엔진 소음보다 더 크고 이상한 소리가 일정한 간격을 두고 들려왔다. 탁…… 탁…… 탁…….

차가 멈추고 클랙슨 소리가 났다.

"대체 무슨 일이지?" 호프먼이 천천히 일어서며 말했다.

메이슨이 머리를 한쪽으로 갸웃하며 귀를 기울였다.

"타이어가 펑크 난 것 같은데요."

호프먼이 문 쪽으로 움직였고, 메이슨이 뒤를 따랐다.

경사가 현관문을 열었다.

진입로에 네다섯 대의 경찰차가 주차되어 있었다. 이제 막 언덕을 올라온 차는 주차된 경찰차들로부터 좀 떨어진 곳에 서 있었다. 사이드 커튼이 부착된 로드스터였다. 운전석에 앉아 있는 희미한 형체는 멍하니 집을 바라보고 있었다. 측면 창을 통해 사내의 얼굴이 흐릿하게 보였다. 한 손으로 클랙슨을 누르고 있어 계속해서 시끄러운 소리가 울려 퍼졌다.

호프먼이 현관의 전등 불빛 안으로 걸어 들어가자 클랙슨 소리가 멎었다.

로드스터의 문이 열리고, 혀가 잔뜩 꼬부라진 말소리가 쏟아져 나왔다.

"디글리, 펑크가 났는데…… 타이어를 교체할 수 없었어……. 허리를 구부릴 수 없었거든……. 토할 것 같았어. 자네가 고쳐줘……. 타이어 갈아달라고."

메이슨이 지나가는 듯한 투로 말했다. "저자가 조카인 칼 그리핀인 것 같습니다. 무슨 말을 하는지 들어봅시다."

호프먼이 투덜거렸다. "이렇게 떨어져 있어도 바로 알 수 있겠는데? 도움이 되는 말은 별로 들을 수 없겠군."

두 사람은 차가 있는 쪽으로 걸어갔다.

젊은이는 운전석에서 기어 나와, 로드스터의 발판을 어설 프게 발로 더듬다가 거꾸러지듯 튀어나왔다. 한 손으로 지붕 지지대를 잡지 못했더라면 그대로 넘어졌을 것이다. 남자는 상체를 앞뒤로 흔들며 겨우 서 있었다.

"펑크가 났어. 디글리가…… 넌 디글리가 아니잖아. 둘이 나 있는데…… 둘 다 디글리는 아니야. 대체 당신들 누구야? 이런 한밤중에 원하는 게 뭐지? 남의 집을 방문하기에 적당 한 시간이 아니잖아!"

호프먼이 앞으로 나섰다.

"취했군."

사내는 올빼미가 먹이를 탐색하듯 호프먼을 훑어봤다.

"당연하지……. 그럼 뭣 때문에 지금까지 밖에 있었다고 생각하나? 취한 게 당연하지, 암."

호프먼이 인내심을 발휘하며 말했다.

"당신이 칼 그리핀입니까?"

"당연히 내가 칼 그리핀이지."

"좋습니다. 빨리 정신을 차리십시오. 당신 백부가 살해당했으니."

순간 침묵이 흘렀다. 로드스터의 지붕을 붙잡고 있던 사내는 머리를 뒤덮고 있는 안개를 털어버리려는 듯 고개를 두어 번 저었다.

그리핀이 다시 말을 꺼냈을 땐 말투가 훨씬 분명해졌다.

"지금 그게 무슨 말입니까?"

"당신 백부, 그러니까 조지 C. 벨터가 당신 백부잖습니까. 그가 한 시간에서 한 시간 반 전에 살해됐습니다."

위스키의 악취가 그리핀을 뒤덮고 있었다. 그는 있는 힘을 다해 냉정을 되찾으려고 했다. 두어 번 심호흡을 하더니 그가 말했다. "취한 건 당신들이야."

호프먼이 씩 웃으며 참을성 있게 말을 이었다. "아닙니다, 그리핀. 우린 취하지 않았습니다. 취한 건 당신이죠. 이리저리 돌아다니며 마셨지 않습니까? 빨리 집 안으로 들어가 정신을 차리는 게 좋을 겁니다."

"살해됐다고 했지?" 젊은이가 물었다.

"그렇게 말했습니다. 살해됐다고." 호프먼이 같은 말을 되풀이했다.

그리핀은 집으로 걸어가기 시작했다. 어깨를 뒤쪽으로 젖히고 머리를 꼿꼿이 세우고 있었다.

"백부님이 살해당했다면 그 빌어먹을 요부가 죽인 거야."

"누굴 말하는 겁니까?" 호프먼이 물었다.

"백부님과 결혼한, 어린애 같은 표정을 짓는 요부 말이야."

호프먼은 그리핀의 팔을 잡고 메이슨을 돌아봤다.

"메이슨, 미안하지만 저 차의 엔진과 헤드라이트를 꺼주지 않겠나?"

칼 그리핀이 걸음을 멈추더니 비틀거리며 돌아섰다.

"타이어도 교체해줘요. 오른쪽 앞 타이어요. 펑크 난 상 태로 몇 킬로미터나 몰고 왔으니…… 당장 교체하는 게 좋을 걸."

메이슨은 엔진과 헤드라이트를 끄고, 차 문을 쾅 닫은 후 앞서가는 두 사람을 따라잡기 위해 바삐 발걸음을 옮겼다.

현관문 앞에서 그들을 따라잡은 메이슨은 호프먼과 그가 팔을 붙잡고 있는 그리핀을 위해 문을 열어줬다.

홀의 전등 불빛 아래에서 보니 칼 그리핀은 술에 취해 얼 굴이 벌겠다. 방탕한 생활의 흔적이 구석구석 새겨져 있었지 만 꽤나 잘생긴 사내였다. 술 때문에 눈이 빨갛게 충혈되고 흐 릿했지만 어딘가 품위 있어 보였다. 위급한 상황에 처했으면 서도 어떻게든 침착성을 잃지 않으려는 태도는 그의 출신이 좋다는 걸 말해줬다.

호프먼은 그리핀을 똑바로 쳐다보며 찬찬히 관찰했다.

"우리와 이야기할 수 있을 정도로 정신이 든 것 같습니까, 그리핀 씨?"

그리핀이 고개를 끄덕였다. "잠깐만 기다려주세요……. 곧 괜찮아질 테니."

그는 호프먼을 밀치더니 아래층 응접실 쪽으로 열려 있는 화장실을 향해 비틀거리며 걸어갔다.

호프먼이 메이슨을 바라봤다.

"엄청 취했군요." 메이슨이 말했다.

"분명히 많이 취하기는 했지만 못 마시는 사람이 취한 것과는 달라. 습관이 된 것 같군. 비에 젖은 도로를 따라 타이어가 펑크 난 차를 여기까지 몰고 온 걸 보면."

"맞습니다, 운전을 하고 올 정도니." 메이슨이 동의했다.

"저 친구와 이바 벨터의 사이가 썩 좋지 않은 모양이던데?" 호프먼이 지적했다.

"저 친구가 여자에 관해 말한 걸 신경 쓰고 있는 건가요?"

"물론이지. 또 무슨 이유가 있겠어?"

"저 친구는 많이 취했어요. 설마 고주망태가 된 사람이 아무 생각 없이 내뱉은 말을 근거로 한 여자에게 혐의를 두는 건 아니겠죠?"

"취하긴 했지만 여기까지 차를 잘 몰고 왔네. 잔뜩 취해 있지만 머리는 제대로 돌아가는지도 모르지."

메이슨은 어깨를 으쓱하며 아무렇지 않은 듯 말했다.

"뭐, 좋을 대로 생각하십시오."

화장실에서 심하게 토하는 소리가 들렸다.

"저 친구, 저걸로 취기가 싹 가셨겠군. 정신을 차리고서도 여자에 대해서는 똑같은 말을 할 것 같은데." 호프먼은 경계하는 눈길로 메이슨을 바라보며 말했다.

"정신을 차린 것처럼 보이건 말건, 저 친구는 주정뱅입니다. 저런 사람들 중 일부는 술을 진탕 마시면 거짓말을 곧잘 하죠. 재판관처럼 냉철하게 행동하기도 하지만 실제로는 자기가 무엇을 하고 있는지 혹은 무슨 말을 하고 있는지 전혀 모를 때가 많아요."

빌 호프먼은 반짝이는 눈동자로 메이슨을 빤히 쳐다봤다.

"저 친구가 앞으로 할 진술을 미리 깎아내리는 건가, 메이슨?"

"그렇게 말하진 않았어요."

호프먼이 껄껄 웃었다.

"그래, 따지자면 그렇게 말한 건 아니지. 정확히 그런 표현을 사용한 건 아니니까."

"저 친구에게 블랙커피라도 마시도록 하는 게 어떻겠습니까? 주방에 가서 커피를 끓이죠."

"가정부가 있을 거야. 자네를 불쾌하게 할 생각은 없지만, 솔직히 말해두자면 저 친구와 단둘이 이야기하고 싶네, 메이슨. 이 사건에서 자네 입장이 어떤지 정확히 모르니 말이야. 자네는 이 집 안사람의 친구이면서 변호사이기도 한 것 같거든."

메이슨은 지체 없이 동의했다. "뭐, 그렇게 하십시오. 경사님 입장은 잘 알고 있습니다. 전 우연히 이곳에 왔다가 그냥 갈 수가 없어 머물고 있을 뿐입니다만."

호프먼이 고갯짓했다. "주방에 가정부가 있을 거야. 베이치 부인이라던가. 2층에서 가정부와 딸을 신문했거든. 자네가 주방으로 가서 커피를 끓여줄 수 있는지 알아봐주게. 블랙커피를 많이 만들어주면 좋겠다고 전해줘. 그리핀뿐 아니라 2층에 있는 형사들도 마시고 싶어 할 테니까."

"알겠습니다." 메이슨은 그렇게 대답하고, 식당의 접이식 문을 지나 반회전문을 밀치고 다용실을 통해 주방으로 들어갔다.

밝게 불이 켜진 넓은 주방은 설비가 잘되어 있었다. 여자 두 명이 식탁에 앉아 있었는데, 등받이가 곧은 의자에 서로 가까이 붙어 있었다. 낮은 목소리로 이야기를 하고 있던 두 사람은 메이슨이 주방으로 들어서자 말을 딱 멈추고 고개를 들었다.

한 사람은 머리카락이 회색으로 듬성듬성 변하기 시작한 사십 대 후반의 여성이었다. 눈구멍에 푹 파묻혀 흐릿한 검은 눈동자는 마치 투명한 실로 깊숙이 끌어당겨져 있는 듯해서, 어떤 감정이 비치는지 알아볼 수 없었다. 두 눈은 그림자가 드리워진 공간 속에 완전히 모습을 감추고 있었다. 긴 얼굴형에 고집스러워 보이는 입술은 얇았고, 광대뼈가 튀어나와 있었다. 그녀는 검은 옷을 입고 있었다.

다른 여자는 꽤 젊어 스물두세 살쯤 되어 보였는데 새카만 머리카락에 윤기가 흘러넘쳤다. 커다랗고 검은 눈은 너무나 반짝거려 나이 많은 여자의 움푹 들어가고 흐리멍덩한 눈과 비교되어 한층 더 눈길을 끌었다. 입술은 도톰하고 붉었다. 얼굴은 연지와 분으로 정성껏 화장했고, 가늘고 까만 눈썹은 또렷이 아치를 그리고 있었으며 속눈썹이 길었다.

메이슨이 나이 많은 여자에게 물었다.

"베이치 부인이신가요?"

입술을 꾹 다문 채 말없이 고개를 끄덕였다.

옆에 앉은 젊은 여자가 울림이 좋고 허스키한 목소리로 말했다.

"전 딸인 노마 베이치예요. 필요하신 게 있나요? 어머니는 지금 혼란스러우시거든요."

"그러실 만도 합니다." 메이슨은 사과했다. "커피를 좀 끓여주실 수 있을까 해서요. 칼 그리핀 씨가 막 집으로 돌아왔는데, 커피가 필요할 듯합니다. 사건을 수사하고 있는 형사들도 마시고 싶어 할 거고요."

노마 베이치가 일어섰다. "정말 그렇겠네요. 내어드려도 괜찮죠, 어머니?"

노마가 나이 많은 여자를 힐끗 쳐다보자 베이치 부인이 다시 한번 고개를 끄덕였다.

"제가 할게요, 어머니." 노마 베이치가 말했다.

"아니다." 옥수수 껍질을 문지르는 듯 메마른 목소리로 베이치 부인이 말했다. "내가 준비하마. 넌 뭐가 어디에 있는지도 모르잖니."

의자를 뒤로 밀고 일어선 베이치 부인은 주방을 가로질러 찬장으로 걸어갔다. 부인은 찬장에서 커다란 커피포트와 커피가 든 깡통을 꺼냈다. 얼굴에는 아무 표정도 드러나지 않았지만 무척이나 피곤한 듯 아주 느리게 움직였다.

베이치 부인의 가슴과 엉덩이는 납작했고 걸음걸이엔 탄력이 없었다. 완전히 실의에 빠진 사람의 태도였다.

젊은 여자가 메이슨 쪽으로 돌아서서 도톰하고 빨간 입술로 미소 지었다.

"형사님이신가요?"

메이슨은 고개를 저었다. "아니요, 전 벨터 부인과 함께 온 사람입니다. 제가 경찰을 불렀죠."

"아, 그랬군요. 당신에 대해 들어본 적이 있어요."

메이슨은 노마 베이치의 어머니를 향해 말했다.

"베이치 부인, 피곤하시면 커피는 제가 끓이겠습니다."

"아니에요." 부인은 여전히 아무런 감정이 실리지 않은 메마른 목소리로 말했다. "제가 충분히 할 수 있어요."

그녀는 커피 가루를 용기에 붓고 포트에 물을 부은 다음, 가스스토브로 다가가서 불을 켜고 커피가 끓는 걸 잠시 지켜보았다. 그러다 특유의 질질 끄는 걸음으로 의자에 돌아와 앉은 뒤, 양손을 무릎 위에 깍지 끼고 시선을 내려 식탁을 멍하니 쳐다봤다. 그녀는 꼼짝도 하지 않고 줄곧 그곳만을 응시했다.

"정말 무서웠어요." 노마 베이치가 메이슨을 쳐다보며 조잘거렸다.

메이슨은 고개를 끄덕이며 지나가는 말처럼 슬쩍 물었다.

"총소리를 듣지 못했나 봐요?"

노마가 고개를 저었다.

"네, 깊이 잠들어 있었거든요. 사실 경찰이 오기 전까지 눈을 뜨지도 못했어요. 경찰이 어머니는 깨웠는데 제가 옆방에서 자고 있다는 건 몰랐나 봐요. 어머니가 2층에 올라가 있는 사이에 경찰이 어머니 방을 조사하려고 했던 것 같아요. 아무튼 처음 알게 된 건, 제가 눈을 떴을 때 어떤 남자가 침대 곁에서 절 내려다보고 있었다는 거예요."

그녀는 눈길을 떨구며 조그만 소리로 킥킥거렸다.

그 행동으로 미루어 보아 그녀에게는 불쾌한 경험이 아니었던 모양이었다.

"무슨 일이 있었죠?" 메이슨이 물었다.

"뭔가 숨겨진 사실이라도 발견한 것처럼 행동하더라니까요. 저더러 옷을 입으라고 했는데, 입는 동안 내내 저한테서 눈을 떼지 않는 거 있죠. 그러고선 절 2층으로 데려가더니 신문이라던가, 뭐 그런 걸 했어요."

"그들에게 뭐라고 말했습니까?" 메이슨이 물었다.

"사실대로 말했죠. 침대에 누워 잤고, 눈을 떠보니 누가 절 내려다보고 있었다고요." 그녀는 즐거웠다는 듯이 덧붙였다. "제 말을 하나도 믿지 않더라고요."

노마의 어머니는 무릎 위에 양손을 깍지 낀 채 꼼짝도 하지 않고 식탁 한가운데를 멍하니 쳐다보고 있었다.

"아무것도 듣지도 보지도 못했다는 거로군요?" 메이슨이 물었다.

"아무것도요."

"그 외에 떠오르는 건 없습니까?"

노마는 고개를 저었다.

"되풀이해 얘기할 만한 가치가 있는 건 없어요."

메이슨은 그녀를 날카롭게 쳐다봤다.

"되풀이해 얘기할 만한 가치가 없는 건 있다는 겁니까?"

노마가 고개를 끄덕였다.

"물론이죠. 이 집에 온 지 일주일 남짓밖에 되지 않았지만, 그때……."

"노마!" 지금까지의 메마르고 거친 목소리가 아니라, 채찍으로 후려치는 듯한 목소리로 베이치 부인이 외쳤다.

노마는 입을 다물었다.

페리 메이슨은 가정부를 힐끗 쳐다봤다. 그녀는 딸에게 소리를 칠 때도 식탁 위에서 시선을 떼지 않았다.

"베이치 부인, 부인께선 무슨 소리를 들었습니까?"

"전 가정부예요. 아무것도 듣지 않고 보지 않죠."

"사소한 일이라면 하인에게 권장할 만한 태도죠. 하지만 중대한 사건에 있어선, 법률도 나름대로의 견해가 있기 때문에 부인께도 보고 듣기를 요구할 겁니다."

"아뇨, 전 아무것도 보지 못했어요." 베이치 부인은 표정 하나 바꾸지 않고 말했다.

"들은 것도 없고요?"

"들은 것도 없습니다."

메이슨은 얼굴을 찌푸렸다. 이 여자가 뭔가를 감추고 있다는 느낌이 들었다.

"2층에서 신문을 받을 때도 이런 식으로 대답했습니까?"

"커피가 끓기 시작하나 보네요. 끓을 때 바로 불을 줄이지 않으면 넘쳐버려요."

메이슨은 커피포트 쪽을 돌아봤다. 커피포트는 단시간 내에 많은 양의 물을 끓일 수 있도록 특별히 제작된 것이었고, 파란 가스 불이 엄청난 열기를 내뿜고 있었다. 김이 피어오르기 시작했다.

"커피는 제가 살펴보죠. 2층에서 신문을 받을 때도 부인께서 지금과 똑같이 대답했는지 꼭 알고 싶군요."

"지금과 똑같이요?" 베이치 부인이 되물었다.

"여기서 대답한 것처럼 말입니다."

"경찰관들에게도 같은 말을 했어요. 아무것도 보지도, 듣지도 못했다고요."

노마 베이치가 키득거렸다. "어머니가 늘 하는 소리예요. 한 글자도 틀리지 않는다니까요."

베이치 부인이 호통을 쳤다. "노마!"

메이슨은 모녀를 쏘아보며 생각에 잠겼지만 얼굴은 평온하기 그지없었다. 그저 눈빛만 반짝거리며 상황을 살피고 있었다.

"아시다시피 전 변호사입니다. 제게 털어놓으실 게 있다면,

지금이 딱 좋을 겁니다."

"그렇겠네요." 베이치 부인의 목소리엔 아무런 억양도 들어 있지 않았다.

"그럼 털어놓으실 이야기라도……?" 메이슨이 물었다.

"지금이 딱 좋을 거라는 말에 동의했을 뿐이에요."

잠시 동안 침묵이 흘렀다.

"자, 이제는요?" 메이슨이 물었다.

"전 할 이야기가 없는걸요." 베이치 부인은 여전히 식탁에 시선을 고정시킨 채 말했다.

순간 커피포트의 물이 끓기 시작했다. 메이슨은 불을 줄였다.

"잔이랑 받침을 가져올게요."

노마가 벌떡 일어서자 베이치 부인이 말했다.

"앉아 있어라, 노마. 내가 할 테니."

부인은 의자를 뒤로 밀어 일어서더니 찬장으로 걸어가 잔과 받침 몇 벌을 꺼냈다.

"여기다 마시면 될 거야."

"어머니, 그건 운전기사와 하인이 사용하는 잔이잖아요?"

"경찰이잖니. 다를 게 없어."

"아뇨, 그렇지 않아요, 어머니."

"나는 그렇게 생각한다. 주인어른께서 살아 계셨다면 어땠을 것 같니? 경찰에게는 아무것도 대접하지 않으셨을 거야."

"하지만 주인어른은 돌아가셨잖아요. 벨터 부인께서 이 집을 관리하실 거라고요."

베이치 부인이 홱 돌아서서 생기 없이 쑥 들어간 눈으로 딸을 빤히 쳐다봤다.

"반드시 그 여자가 주인이 되라는 법은 없어."

메이슨이 잔 몇 개에 커피를 조금씩 따랐다가 커피포트에 도로 부어넣었다. 그렇게 두 번을 반복하자 진해진 커피에서 김이 올라왔다.

"쟁반을 하나 주시죠. 호프먼 경사과 칼 그리핀에게는 제가 갖다줄 테니, 2층에 있는 친구들에게는 부인께서 가져다주세요."

베이치 부인은 말없이 쟁반 하나를 메이슨에게 건넸다. 그는 커피 석 잔이 담긴 쟁반을 들고 식당을 지나 거실로 들어갔다.

호프먼은 어깨를 쫙 펴고 목은 앞으로 쑥 내밀고, 두 다리를 넓게 벌린 모습으로 서 있었다.

칼 그리핀은 벌건 얼굴에 눈까지 빨갛게 충혈되어 의자에 축 늘어진 채 앉아 있었다.

메이슨이 커피를 가지고 들어갔을 때 마침 호프먼이 말하고 있었다.

"당신이 막 집에 돌아왔을 때 벨터 부인에 대해 말했던 것과는 다르잖습니까." 호프먼이 다그쳤다.

"그때는 취해 있었으니까요." 그리핀이 말했다.

호프먼이 그리핀을 노려보며 말했다. "취했을 때는 진실을 말하던 사람이 술이 깨고 나서 속마음을 숨기는 건 흔히 있는 일이죠."

칼 그리핀은 좋은 집안에서 교육받은 사람답게 눈썹을 치켜세우며 놀라움을 표했다.

"정말인가요? 그런 걸 난 왜 몰랐지?"

호프먼은 뒤에서 다가오는 메이슨의 발소리를 듣고 휙 돌아섰다가 김이 모락모락 오르는 커피잔을 보고 씩 웃었다.

"고맙네, 메이슨. 마침 좋은 때 가져왔군. 한잔 드십시오, 그리핀 씨. 기분이 한층 더 좋아질 테니."

그리핀이 고개를 끄덕였다. "맛있을 것 같군요. 그렇지만 기분은 이미 좋아졌습니다."

메이슨은 그리핀에게 커피잔을 내밀었다.

"혹시 유언장에 관해 아시는 게 있습니까?" 호프먼이 느닷없이 물었다.

"괜찮으시다면 그에 대해서는 대답하지 않겠습니다, 경사님."

호프먼도 커피잔을 받아 들었다.

"괜찮지 않습니다. 이 질문에 대해서는 꼭 대답을 해주셔야겠는데요."

"네, 유언장이 있습니다." 그리핀이 인정했다.

"어디에 있습니까?" 호프먼이 물었다.

"모릅니다."

"유언장이 있다는 건 어떻게 아셨죠?"

"백부님께서 보여주셨거든요."

"재산은 모두 벨터 부인에게 상속되도록 적혀 있습니까?"

그리핀은 고개를 가로저었다.

"5천 달러의 현금을 제외하면 그녀에게는 아무것도 돌아가지 않을 겁니다."

호프먼은 눈썹을 추켜세우며 휘파람을 불었다.

"그렇다면 이야기가 달라지는군요."

"어떻게 달라진다는 건가요?" 그리핀이 물었다.

"모든 상황이 달라지죠. 부인은 남편이 계속 살아 있을 것을 전제로 하여, 남편에게 전적으로 의지하며 여기에 살고 있었습니다. 그런데 남편이 죽는 순간부터 사실상 빈털터리로 내쫓길 판이니 말입니다."

그리핀은 그렇게 된 걸 설명하려는 듯 자진해서 말했다.

"제 생각이지만, 부부 사이가 그리 화목하지는 않았던 모양입니다."

호프먼은 혼잣말을 하듯 중얼거렸다. "그건 중요한 게 아닙니다. 이런 경우엔 통상적으로 동기를 찾아야 한다고요."

메이슨이 호프먼을 보며 씩 웃었다. "경사님은 벨터 부인이 총을 쏴서 남편을 죽였다고 말하려는 겁니까?" 그런 생각 자체가 우습기 짝이 없다는 말투였다.

"난 범행 가능성이 있는 사람을 찾아내기 위한 통상적인 수사를 하고 있는 걸세, 메이슨. 이런 사건에선 언제나 동기를 찾지. 피해자의 죽음으로 가장 이득을 보는 게 누군지 알아내야 해."

"그렇다면 제게 혐의가 돌아올 것 같은데요." 그리핀이 또렷한 목소리로 말했다.

"그게 무슨 뜻입니까?"

호프먼의 질문에 그리핀이 천천히 대답했다.

"유언장에 따르면, 유산의 대부분은 제가 상속받습니다. 그 사실이 특별히 비밀로 되어 있진 않을 겁니다. 백부님은 세상 누구보다 절 사랑하셨나 봅니다. 백부님의 성격을 고려했을 때, 제게 특별히 애정을 갖고 계셨다는 뜻입니다. 다른 사람에게도 애정을 표할 수 있는 분이셨는지는 의문입니다만."

"당신은 백부님을 어떻게 생각하고 있었죠?" 호프먼이 물었다.

"전 백부님의 마음가짐을 존경했습니다." 그리핀은 조심스럽게 표현을 골랐다. "백부님의 성향 같은 것을 인정했던 것 같습니다. 백부님은 모든 위선과 속임수를 참고 견디지 못하는 분이셨고 그 때문에 아주 고독하게 생활하셨죠."

"그런 마음가짐이 왜 고독한 생활을 하도록 만들었을까요?" 경사가 물었다.

그리핀은 양쪽 어깨를 살짝 움직였다.

"경사님도 그런 마음가짐을 가지고 있다면 질문을 할 필요가 없었을 겁니다. 백부님은 뛰어나게 머리가 좋으셨습니다. 사람들의 속마음을 속속들이 들여다보셨고, 속임수와 위선을 간파하는 능력을 가지고 계셨죠. 그런 사람에게는 친구라는 게 있을 수가 없죠. 철저히 자립적인 분이라 누구에게도 의지하려고 하지 않았고, 우정을 다질 토대가 없으셨던 겁니다. 백부님이 아는 방법은 오직 싸우는 것뿐이었습니다. 이 세상과 그 안에 살고 있는 모든 사람들을 적으로 삼아 싸우셨죠."

"당신과는 싸우지 않았나 보군요." 호프먼이 말했다.

"네, 저와는 싸우지 않으셨습니다. 제가 백부님이나 그분의 재산에 전혀 관심이 없다는 걸 알고 계셨으니까요. 전 백부님의 환심을 사려고 애쓰지 않았고, 그분을 속이지도 않았습니다. 전 제가 생각하는 걸 백부님께 솔직히 말씀드렸고, 한번도 마음에 없는 소리를 한 적이 없죠."

호프먼이 눈을 가늘고 뜨고 물었다. "누군가는 벨터 씨를 속였나 보죠?"

"그게 무슨 뜻입니까?"

"당신은 그 양반을 속이지 않으니까, 그래서 그가 당신을 좋아했다고 하지 않았습니까?"

"그렇게 말했죠."

"그리고 '저'라는 단어를 특히 강조했고요."

"그런 의미가 아닙니다."

"부인에 대해서는 어땠습니까? 벨터 씨는 자신의 아내를 좋아하지 않았습니까?"

"모르겠는데요. 백부님은 그분에 대해 저랑 얘기를 나눈 적이 없으셔서요."

"부인이 벨터 씨를 속였나요?" 호프먼이 추궁했다.

"제가 그런 걸 어떻게 알겠습니까?"

호프먼이 젊은이를 빤히 쳐다보며 말했다. "당신은 모든 걸 말하지 않고 숨기는 방법을 잘 알고 있군요. 하지만 말하지 않고 버틴다고 해도 결국은 다 밝혀질 겁니다."

"말한다니까요, 경사님. 모든 걸 말씀드리겠다고요."

호프먼은 한숨을 쉬었다.

"살인이 벌어진 시각에 어디 있었는지 정확히 말해줄 수 있습니까?"

그리핀의 얼굴이 갑자기 붉어졌다.

"죄송하지만, 경사님, 그건 말씀드릴 수 없겠는데요."

"왜죠?"

"우선 살인이 언제 벌어졌는지를 모르고, 둘째로 제가 어디에 있었는지 기억이 나지 않아섭니다. 오늘 저녁 아주 엉망진창이었던 것 같습니다. 초저녁에 어떤 젊은 여자와 놀러 나갔다가, 그녀와 헤어진 뒤에 혼자서 야간 업소 몇 군데를 돌아다녔습니다. 집으로 돌아오는 길에 타이어에 구멍이 났는데, 너무 취해서 타이어를 바꿔 끼울 수 없더라고요. 열려 있는 정비소를 찾을 수도 없는데다가 비까지 내려서 간신히 차를 몰았습니다. 여기 오는 데 몇 시간은 걸렸을 게 분명해요."

"타이어가 갈가리 찢겨 있더군요." 호프먼이 말했다. "그건 그렇고, 당신 말고 다른 사람이 벨터 씨의 유언장 내용을 알고 있습니까? 직접 본 사람이 있다던가?"

"예, 있습니다. 제 변호사가 봤습니다."

"아하, 당신에게도 변호사가 있군요."

"당연히 변호사가 있죠. 제게는 있으면 안 됩니까?"

"변호사가 누구죠?" 호프먼이 물었다.

"아서 애트우드입니다. 뮤추얼 빌딩에 사무실을 두고 있죠."

호프먼이 메이슨 쪽으로 고개를 돌렸다.

"누군지 모르겠는데. 자넨 알고 있나, 메이슨?"

"한두 번 만난 적이 있습니다. 머리가 벗어진 친군데 상해 사건을 주로 맡죠. 늘 법정까지 가기 전에 문제를 해결하는 모양입니다. 상당히 솜씨가 좋다고 하더군요."

"어떻게 당신 변호사가 입회한 가운데 유언장을 보게 된 거죠? 상속인에게 유언장이 어떻게 작성될지 보여주기 위해 상속인의 변호사까지 불러들이는 건 그리 흔한 일이 아니잖습니까?" 호프먼이 캐물었다.

그리핀은 입을 꽉 다물었다. "그 문제라면 제 변호사와 이야기해주십시오. 제가 섣불리 이러쿵저러쿵 말할 수 없으니까요. 다소 복잡한 사정이 있어서 제 입으로는 말하기가 곤란합니다."

"좋습니다, 유언장은 잊으시고. 단도직입적으로 물어보죠. 사실대로 대답하십시오."

"그게 무슨 뜻이죠?" 그리핀이 물었다.

빌 호프먼은 돌아서서 그리핀을 마주하고 내려다봤다. 경사는 턱을 약간 앞으로 내밀고, 평소 인내를 담고 있던 두 눈에 엄격한 기운을 띠었다.

"이런 얘깁니다, 그리핀 씨." 호프먼은 느릿느릿하게 기분 나쁜 말투로 말했다. "계속 그렇게 어물쩍 넘어가면 안 된다는 겁니다. 당신은 누군가를 보호하려고 신사인 척하고 있죠.

오래가지 못할 겁니다. 당신이 알고 있는 걸 내게 다 털어놓거나, 아니면 중요 참고인으로 구류되든가 알아서 하십시오."

그리핀의 얼굴이 벌게졌다. "그건 지나친 것 아닙니까?"

"그건 내가 알 바 아닙니다. 살인 사건이란 말입니다. 그런데도 당신은 여기 죽치고 앉아 날 상대로 술래가 누구인지 맞혀보라는 퀴즈 놀이나 하고 있으니……. 자, 그만 털어놓으십시오. 당신과 당신 변호사가 어떻게 유언장을 보게 됐는지, 그리고 그때 무슨 대화가 오갔는지를."

그리핀은 마지못해 말했다. "제가 자발적으로 이 이야기를 하는 게 아니라는 건 충분히 이해하시죠?"

"물론입니다. 어서 말하시죠. 어떻게 된 일입니까?"

"음, 그게 말입니다." 그리핀은 정말 내키지 않는 듯한 말투로 천천히 말했다. "백부님과 백모님의 사이가 별로 좋지 않다는 걸 넌지시 들었습니다. 백부님은 백모님이 바라는 증거만 손에 넣으면 자신에게 이혼소송을 제기할 거라고 생각하셨던 모양입니다. 백부님과 전 어떤 일을 함께 하고 있어서, 언젠가 애트우드와 제가 백부님께 사업상의 이야기를 상의드렸죠. 그런데 갑자기 백부님께서 다른 이야기를 시작하시더라고요. 저로서는 듣기 거북한 이야기였던 터라 피하고 싶었지만, 애트우드는 변호사의 입장에서 그 문제를 봤던 모양입니다."

칼 그리핀은 페리 메이슨 쪽으로 얼굴을 돌렸다. "당신이라면 이 상황을 이해하실 겁니다. 변호사 맞으시죠?"

빌 호프먼은 그리핀의 얼굴에서 눈을 떼지 않았다. "이 사람은 신경 쓰지 않아도 좋아요. 그래서 어떻게 됐죠?"

"백부님은 아내와 사이가 별로 좋지 않다고 털어놓으시더니 손에 들고 있던 서류를 하나 보여주셨죠. 모두 자필로 작성하신 것 같았는데, 애트우드 씨에게 변호사로서 어떻게 보는지 물어보시더군요. 유언장이 본인의 손으로 작성됐을 때는 증인이 없어도 유효한지, 아니면 그럴 때에도 역시 증인이 필요한지를요. 백부님은 본인이 직접 유언장을 만들었는데, 유산의 대부분을 부인에게 주지 않을 거라 분쟁이 발생할지도 모른다고 말씀하셨습니다. 실제로, 백부님은 5천 달러라는 금액을 직접 언급하셨고, 유산의 대부분은 제 것이 될 거라고 말씀하셨습니다."

"유언장을 직접 읽어보진 않았습니까?" 호프먼이 물었다.

"음, 정확히 말해 읽어본 건 아닙니다. 아니에요, 유언장을 집어 들고 한 자 한 자 찬찬히 읽진 않았습니다. 그저 한번 쓱 훑어봤는데 백부님의 필적이 맞더군요. 그리고 내용에 관해 백부님께서 말씀하시는 걸 들었죠. 애트우드는 더 자세히 읽었을 겁니다."

"좋습니다, 계속하시죠. 그러고는요?"

"그게 답니다." 그리핀이 말했다.

"아니, 그게 다일 리가 없습니다. 그 밖에 무슨 일이 있었죠?"

호프먼이 끈질기게 캐묻자 그리핀이 어깨를 으쓱했다.

"아, 백부님께서 뭔가를 더 말씀하시긴 했죠. 남자들이 이따금 하는 유의 이야기라 전 별로 주의해서 듣지 않았습니다."

"또 어물쩍 넘어가려고 하는군요. 벨터 씨가 뭐라고 했습니까?"

호프먼이 압박하자 그리핀은 얼굴을 벌겋게 붉히며 불쑥 내뱉었다.

"만일 자신에게 무슨 일이 생겼을 때, 그로 인해 아내가 이득을 보지 못하도록 못을 박아두고 싶다고 하셨습니다. 아내가 이혼소송을 통해 한몫 잡을 수 없다는 걸 알게 됐을 때, 자신의 죽음을 앞당김으로써 자기 재산을 손에 넣는 기회를 아내에게 주고 싶지 않다고도 하셨고요. 이것으로 제가 알고 있는 건 전부 말씀드렸습니다. 이게 다 경사님의 빌어먹을 수사와 무슨 관련이 있는지 모르겠군요. 전 분명히 강요받아 말했고, 그렇게 강요한 경사님의 태도가 마음에 들지 않네요."

"마음에 들지 않더라도 상관없습니다. 당신이 고주망태가 된 상태에서 처음으로 살인에 관해 들었을 때 했던 말이 이걸로 설명이 되는군요. 그때 이런 식으로……."

그리핀은 한 손을 들어 그의 말을 막았다.

"경사님, 제발 그 말은 다시 하지 말아주십시오. 제가 혹시 그런 말을 했더라도 전 기억이 나지 않고, 분명 진심으로 한 말도 아니었습니다."

페리 메이슨이 나섰다.

"진심으로 한 말이 아니었을지도 모르지만 분명히……."

호프먼이 메이슨 쪽으로 홱 돌아섰다.

"그만두게, 메이슨! 수사는 내가 하네. 자넨 여기에 참관자로 있는 거니까 잠자코 있을 게 아니면 나가주게!"

"위협이 통할 줄 아십니까, 경사님? 난 여기 이바 벨터 부인의 집에 이바 벨터 부인의 변호사로서 와 있는 겁니다. 듣고 있자니 이 친구는 다른 건 몰라도 벨터 부인의 명예를 훼손하는 진술을 하고 있군요. 난 그 진술이 입증될지 철회될지 두고 볼 생각입니다."

호프먼의 눈에서 인내심이 완전히 사라졌다. 그는 메이슨을 무뚝뚝하게 노려봤다.

"원한다면 자네 권리를 고집하게나. 자네가 권리를 주장하는 이유를 어떻게 설명할지 궁금하군. 이곳으로 출동한 경찰이 살인 사건 현장을 발견했는데, 마침 자네와 어떤 여자가 여기 앉아 그 사건에 관해 의논중이라니 재미있지 않나? 그리고 남편이 살해된 걸 발견한 아내가 다른 일은 제쳐두고 자기 변호사에게 먼저 전화를 걸었다는 것도 우습기 짝이 없지."

메이슨이 큰 소리로 외쳤다. "그게 공정한 발언이 아니라는 건 경사님도 잘 아실 겁니다. 전 부인의 친구란 말입니다."

"뭐, 그렇게 보이기는 하는군." 호프먼이 쌀쌀맞은 목소리로 대꾸했다.

메이슨은 두 다리를 딱 벌리고 서서 어깨를 쫙 폈다.

"이제 이 문제를 분명히 해둡시다. 난 이바 벨터를 대리하고 있습니다. 이 세상에 그녀가 험담을 뒤집어쓸 이유는 조금도 없습니다. 조지 벨터는 그녀에게 단 한 푼의 가치도 없었어요. 이 친구에게는 아니지만요. 이 친구는 단 한 순간도 버틸 수 없는 엉성한 알리바이를 가지고 굴러들어 오더니 내 의뢰인에 대해서 당치도 않은 말들을 늘어놓기 시작했습니다."

그리핀이 격렬하게 항의했지만 메이슨은 개의치 않고 호프먼을 계속 노려봤다.

"맹세컨대, 당신이 이런 얼토당토않은 이야기를 아무리 늘어놓아도 한 여자에게 유죄판결을 내릴 순 없을 겁니다. 그렇게 하려면 배심원단이 필요하죠. 합리적 의심이 모두 해소되고 그녀에게 죄가 있다는 게 확실하게 입증되기 전까지는 배심원단 또한 유죄판결을 내릴 수 없고요."

거대한 몸집의 호프먼은 메이슨을 탐색하듯 바라보았다.

"자네가 합리적 의심의 여지를 찾아내겠다는 건가, 메이슨?"

메이슨은 손가락으로 칼 그리핀을 가리켰다.

"그러니 자네도 너무 많이 떠벌리지 말게나, 젊은 친구. 만일 내 의뢰인이 배심원단 앞에 서게 된다면, 내가 자네와 유언장에 관한 이야기를 사건에 끌어들임으로써 얻게 될 이득을 잊을 만큼 멍청하다고는 생각하지 말게."

"자넨 이자가 살인범이라고 생각하나?" 호프먼이 슬쩍 떠봤다.

"난 형사가 아니라 변호삽니다. 그리고 배심원단은 합리적인 의심이 드는 한 누구에게도 유죄판결을 내릴 수 없죠. 만일 경사님이 내 의뢰인에게 어떤 혐의를 씌운다면, 내가 찾은 합리적 의문점이 그 자리에 얼굴을 내밀 겁니다!"

호프먼이 끄덕였다.

"내 예상이 빗나가지 않는군. 자넬 처음부터 여기 두지 말았어야 했는데. 이제 나가주시지!"

"그러려고 했습니다." 메이슨이 경사에게 말했다.

10

페리 메이슨이 폴 드레이크에게 전화를 걸었을 때는 새벽 3시가 다 된 시각이었다.

"폴, 자네가 해줘야 할 일거리가 생겼네. 급한 일이야. 이 사건에 투입할 인력이 더 있을까?"

폴의 목소리에는 졸음이 가득했다.

"이 친구야, 일을 얼마나 더 해줘야 만족할 셈이야?"

"내 말 잘 들어. 얼른 눈을 뜨고 잠에서 깨라고. 급하게 해줘야 할 일이야. 경찰보다 앞질러서."

"내가 무슨 수로 경찰을 앞질러?"

"할 수 있어. 왜냐하면 자네가 어느 기록에 접근할 수 있다는 걸 우연히 알게 됐거든. 자네, 이 도시에서 판매된 모든 총기의 영수증 사본을 보관하고 있는 상인보호협회를 대표한 적이 있지? '127337'이라는 번호가 찍힌 32구경 콜트 자동 권총의 소유주를 알고 싶어. 경찰은 지문을 일일이 대조해야만 하는 공식 절차를 따르느라 시간이 걸릴 테니 아침이나 되어야 이런지런

손을 쓸 수 있을 거야. 권총의 출처를 조사하는 게 중요하다는 건 알고 있더라도 급히 서둘러야 한다고는 생각 못 하겠지. 자네에게 부탁하고 싶은 건, 경찰보다 먼저 정보를 얻는 거야. 무슨 수를 써서라도 그들보다 먼저 손에 넣어야 해."

"그 권총이 뭘 어쨌는데?" 폴 드레이크가 물었다.

"어떤 남자가 그 총으로 한 발 맞았어. 정확히 심장이 꿰뚫렸지."

드레이크가 휘파람을 불었다. "어제부터 조사한 건과 무슨 관련이 있나?"

"난 그렇게 생각하지 않지만 경찰은 그렇게 생각할지도 몰라. 나는 내 의뢰인을 보호해야 하는 입장이고. 그래서 경찰보다 먼저 정보를 입수하고 싶은 거지."

"알았어. 정보를 얻으면 어디로 전화하면 되겠나?"

"자네가 해선 안 돼. 내가 하지."

"언제?"

"한 시간 뒤에."

"그때까지 무슨 수로 입수한단 말이야? 불가능해."

드레이크가 항의했지만 메이슨은 끈질겼다.

"어떻게든 해줘. 아무튼 그때 연락하지."

그는 전화를 끊고 바로 해리슨 버크의 집으로 전화를 걸었다. 아무도 받지 않았다. 다음으로는 델라 스트리트의 번호로 걸자 곧 잠에 취한 목소리가 전화선을 타고 들려왔다.

"여보세요?"

"페리 메이슨이야, 델라. 얼른 눈 비비고 잠에서 깨라고. 할 일이 있어."

"지금 몇 시죠?" 델라가 물었다.

"3시쯤 됐을까. 정각에서 십오 분 정도 지났을지도."

"그래요. 무슨 일이죠?"

"잠은 깬 거지?"

"다 깼죠. 제가 지금 뭘 하고 있다고 생각하세요? 자면서 말할 수 있겠어요?"

"농담은 그만두자고. 심각한 일이야. 당장 옷 걸치고 사무실로 와줄 수 있겠어? 채비를 마칠 즈음엔 집 앞에 택시가 대기하고 있도록 손을 써두지."

"지금 갈아입으려고요. 예쁘게 차려입어야 할까요, 아니면 뭘 걸치기만 하면 되나요?"

"예쁘게 보이는 편이 좋아. 하지만 너무 오래 걸리면 안 돼."

"당장 시작하죠." 델라는 말을 마치자마자 전화를 끊었다.

메이슨은 택시 회사에 전화를 걸어 델라의 아파트로 택시를 보냈다. 그런 다음 24시간 영업하는 약국에서 나왔다. 그는 자신의 차에 올라 사무실로 내달렸다.

사무실로 들어선 메이슨은 불을 켜고 블라인드를 내린 다음 방 안을 서성거리기 시작했다.

뒷짐을 지고 머리는 약간 숙인 채 앞으로 내밀고 어슬렁거리는 모습은 우리 속의 호랑이를 연상시켰다. 초조해 보이긴 했지만 자제력을 잃지는 않은 모습이었다. 심한 상처를 입고 막다른 골목까지 몰렸지만, 남을 속이는 행동은 절대 하지 않으려고 애쓰는 투사의 모습이었다.

문에서 열쇠 소리가 들리고 델라 스트리트가 들어왔다.

"안녕하세요, 소장님. 밤을 꼴딱 새우셨군요!"

메이슨은 들어와서 앉으라고 그녀에게 손짓했다.

"이제부터 아주 바쁜 하루가 시작될 거야."

"무슨 일인가요?" 델라는 걱정이 가득한 눈길로 메이슨을 바라보았다.

"살인이야."

"의뢰인을 대리하는 것뿐인가요?" 델라가 물었다.

"모르겠어. 사건에 말려들었을 수도 있어."

"말려들었다고요?"

"그래."

"그 여자로군요." 그녀가 화를 내며 말했다.

"이제 그런 식으로 생각하지 않았으면 좋겠어, 델라."

메이슨은 조바심을 내며 고개를 저었지만 델라는 고집을

피웠다.

"그렇게 생각하지 않을 수가 있어야죠. 그 여자에게 뭔가 있을 줄 알았어요. 문제를 몰고 다니는 여자로 보였다니까요. 전 절대 그 여자를 믿지 않았어요."

메이슨은 피곤한 목소리로 말했다. "알겠어. 이제 그 문제는 잊어버리고, 내 지시를 잘 기억해둬. 이제부터 어떤 일이 벌어질지 나도 모르겠어. 혹여 내가 여기 일을 계속할 수 없는 상황이라도 생기면 델라에게 뒷일을 맡길지도 몰라."

"'일을 계속할 수 없다'는 게 무슨 뜻이죠?"

"그 얘긴 신경 쓰지 않아도 돼."

"전 신경 쓰인다고요." 델라의 눈이 걱정으로 크게 벌어졌다. "위험에 처하신 거군요!"

메이슨은 그녀의 말을 들은 척도 하지 않았다.

"그 여자는 이바 그리핀이라는 이름을 대고 여기 찾아왔지. 미행을 붙여봤는데 순식간에 떨쳐버렸고. 그후 난 《스파이시 비츠》와의 싸움을 시작했고, 뒤에 숨어 있는 실질적인 소유주가 누군지 알아내려 했어. 결국 엘름우드 드라이브에 사는 조지 벨터라는 자가 실제 소유주라는 사실을 밝혀냈지. 그 집과 그 사람에 관한 건 델라도 조간신문에서 읽을 수 있을 거야. 벨터를 직접 만났는데 그가 만만찮은 상대라는 걸 알게 됐지. 그 집에서 그자의 아내도 마주쳤어. 그런데 이내라는 사람이 다름 아닌 우리 의뢰인이더라고. 본명은 이바 벨터지."

"그 여자는 뭘 하려고 했던 걸까요? 소장님을 속일 생각이었을까요?" 델라가 물었다.

"아니, 난처한 지경에 처해 있었던 거야. 어떤 남자와 나돌아 다녔는데 남편이 그 뒷조사를 하고 있었던 거지. 그녀의 남편은 그 남자와 함께 있던 여자가 누군지는 몰랐어. 쫓고 있던 건 남자 쪽이었거든. 하지만 그는 추문이나 실어대는 신문을 통해 그 남자의 일을 폭로하려고 했고, 그렇게 되면 결국 여자의 정체도 알려질 판이었지."

"그 남자가 누구예요?" 델라가 물었다.

"해리슨 버크." 메이슨은 천천히 말했다.

델라는 눈썹을 둥글게 올리고 아무 말도 하지 않았다.

메이슨은 담배에 불을 붙였다.

잠시 후 델라가 물었다. "해리슨 버크는 그 일에 대해 뭐라고 하던가요?"

메이슨은 양손으로 손짓을 해 보였다.

"봉투에 돈을 넣어 보냈지. 어제 오후에 심부름꾼이 가지고 온 돈 말이야."

"아!"

잠시 침묵이 흘렀다. 두 사람 다 말없이 생각에 잠겼다.

델라가 먼저 입을 열었다. "계속 말씀해주세요. 오늘 신문에서 제가 보게 될 기사가 어떤 거죠?"

메이슨은 감정이 섞이지 않은 단조로운 목소리로 말했다.

"자고 있었는데, 자정이 조금 지나서 이바 벨터가 내게 전화했어. 아마 12시 30분쯤 되었던 것 같아. 비가 억수로 쏟아지고 있었고. 나더러 얼른 약국에 있는 자기를 데리러 오라는 거야. 곤경에 처했다면서. 그래서 가봤더니 어떤 남자가 남편과 말다툼을 벌이다가 총으로 쐈다더군."

"그 남자가 누군지는 알고 있대요?" 델라가 작은 목소리로 물었다.

"아니, 그 남자를 보진 못했고 목소리만 들었다고 하더군."

"목소리는 알겠대요?"

"아는 목소리라고 생각하고 있었어."

"누구 목소리라고 생각했대요?"

"나."

델라는 메이슨을 빤히 쳐다봤는데, 눈에 비친 감정은 조금도 변하지 않았다.

"소장님이었어요?"

"아니, 난 집에서 자고 있었어."

"증명하실 수 있나요?"

델라가 고저 없는 어조로 묻자 메이슨이 목소리를 높였다.

"말도 안 되는 소리! 자러 가면서 알리바이를 준비하는 사람이 어디 있어!"

"배신이나 일삼는 더러운 여자 같으니!" 델라를 욕설을 퍼붓고 좀더 침착해진 목소리로 물었다. "그리고 어떻게 됐죠?"

"둘이서 현장으로 갔고, 여자의 남편이 죽어 있는 걸 발견했지. 32구경 콜트 자동 권총이더군. 총기 번호는 기억해뒀어. 한 발이 심장을 정통으로 꿰뚫었고. 목욕을 하고 있다가 누군가에게 당한 모양이야."

델라의 눈이 휘둥그레졌다. "그 여자는 경찰에 신고하기 전에 소장님을 불러낸 거군요."

"맞아. 경찰도 그 점을 미심쩍게 생각하더군."

창백해진 델라는 무슨 말을 하려고 숨을 크게 들이쉬었다가 생각을 바꿨는지 하려던 말을 삼켜버렸다.

메이슨은 내내 단조로운 목소리로 말을 이어갔다.

"난 호프먼 경사와 말다툼을 벌였어. 그 집에 피해자의 조카 되는 녀석이 있는데 썩 마음에 들지 않더라고. 지나치게 신사인 척하는 거야. 가정부는 뭔가를 숨기고 있고, 가정부의 딸은 거짓말을 하고 있다는 생각이 들었지. 다른 하인들과는 이야기할 기회가 없었어. 경찰은 2층에서 수사를 벌이는 동안 날 아래층에 잡아뒀어. 하지만 경찰이 그곳에 도착하기 전에 잠시 둘러볼 시간이 있었지."

"호프먼 경사님과 소장님 사이의 갈등은 얼마나 심각했죠?"

"상황이 상황인 만큼 충분히 안 좋지."

"의뢰인을 위해 전력투구해야 한다는 뜻이군요." 무슨 이유에서인지 그렇게 묻는 델라의 눈이 젖어 있었다. "이제 무슨 일이 벌어질까요?"

"나도 모르겠어. 가정부가 뭔가 파고들 만한 틈이 될 거야. 지금까지는 경찰이 철저하게 추궁하지 않은 게 분명한데, 곧 그렇게 하겠지. 가정부가 뭔가를 알고 있을 것 같아. 그게 뭔지는 모르겠지만. 사실 이바 벨터가 이 사건에 대해 아는 걸 내게 모두 알려줬는지조차 확신하지 못하겠어."

델라가 화를 냈다. "모두 사실대로 말했다면, 그 여자가 여기에 온 뒤 처음으로 아무것도 숨기지 않고 거짓말도 하지 않은 게 되겠죠. 소장님을 진흙탕 속으로 끌어들이다니! 하, 고양이 같은 년! 정말로 죽이고 싶어요!"

메이슨은 애원하듯 손을 흔들었다. "그 일은 더이상 신경쓰지 마. 이미 엎질러진 물이니까."

"해리슨 버크는 살인 사건에 대해 알고 있나요?"

"전화로 불러내려고 했는데 집에 없더군."

"정말 때맞춰 집을 비웠네요!" 델라가 탄성을 내질렀다.

메이슨은 힘없이 미소를 지었다. "그렇지?"

두 사람은 서로를 마주 봤다.

델라가 재빨리 한숨을 돌리고 다급하게 말했다.

"소장님은 그 여자가 소장님 자신을 어처구니없는 입장에 끌어들이도록 놔뒀어요. 살해된 남자와 만나서 이야기도 나눴고요. 그 사람 소유의 신문사와 싸우고 있었고, 소장님은 점잖게 싸우는 스타일은 아니잖아요. 그 여자는 소장님이 현장에 나오도록 함정을 꾸몄어요. 경찰이 도착했을 때 현장에 계시도록 말이죠. 자신의 소중한 손이 더러워지려고 하면 언제든지 소장님을 늑대떼 속으로 던져버리려고 한 거라고요. 이런데도 소장님께선 그 여자가 빠져나가도록 내버려두실 셈인가요?"

"아니, 할 수만 있다면 그렇게 놔두지 않을 거야. 하지만 꼭 그래야만 하는 상황이 오기 전까지는 그 여자로부터 등을 돌릴 마음도 없어."

델라의 얼굴이 창백해지더니, 입술이 가느다란 선으로 보일 정도로 꽉 다물었다. "그 여자는⋯⋯." 그리고 하던 말을 멈췄다.

"의뢰인이지. 아주 많은 금액을 지불하는." 메이슨은 자신의 의견을 굽히지 않았다.

"무엇 때문에 많은 돈을 지불하는데요? 협박 사건을 대리해달라고요? 아니면 살인 혐의를 뒤집어쓰라고?"

델라의 눈에서 눈물이 글썽거렸다.

"메이슨 소장님, 무리하게 관대해지지 마세요. 부탁이에요. 이 사건에서 손을 떼고, 경찰이 하고 싶은 대로 하도록 내버려두세요. 그저 법률 대리인답게만 행동하시고, 변호사가 해야 하는 만큼만 사건에 개입하시라고요."

메이슨이 차분하게 말했다. "델라, 그러기엔 너무 늦지 않았을까?"

"아뇨. 늦지 않았어요. 손을 떼세요!"

메이슨은 인내하며 미소를 지었다. "그 여자는 의뢰인이라니까, 델라."

"법정에 선 후라면 괜찮아요. 소장님은 뒤에 앉아서 재판이 어떻게 진행되는지 보고 계시면 되죠."

메이슨은 고개를 저었다. "안 돼, 델라. 지방 검사는 법정에 설 때까지 기다리지 않을 거야. 그의 부하들이 지금 현장에 나가서 증인들을 조사하고 있어. 칼 그리핀의 입에서는 사건이 재판에 회부될 때 증언에 손상을 입힐 말들이 쏟아져서 내일 신문 1면에 대문짝만하게 실리고 말 거라고."

델라는 더이상 설득해봐야 소용이 없다는 걸 알아차렸다.

"경찰이 그 여자를 체포할 거라고 생각하시는군요?"

"그들이 무엇을 하려는지 모르겠어."

"살해 동기를 알아냈나요?"

"아니, 동기를 알아내진 못했어. 흔히 있는 동기를 찾기 시작했는데, 그게 제대로 진행되지 않아 집어치웠지. 하지만 다른 사건 하나를 알아내면 이미 준비된 더할 나위 없는 동기를 손에 넣게 되는 거야."

"경찰이 이 일을 알아낼까요?"

"결국은 알게 되겠지."

갑자기 델라의 눈이 휘둥그레졌다. "해리슨 버크였다고 생각하세요? 총이 발사됐을 때 그곳에 있던 남자가?"

"해리슨 버크와 통화하려고 했는데 연결이 안 됐어. 지금으로서는 그 일 때문이라고밖에 생각할 수 없지. 대기실로 나가서 전화를 걸어줘. 다시 연락을 취해보자고. 버크든 누구든 받을 때까지 십 분 간격으로 그 사람 집에 계속 전화를 걸어."

"알겠어요."

"폴 드레이크에게도 연락해줘. 아마 사무실에 있을 거야. 사무실에 없으면 우리가 갖고 있는 비상 연락처로 걸어보고. 이 사건 때문에 그 친구에게 뭘 좀 시켰거든."

델라는 비서의 자세로 돌아갔다. "알겠습니다, 소장님." 그렇게 말하고는 대기실로 갔다.

페리 메이슨은 다시 방 안에서 서성거렸다.

몇 분 후, 그의 전화기가 울렸다. 메이슨이 수화기를 집어들었다. 델라의 목소리가 들렸다. "폴 드레이크예요."

"어이, 페리인가?" 폴 드레이크가 말했다.

"뭐 좀 알아낸 게 있어?" 메이슨이 물었다.

"응, 권총 건은 정말 운이 좋았어. 멋진 정보를 전해줄 수 있지."

"이 전화선은 깨끗한가? 엿듣는 사람은 없겠지?"

"아무도 없으니 걱정 마."

"그래, 그럼 말해보게."

"이 권총을 만든 곳이나 판매한 사람이 누구였는지는 신경 쓰지 않겠지? 자네가 원하는 건 구매자의 이름일 테니까."

"맞아."

"좋아, 문제의 권총을 최종적으로 구입한 건 피트 미첼이라는 남자야. 사는 곳은 웨스트 69가 1322번지라더군."

"알겠네. 이 사건과 관련해서 무언가 다른 정보는 얻지 못했나? 프랭크 로크에 대해서라던가?"

"전혀. 남부에 있는 우리 탐정 사무소로부터 아직 보고를 받지 못했어. 로크가 남부 어디에 있었는지는 알아냈지. 조지아 주였는데, 거기서 그전까지의 흔적이 사라져버린 것 같네. 그곳에서 이름을 바꾼 것 같단 말씀이야."

"좋은 정보로군. 로크는 거기서 곤란한 처지에 빠졌던 거야. 다른 건 없나? 녀석과 관련된 거라면 무엇이든 좋아."

"휠라이트 호텔의 여자애에 관한 정보를 캐고 있어." 드레이크가 말했다. "이름이 에스터 린튼이더군. 그 호텔 946호실에 월세를 내면서 살고 있네."

"그 아가씬 직업이 뭐지? 알아냈나?"

"할 수 있는 건 뭐든 하는 것 같아. 그녀에 관해서는 아직 알아낸 게 별로 없어. 시간을 좀더 줘. 그리고 조금만 자게 해 주고. 사람은 한 번에 모든 곳에 갈 수도 없고, 잠을 자지 않고는 일도 할 수 없는 법이라고."

"좀 지나면 익숙해질걸." 메이슨이 씩 웃으며 말했다. "특히 이 사건을 맡고 있는 동안에는. 사무실에 오 분만 더 있어 봐. 금방 다시 전화할 테니."

"알겠어." 드레이크가 한숨을 내쉬며 전화를 끊었다.

페리 메이슨은 대기실로 나갔다.

"델라, 이 년 전에 정계의 온갖 소문들이 떠돌아다니던 시기 기억해? 우리가 투서들 중 몇 장을 정리해뒀지?"

"네, '정치 투서'라는 파일이 있어요. 뭣 때문에 소장님께서 그런 걸 보관하려 하시는지는 몰랐지만요."

"연줄을 알고 싶었거든. 그 안 어딘가에 '버크 하원 의원 만들기 추진 후원회'라는 게 있을 거야. 그걸 찾아줘, 빨리!"

델라는 곧바로 한쪽 벽에 줄지어 놓여 있는 수많은 파일 속으로 뛰어들었다.

페리 메이슨은 델라의 책상 한쪽 귀퉁이에 엉덩이를 걸치고 그녀를 지켜봤다. 그의 눈만이 새하얗게 달아오른 집중력을 드러내고 있었다. 그는 이 복잡하기 짝이 없는 문제의 여러 지점을 한 부분도 놓치지 않으려 했다.

델라가 편지 하나를 들고 그에게로 다가왔다.

"좋아."

편지의 오른쪽 단에는 위에서부터 '버크 하원 의원 만들기 추진 후원회'의 부회장 명단이 인쇄되어 있었다. 조그만 글자로 인쇄된 이름은 100명이 넘었다.

메이슨은 눈을 가늘게 뜨고 명단을 읽어 내려갔다. 한 사람씩 읽어 내려갈 때마다 이름 밑을 엄지손톱으로 짚으면서 빠뜨리지 않도록 확인했다. 열다섯 번째에 적힌 이름이 P. J. 미첼이었고, 이름 옆에 기록된 주소는 웨스트 69가 1322번지였다.

메이슨은 서류를 접어 주머니에 쑤셔 넣었다.

"폴 드레이크에게 다시 연락해줘."

그렇게 부탁한 메이슨은 안쪽 사무실로 들어가서 등 뒤로 문을 쾅 닫았다.

메이슨은 폴 드레이크가 전화를 받자마자 말했다.

"이봐, 폴. 해줘야 할 일이 있어."

"또?"

"그래, 아직 제대로 착수한 일도 없지 않나?"

"좋아, 말해봐."

"잘 들어." 메이슨이 신중하게 말했다. "차를 몰고 웨스트 69가 1322번지로 가서 피트 미첼을 침대에서 끌어내주었으면 좋겠어. 그런데 이 일로 자네가 곤경에 빠지거나 결과적으로 내게 문제가 생기지 않도록 신중해야만 해. 말을 너무 많이 떠벌리는 얼간이 사립 탐정 같은 연기를 해줘. 자네가 먼저 정보를 전부 말해주기 전에는 미첼에게 아무것도 묻지 말게. 알겠지?

미첼에게 이렇게 말하라고. 자네는 사립 탐정인데, 조지 벨터가 오늘 밤 자택에서 살해됐고, 흉기로 사용된 권총의 번호가 당신에게 판매된 권총의 번호와 동일하다는 걸 알게 됐다고 말일세. 그 권총은 당신이 가지고 있을 테니 뭔가 번호가 잘못된 게 분명하지만, 그래도 일단은 자정 전후의 당신 행방을 알고 싶다고 말이야. 그리고 아직도 권총을 가지고 있는지, 아니면 처분했는지 물어봐. 미첼에게 질문을 하기 전에 앞에서 언급한 정보를 다 말해줘야 한다는 걸 명심해."

"나더러 터무니없이 멍청한 녀석이 되라는 건가?"

"그래, 터무니없이 멍청한 녀석이 되는 거야. 그후에 미첼에게서 들은 말을 싹 잊어버리라고."

"무슨 말인지 잘 알았어. 이 사건에서 내가 의심받을 일이 전혀 없도록 행동하면 되는 거로군."

메이슨이 심드렁한 목소리로 말했다. "내가 말한 대로만 해줘. 한 치의 어긋남도 없이."

그는 가만히 수화기를 내려놓았다. 문손잡이가 돌아가는 소리가 들려 고개를 들었다.

델라가 사무실로 들어섰다. 얼굴은 창백하고 눈을 크게 뜨고 있었다. 등 뒤에서 문을 밀어 닫고 책상 쪽으로 걸어왔다.

"소장님을 잘 알고 있다는 남자가 대기실에 와 있어요. 이름은 드럼이고, 경찰청 형사래요."

델라가 닫았던 문이 벌컥 열리며 시드니 드럼이 씩 웃는 얼굴을 디밀었다. 지친 눈에는 생기가 전혀 없어서, 마치 업무를 보던 높다란 의자에서 막 내려와 할인 쿠폰이 있나 어정거리며 돌아다니는 점원처럼 보였다.

"마음대로 쳐들어와 미안하네. 자네가 좋은 핑계를 생각해내기 전에 이야기를 하고 싶었거든."

메이슨이 미소를 지었다.

"경찰의 무례한 짓거리에는 익숙하지."

"난 경찰이 아니야." 드럼이 항의했다. "한낱 형사에 불과할 뿐이지. 제복 경관들은 날 싫어해. 난 벌이는 적은데 고생만 잔뜩 하는 가엾은 형사라고."

"이리 들어와서 앉아."

"자네 사무소 근무시간은 굉장하군. 자넬 찾아 사방을 놀아다니다가 사무실에 불이 켜져 있는 걸 발견했지."

메이슨은 드럼의 핑계를 받아들이지 않았다. "아니, 그럴 리가 없어. 블라인드를 내려놓았거든."

"아, 그랬나?" 드럼은 그렇게 말하면서도 웃음을 잃지 않았다. "어쨌든 여기에 있을 거라 짐작했지. 자네가 일중독이라는 건 알고 있었으니까."

"됐고, 이제 농담 따먹기는 그만하세. 지금은 직무상 방문인 것 같은데?"

"물론이지. 호기심이 생겼거든. 난 호기심을 일으키고 그걸 충족시키는 재미로 살아가는 사람이지. 당장은 그 전화번호에 대해 알고 싶어. 자넨 내게 약간의 돈을 쥐여주며 전화국에서 불법적으로 번호를 알아내달라고 했네. 난 힘을 써서 번호의 소유주뿐 아니라 덤으로 주소까지 알아내서 전달해줬지. 자넨 정중하게 고맙다고 했고. 그후에 자넨 그 주소로 찾아가서 살해된 남자뿐만 아니라 어떤 여자와도 이야기를 나눴더군. 문제는, 이게 우연의 일치인가 하는 점이지."

"답은 뭔가?" 메이슨이 물었다.

"아니, 난 답을 말할 수 없어. 내가 질문했으니 자네가 대답해야지."

"답은, 내가 피살자 아내의 요청을 받고 그 집으로 갔다는 거야."

"자네가 피살자의 아내를 알고 있는데 정작 피살자는 몰랐다는 게 이상하군." 드럼은 의심이 가시지 않은 듯 집요하게 추궁했다.

"정말 그렇지?" 메이슨은 비꼬는 말투로 대꾸했다. "법률사무소를 운영하면서 가장 못마땅한 점이 바로 그거야. 어떤 여자가 사무소로 찾아와서 무언가에 대해 물을 때, 특히 그게 가정 문제라면 여자가 남편을 데리고 오지 않기 때문에 남편의 얼굴을 볼 수가 없는 경우가 비일비재하지. 실제로 법률사무소에 찾아온 여자가 남편이 이 사실을 몰랐으면 좋겠다고 했다는 사례를 두어 건 들은 적도 있고. 아, 물론 그건 뜬소문이고 내가 직접 들은 게 아니니 내 말을 액면 그대로 받아들이지 않았으면 좋겠네."

드럼은 계속 히죽거렸다. "이번 사건도 그런 사례라고 주장할 셈인가?"

"난 아무것도 주장하지 않았네."

드럼은 웃는 것을 그만두고 머리를 뒤로 젖혀 천장을 올려다봤다. 그의 두 눈에 꿈꾸는 듯한 기색이 어렸다.

"그렇게 되면 아주 재미있는 관점이 만들어지는데? 결혼한 여자가 곤경에 빠진 사람들을 구해내는 것으로 명성이 높은 변호사를 찾아온다. 변호사는 그녀 남편이 누구인지 모른다. 변호사는 그 여자를 위해 일에 착수한다. 변호사는 전회

번호를 찾아낸다. 변호사는 전화번호로 남편이 누구인지 알아내고, 그의 집으로 찾아간다. 여자가 그곳에 있는데, 남편이 살해당했다.”

메이슨의 목소리에 짜증이 어렸다. “그래서 어떤 결론을 얻었나, 시드니?”

드럼이 또다시 씩 웃었다. “그걸 얻었으면 이러고 있게? 아직은 조사중이야.”

“결론이 난다면 알려줄 수 있겠나?”

“아, 자넨 바로 알 수 있을 거야.” 자리에서 일어선 드럼이 웃는 얼굴로 메이슨과 델라를 쳐다봤다. “방금 한 말은 이제 그만 가보라는 신호였겠지?”

“아니, 급할 건 없어. 우리가 새벽 3, 4시에 사무실에 있는 건 바보 같은 질문을 하고 싶어 하는 친구들이 찾아오기 때문이라는 건 알고 있겠지. 사실 해야 할 일이 있는 것도 아닌데. 사무실로 일찍 출근하는 건 습관에 지나지 않는단 말일세.”

드럼은 돌아가려던 걸음을 멈추고 메이슨을 노려봤다.

“이봐, 페리, 자네가 솔직하게 나왔다면 나도 조금은 자네에게 도움이 될 수 있었을 거야. 하지만 그렇게 시침을 떼고 잘난 척만 하고 있으면, 내가 직접 밖으로 돌아다니며 냄새를 맡을 수밖에.”

"당연히 그러겠지." 메이슨이 순순히 인정했다. "나도 자네 입장을 충분히 이해해. 그게 자네 일이잖나. 자네에겐 자네의 직업이 있고, 내겐 나의 직업이 있단 말일세."

"그 말은, 자네가 잘난 체하기로 한 것으로 받아들여야겠군." 드럼이 말했다.

"내 말은, 자네가 직접 진실을 찾아내지 않으면 안 된다는 뜻이지."

"잘 있게, 페리."

"잘 가, 시드니. 나중에 다시 들러주게."

"꼭 그럴 테니 걱정하지 마."

시드니 드럼이 방을 나가며 문을 닫았다.

델라가 충동적으로 메이슨 쪽으로 오려고 했다. 메이슨은 손을 흔들어 그녀를 막았다. "대기실을 내다보고 그 친구가 갔는지 확인해줘."

델라가 문으로 다가가자 손잡이가 돌아가며 문이 활짝 열렸다. 시드니 드럼이 사무실 안으로 머리를 쑥 디밀었다.

드럼은 두 사람을 훑어보고 씩 웃었다.

"역시 이 수법에는 걸려들지 않는군. 좋아, 페리. 이번에야말로 정말로 가네."

"알았네, 잘 가게!"

드럼이 사무실 문을 닫았고, 잠시 후에 대기실 문이 쾅 하며 닫히는 소리가 들렸다.

새벽 4시쯤이었다.

11

페리 메이슨은 모자를 푹 눌러쓰고 아직도 축축이 젖어 모직 냄새를 풍기는 오버코트에 팔을 끼웠다.

"밖에서 실마리를 찾아보겠어." 메이슨은 델라에게 말했다. "조만간 경찰이 수사 범위를 좁혀올 텐데 그러면 난 옴짝달싹 못 하게 될 거야. 아직 움직일 수 있는 동안에 할 수 있는 일을 다 해두어야 해. 당신은 이곳에 남아서 사무실을 지켜줘. 내가 있을 만한 곳은 알려줄 수 없겠어. 당신이 내게 연락할 수 있는 여지를 남길까 걱정되거든. 하지만 내가 가끔 전화해서 메이슨 씨가 있는지 묻도록 하지. 나는 존슨이라는 이름을 댈 거고, 메이슨의 오랜 친구인데 혹시 무슨 메시지를 남기지 않았는지 물어볼 거야. 그럼 내가 누구인지 들키지 않고 상황이 어떻게 돌아가는지 알릴 수 있겠지."

"경찰이 전화선을 도청할 거라고 생각하세요?"

"그럴 수도 있어. 이 일이 앞으로 어떻게 진행될지 도저히 감을 잡을 수가 없군."

"소장님께 체포 영장이 발부될까요?"

"체포 영장까지야 아니겠지만, 신문은 하고 싶어 하겠지."

델라는 동정심이 담긴 다정한 눈길로 메이슨을 말없이 쳐다봤다.

"조심하라고." 메이슨은 그렇게 말하고 사무실에서 걸어나갔다.

리플리 호텔 로비로 들어간 메이슨이 욕실이 딸린 방을 달라고 했을 때, 밖은 아직도 어두웠다. 그는 디트로이트에서 온 프레드 B. 존슨이라고 숙박계에 기재하고 518호실을 배정받았는데, 짐이 하나도 없었기 때문에 요금을 선불로 해달라는 요청을 받았다.

방으로 들어간 메이슨은 커튼을 치고, 진저에일 네 병과 많은 양의 얼음, 그리고 위스키 한 병을 벨보이에게 주문했다. 그러곤 푹신푹신한 의자에 앉아 침대에 두 발을 걸친 채 담배를 피웠다.

문은 잠그지 않았다.

담배 한 개비를 다 피우면 남아 있는 불을 새 담배에 옮기며 삼십 분이 넘도록 줄담배를 피우고 있는데 갑자기 문이 열렸다. 이바 벨터가 노크도 하지 않고 방 안으로 들어왔다.

그녀는 등 뒤로 문을 닫고, 잠금장치를 채우고는 메이슨에게 미소를 지어 보였다. "당신이 무사한 걸 보니 정말 기뻐요."

메이슨은 의자에 앉은 채 물었다. "미행당하지 않은 게 확실한가요?"

"네, 아무도 따라오지 않았어요. 전 중요 증인이니 도시를 떠나서도 안 되고, 경찰에 알리지 않고는 어떤 일을 해도 안 된다고 하더군요. 절 체포할 거라고 생각하세요?"

"경우에 따라서는요."

"어떤 경우를 말하시는 건가요?"

"여러 가지 조건과 관련이 있죠. 부인과 이야기하고 싶은 게 있습니다."

"그렇군요. 유언장을 찾았어요."

"어디에서 찾았습니까?"

"그이의 책상에서요."

"어떻게 했습니까?"

"가져왔어요."

"보여주시죠."

"제가 생각했던 대로였어요. 기대한 것만큼 많이 남겨주지는 않았지만요. 유럽으로 가서 구경도 하고, 그리고…… 새로운 삶에 적응할 수 있을 만큼은 남겨줄 줄 알았거든요."

"그건 다른 남자를 잡는다는 뜻인가요?"

"그렇게 말하지 않았어요!"

"부인이 그렇게 말했다는 게 아니라 부인의 속마음이 그렇지 않느냐는 겁니다." 메이슨은 관심 없다는 듯 심드렁한 어조로 말했다.

이바의 얼굴이 위엄을 되찾았다.

"메이슨 씨, 이야기가 엉뚱한 곳으로 흐르는 것 같군요. 이게 유언장이에요."

메이슨은 생각에 잠긴 눈길로 이바를 빤히 쳐다봤다.

"절 살인 사건에 끌어들일 생각이라면 그런 연기는 집어치우는 게 나을 겁니다. 제겐 안 통하니까요."

이바 벨터는 다시 오만한 태도를 취하더니 갑자기 소리 내어 웃었다.

"당연히 새로운 남편을 얻고 싶죠. 그러면 안 되나요?"

"좋습니다. 그런데 왜 처음에는 부정했습니까?"

"글쎄요, 모르겠네요. 남들이 저에 관해 너무 많이 알면 화가 나는 본성 같은 게 있나 보죠."

"부인이 진실을 지독하게 싫어한다는 뜻이군요. 거짓의 울타리를 쳐서 자신을 보호하려는 겁니다."

이바가 얼굴을 붉히고 소리쳤다.

"어쩜 그런 말을! 너무하네요."

메이슨은 그녀의 말에 대꾸하지 않고 손을 뻗어 서류를 받아 들었다. 그러고는 천천히 읽었다.

"모두 남편분의 필적입니까?"

"아니요, 아닌 것 같아요."

메이슨은 이바를 빤히 쳐다봤다.

"모두 한 사람의 필적처럼 보이는데요."

"남편이 쓴 게 아닌 것 같아요."

메이슨이 바로 그녀를 비웃었다. "부인이 아니라고 해봤자 소용없습니다. 남편분이 이 유언장을 칼 그리핀과 그의 변호사인 아서 애트우드에게 보여주면서 자필로 작성한 거라고 말했거든요."

이바는 답답하다는 듯이 고개를 가로저었다. "남편이 유언장을 그들에게 보여주며 자필로 작성했다고 말한 걸 전해 들은 거잖아요. 그리핀이 그 유언장을 찢어버리고 위조된 유언장으로 바꿔치기하지 않았다고 누가 장담할 수 있겠어요?"

메이슨은 이바를 평가하듯 냉정한 눈길로 쏘아봤다.

"이런저런 말을 막 하시는데, 그게 무슨 뜻인지는 알고 계시겠죠?"

"물론이에요, 당연히 알고 있죠."

"그건 위험한 주장입니다. 뒷받침할 증거를 가지고 있지 않다면요."

"증거 같은 건 없어요. 아직까지는요."

이바가 천천히 말하자 메이슨이 충고했다.

"좋습니다. 그렇다면 혐의를 무작정 제기하시 마십시오."

안달이 난 이바가 가시 돋친 목소리로 말했다. "당신은 제 변호사니까 언제나 무엇이든 숨기지 말고 말하라고 했잖아요? 그래서 모든 걸 털어놓으니까 야단만 치네요."

"아, 아, 그런 이야기는 그만합시다." 메이슨은 유언장을 이바에게 돌려줬다. "제게는 통하지 않는 순진무구한 표정은 법정에 설 때까지 잘 간수해두십시오. 이제 이 유언장에 대해서 말씀해주시죠. 이걸 어떻게 손에 넣었습니까?"

이바는 천천히 말을 꺼냈다. "남편 서재에 있었어요. 금고는 잠겨 있지 않았고요. 그래서 몰래 유언장을 꺼내고 금고를 잠갔죠."

"그게 얼토당토않은 이야기라는 건 부인께서도 잘 알고 계시죠?"

"절 믿지 않으신다는 건가요?"

"당연히 믿지 않죠."

"왜요?"

"분명 경찰이 서재에 보초를 세워두었을 테니까요. 만약에 금고가 열렸다면 즉시 알아차리고 내용물을 비교해봤을 겁니다."

이바는 시선을 떨구고 조용히 말했다. "우리가 함께 집으로 갔을 때를 기억해요? 당신은 시신을 살펴보고 목욕 가운을 만져보고 있었잖아요?"

"네, 기억합니다." 메이슨은 눈을 가늘게 떴다.

"그때 금고에서 유언장을 몰래 꺼냈어요. 금고가 열려 있었거든요. 그런 다음 잠갔고요. 당신이 시신을 살펴보고 있는 동안에요."

메이슨은 눈을 깜빡거렸다. "맙소사! 그거라면 믿을 수 있죠! 부인께서 책상과 금고 근처에 서 있었으니까요. 왜 그랬습니까? 그런 속셈이 있다는 걸 왜 제게 말하지 않았죠?"

"그야 유언장 내용이 내게 유리한지 보고, 그렇지 않다면 찢어버리려고 했으니까요. 유언장을 찢어버리는 편이 나았을까요?"

메이슨은 폭탄이라도 터지는 듯한 큰 소리로 외쳤다.

"아니요!"

이바는 몇 분이 지나도록 잠자코 있다가 마침내 입을 열었다.

"그럼 제가 달리 할 수 있는 일이 있을까요?"

"네, 제가 잘 볼 수 있도록 침대에 앉아 계세요. 알고 싶은 게 몇 가지 있습니다. 경찰이 부인을 취조하기 전에 이걸 묻지 않았던 것은 부인이 흥분해서 횡설수설할까 봐 두려웠기 때문입니다. 경찰과 이야기할 때 부인께서 최대한 침착한 상태이기를 바랐으니까요. 이젠 사정이 달라졌습니다. 무슨 일이 벌어졌는지 정확히 알고 싶습니다."

이바는 눈을 크게 뜨며 그녀가 곧잘 보여주는, 작위적이고 순진무구한 표정을 지었다.

"무슨 일이 있었는지는 다 말씀드렸어요."

메이슨은 고개를 가로저었다.

"아니요, 그러지 않았습니다."

"내가 거짓말을 했다는 건가요?"

메이슨은 한숨을 내쉬었다. "제발 부탁이니 그런 짓거리는 그만두고 진지하게 행동하시죠."

"알고 싶은 게 정확히 뭔데요?"

"어젯밤에는 아주 잘 차려입고 계시더군요."

"무슨 뜻이죠?"

"잘 아시면서요. 등이 드러난 이브닝드레스에, 새틴 구두와 멋들어진 스타킹으로 온통 치장하고 있었단 말입니다."

"그래서요?"

"그런데 남편은 목욕을 하고 있었고요."

"그게 어떻다는 거죠?"

"남편을 위해 멋진 차림을 한 게 아니라는 거죠."

"당연히 아니죠."

"매일 밤 그렇게 차려입습니까?"

"가끔은요."

"실제로 부인은 어젯밤에 외출했다가 남편이 살해되기 직전에야 집으로 돌아온 겁니다. 아닙니까?"

이바는 거세게 고개를 저었다. 그녀는 다시 냉기가 뚝뚝 흐르는 위엄을 되찾았다.

"아니에요. 난 저녁 내내 집에 있었어요."

메이슨은 살피는 듯한 냉랭한 눈길로 그녀를 노려봤다.

"커피를 가지러 주방으로 내려갔을 때 베이치 부인이 그러더군요. 누군가 저택에 전화해서 부인 앞으로 남긴 메시지를 하녀가 전달하는 걸 들었다고요. 구두에 관한 저택에 일이었다던데." 메이슨은 이바를 떠봤다.

이바 벨터는 그 말에 깜짝 놀란 게 분명했지만 평정을 잃지 않으려고 안간힘을 썼다.

"왜요? 그게 뭐 잘못된 일인가요?"

"그전에, 그런 메시지가 전달된 게 맞는지 대답해주시죠."

"네, 전달받았어요." 이바는 그게 무슨 대수냐는 표정이었다. "그런 말을 들은 것 같기는 해요. 확실하진 않고요. 꼭 사고 싶은 구두가 몇 켤레 있었는데 문제가 생겼나 봐요. 마리가 메시지를 받고 제게 전해줬던 것 같아요. 그후에 여러 가지 일들이 벌어져서 깜빡 잊고 있었어요."

"교수형을 어떻게 집행하는지 들어본 적 있습니까?" 메이슨이 느닷없이 질문을 던졌다.

"무슨 소리예요?" 이바가 따져 물었다.

"살인범의 교수형은 보통 오전에 집행합니다. 교도관들이 사형수의 감방으로 내려와 사형 집행 영장을 읽죠. 그런 다음 양손을 등 뒤로 돌려 묶고, 몸이 쓰러지지 않도록 등에 판자를 대고 고정하죠. 그리고 복도를 따라 교수대까지 걸어갑니다. 열세 개의 계단을 올라간 후, 다시 발판 위까지 걸어가 멈춰 섭니다. 발판 옆에는 장비를 살펴보는 교도소 직원들이 서 있고, 발판 뒤쪽의 작은 방에는 날이 잘 선 칼을 든 세 명의 재소자들이 있습니다. 널빤지에는 줄 세 개가 둘러져 있죠. 교수형 집행인이 사형수의 목에 올가미를 걸고, 검은 자루를 씌우고, 두 발에 밧줄을 두른 다음……."

이바가 비명을 질렀다.

"아시겠습니까? 사실을 있는 그대로 털어놓지 않으면 부인은 제가 지금 말한 것과 똑같은 일을 당하게 됩니다."

이바의 얼굴이 창백해졌다. 입술이 핏기를 잃고 바르르 떨리더니 공포에 질린 눈가가 시커메졌다.

"나, 난 진실을 말, 말했어요."

메이슨은 고개를 가로저었다.

"제 말 잘 들어두세요. 부인이 위급한 상황에서 빠져나오려면 솔직하게 털어놓아야 한다는 걸 명심하셔야 합니다. 구두 어쩌고 하는 메시지는 구실에 불과하다는 건 부인도 저도 다 아는 사실이지 않습니까. 그건 해리슨 버크가 연락을 취할 때 사용하라고 부인께서 만들어낸 암호입니다. 부인에게 연락해야 할 때 하녀에게 말하라고, 그것과 비슷한 암호를 내게 알려줬잖아요."

이바는 여전히 창백한 얼굴로 떨고 있었다. 그리고 벙어리라도 된 듯 고개만 끄덕였다.

"이제 사정을 아셨을 테니까 진실을 말씀하시죠. 해리슨 버크가 부인에게 메시지를 보냈습니다. 자기에게 연락을 취해달라고 말입니다. 그래서 부인은 어떤 곳에서 만나자는 약속을 하고, 옷을 챙겨 입고 외출했습니다. 그렇죠?"

"아니요, 해리슨이 집으로 찾아왔어요."

"그자가 찾아왔다고요?"

"네, 정말 그랬다니까요. 오지 말라고 극구 말렸는데도 막무가내로 와버렸어요. 제게 할 이야기가 있다고 했는데, 전 만나고 싶지도 않고 만날 수도 없다고 했죠. 그랬더니 집으로 찾아온 거예요. 조지가 《스파이시 비츠》의 소유주라고 당신이 말해줬다고 하면서요. 처음에 해리슨은 그 말을 믿으려고 하지 않았어요. 결국에는 믿게 됐지만요. 그렇게 되니까 조지와 이야기를 하고 싶댔어요. 조지에게 잘 설명할 수 있을 거라고 생각했나 봐요. 해리슨은 《스파이시 비츠》의 공격을 막기 위해서라면 무슨 일이라도 할 작정이었죠."

"그가 집으로 오리라는 건 전혀 몰랐습니까?"

"네."

잠시 침묵이 흘렀다.

이윽고 이바가 입을 열었다. "어떻게 아셨어요?"

"뭘 말입니까?"

"해리슨이 구두를 암호로 사용하는 걸요."

"아, 그 사람이 제게 말해줬어요."

"베이치 부인은 그 메시지에 대해 당신에게 말해줬고요? 혹시 그 여자가 경찰에게도 말했을까 걱정되네요."

메이슨은 고개를 가로저으며 씩 웃었다.

"걱정 마십시오. 베이치 부인은 경찰에게도, 그리고 제게도 말하지 않았으니까요. 당신이 사실을 털어놓도록 압박하려고 살짝 허풍을 친 겁니다. 시간은 확실치 않지만 부인께서 간밤에 분명 해리슨 버크를 만났으리라 예상하고 있었고, 그가 부인과 연락을 취하려고 안달을 할 사람이라는 것도 잘 알았거든요. 그 사람은 걱정거리가 생기면 고민을 함께할 사람을 찾을 유형이니까요. 따라서 그가 틀림없이 당신 하녀에게 메시지를 남겼을 거라 추측한 겁니다."

이바는 기분이 몹시 상한 것 같았다.

"날 그런 식으로 대해도 된다고 생각해요? 그게 올바르다고 생각하는 거예요?"

메이슨은 씩 웃었다.

"자기는 빈들거리면서 다른 이에겐 올바르게 행동하라고 하다니 참으로 친절하시군요."

이바가 뿌루퉁한 얼굴로 말했다. "저, 그런 말 좋아하지 않아요."

"부인께서 좋아하지 않을 줄 알고 있었습니다. 이 일이 끝날 때까지 좋아하지 않는 일들을 많이 겪게 될 겁니다. 그래서 해리슨 버크가 집으로 찾아왔다는 건가요?"

"네." 이바가 가냘픈 목소리로 대답했다.

"좋습니다, 그러고는요?"

"조지를 꼭 만나야겠다고 고집을 피우더군요. 조지 근처에 가는 것만으로도 자살행위라고 말렸는데도요. 버크는 제 이름을 절대 언급하지 않겠다고 했어요. 조지에게 사정을 설명하고, 선거에서 당선되면 무엇이든 기꺼이 하겠다고 약속하면 그가 프랭크 로크에게 명령해서 기사를 내지 말라고 할 거라고 생각했나 봐요."

"좋습니다, 이제야 이야기가 제대로 풀리는군요. 버크는 남편분을 만나고자 했고, 부인께선 그를 막으려 했다는 거로군요?"

"네."

"왜 그를 막으려고 했습니까?"

이바는 천천히 말했다. "절 언급할까 봐 두려워서요."

"해리슨 버크가 그랬습니까?"

"몰라요." 이바는 그렇게 말했다가 황급히 덧붙였다. "해리슨이 조지를 만나지 못했으니 당연히 언급하지 않았겠죠. 그 사람은 저와 이야기한 뒤, 절대로 조지와 만나서는 안 된다는 제 말에 설득당해 돌아갔거든요."

페리 메이슨은 피식 웃었다. "제가 쳐놓은 덫을 조금 늦게 눈치채셨네요, 부인. 그래서 해리슨 버크가 조지 벨터 앞에서 부인에 대해 말했는지 어떤지 모른다는 거네요?"

이바는 시무룩한 얼굴로 대답했다. "해리슨은 남편을 만나지 못했다고 말했잖아요."

"네, 그랬다고 들었지만 사실은 해리슨 버크가 남편분을 만났던 겁니다. 그는 위층 서재로 올라가서 남편과 이야기를 했습니다."

"그걸 어떻게 아시죠?"

"그건 제가 이 사건에 관해 하나의 가설을 가지고 있고, 그걸 입증하려고 하기 때문입니다. 이번 사건에 대해 아주 확실한 가설을 가지고 있죠."

"어떤 가설이요?" 이바가 물었다.

메이슨은 그녀를 쳐다보며 씩 웃었다.

"부인도 어떤 일이 벌어졌는지 알고 있습니다."

"아니, 아니에요. 그때 어떤 일이 벌어졌는데요?"

메이슨은 감정이 하나도 섞이지 않은 단조로운 어조로 또 박또박 말했다. "그때 해리슨 버크는 위층으로 올라가서 남편 분과 이야기를 나눴습니다. 위층에는 얼마나 있었습니까?"

"잘 모르겠어요. 십오 분은 넘지 않았어요."

"이번 대답은 훨씬 낫군요. 그가 위층에서 내려오고 나서 는 마주치지 않았나요?"

"네."

"이제 사실을 따져봅시다. 해리슨 버크가 위층에 있는 사이 총이 발사됐고, 그가 계단을 달려 내려와 부인에게는 아무 말도 하지 않고 달아난 겁니까?"

이바는 거세게 고개를 가로저었다. "아니요, 해리슨은 남편이 총에 맞기 전에 떠났어요."

"얼마나 오래전에요?"

"잘 모르겠어요. 십오 분쯤 됐을까요? 어쩌면 조금 더 빨랐을 수도 있는데, 그렇다고 한참 전은 아니었어요."

"해리슨 버크의 행방이 묘연합니다." 메이슨이 지적했다.

"그게 무슨 뜻이죠?"

"말한 그대로의 뜻입니다. 버크를 찾을 수가 없습니다. 전화를 받지도 않고, 집에도 없습니다."

"그걸 어떻게 아시죠?"

"계속 연락을 시도하는 중이고, 집으로 사립 탐정도 보냈으니까요."

"왜 그렇게 하셨는데요?"

"그 사람이 총격 사건에 연루될 거라는 걸 알고 있었으니 까요."

이바의 눈이 다시 휘둥그레졌다.

"어떻게 그럴 수 있죠? 우리 두 사람을 제외하곤 아무도 해리슨이 우리 집에 왔다는 걸 모를 텐데요. 그리고 우린 당 연히 그 사실을 말하지 않을 거잖아요. 언급했다가는 모든 사 람이 더욱 곤란해질 테니까요. 해리슨은 실제로 총을 쏜 남자 가 오기 전에 떠났다고요."

페리 메이슨은 눈 한번 깜빡이지 않고 이바를 빤히 쳐다 보며 천천히 말했다.

"총알이 발사된 권총이 해리슨의 것이었습니다."

이바는 놀란 눈으로 메이슨을 멍하니 바라봤다.

"어떻게 그렇게 단정하죠?"

"총기 번호가 있으니까요. 그 번호로 공장에서 도매상으 로, 도매상에서 소매상으로, 소매상에서 권총을 구입한 사람 까지 연이어 추적할 수 있습니다. 구매자는 웨스트 69가 1322 번지에 살고 있는, 해리슨 버크의 가까운 친구인 피트 미첼이 었습니다. 경찰은 미첼을 수배하는 중이고, 붙잡히고 나면 미 첼은 권총을 어떻게 했는지 설명해야 할 겁니다. 즉, 버크에게

쳤다고 말입니다."

이바는 한 손을 자기 목에 갖다 댔다.

"경찰이 어떻게 권총의 출처를 알아낼 수 있죠?"

"모든 기록을 남겨두기 때문입니다."

"총을 어떻게든 처리했어야 했는데."

"네, 그렇게 했다면 본인 목을 올가미에 넣는 꼴이 됐을 겁니다. 잘 생각해보십시오. 이 사건에 있어서 부인의 입장은 그리 좋지 못합니다. 물론 부인은 가능하다면 버크를 구하고 싶겠죠. 하지만 분명히 해두고 싶은 것은, 만약 버크가 살인을 저질렀다면 부인은 그 사실을 숨기지 말고 제게 말씀하셔야 한다는 겁니다. 그런 다음에, 버크를 곤경에서 빼낼 수 있다면 그렇게 하자는 겁니다. 전 부인께서 버크를 두둔하다가 범인으로 몰리는 것은 피하고 싶습니다."

이바는 손가락 사이에 끼운 손수건을 쥐어짜며 방 안을 서성거리기 시작했다.

"아, 맙소사! 이걸 어떡해? 어떻게 해!"

"부인께서 아시는지 모르겠지만, 범인을 은닉하거나 범인과 타협해서 중죄를 비밀에 붙이는 경우 처벌을 받습니다. 우리 중 누구도 그런 입장에 처하고 싶진 않겠죠. 지금 우리가 바라는 건 누가 살인을 저질렀는지 알아내는 것, 그것도 경찰이 밝히기 전에 해내는 겁니다. 전 경찰이 부인에 살인 혐의

를 씌우는 것도 바라지 않지만, 제게 살인 혐의를 씌우는 것
도 바라지 않습니다. 만약 버크가 범인이라면, 당장 그에게 연
락을 취해 자수를 시키고 검사 측이 너무 많은 증거를 갖추
기 전에 빨리 재판에 회부되도록 해야 합니다. 전 로크의 입
을 꽉 다물게 하고 《스파이시 비츠》에 공갈 협박용 기사를
싣지 못하도록 하는 조치를 취할 거고요."

이바는 메이슨을 빤히 쳐다보았다.

"어떻게 하실 건데요?"

메이슨은 얼굴에 미소를 지으며 말했다.

"이번 사건에서 모든 걸 알고 있어야 할 사람은 접니다. 부
인께선 알고 있는 게 적으면 적을수록 쓸데없는 소리를 떠벌
릴 일이 줄겠죠."

"절 믿으셔도 돼요. 비밀을 지킬 수 있으니까요."

메이슨은 이바의 말에 휘둘리지 않았다.

"진심으로 그런 말을 하신 거라면 부인은 굉장한 거짓말쟁
이입니다. 하지만 이번만은 거짓말을 할 필요가 없습니다. 무
슨 일이 진행되는지 전혀 모르실 테니까요."

"하지만 해리슨은 살인을 하지 않았어요." 이바는 자신의
주장을 굽히지 않았다.

메이슨은 그녀를 보며 이마를 찌푸렸다.

"아, 그렇습니까? 바로 그런 이유 때문에 부인을 만나고 싶

었던 겁니다. 버크가 하지 않았다면 누가 한 겁니까?"

이바가 메이슨의 눈길을 피했다.

"어떤 남자가 남편과 대화중이었다고 말씀드렸죠? 정확히 누군지는 몰라요. 전 당신이라고 생각했어요. 당신 목소리처럼 들렸거든요."

메이슨은 피가 몰려 검붉어진 얼굴로 일어섰다.

"또 그런 식으로 날 우롱하려고 들면 부인을 늑대 무리 속으로 던져버릴 겁니다. 전에도 그런 소릴 했죠? 그걸로 족합니다."

이바는 울음을 터뜨리고 훌쩍거리기 시작했다.

"어, 어쩔 수가 없었어요. 당신이 물었으니까요. 지금 듣고 있는 사람도 없잖아요? 당신에게만 그게 누, 누구였는지 말했어요. 당신 목, 목소리를 들은 걸요. 경찰에게는 말, 말, 말하지 않을 거예요. 고, 고문을 당한다 하더라도요!"

메이슨은 이바의 양쪽 어깨를 꽉 잡고 침대에 주저앉혔다. 그러고는 그녀의 두 손을 잡아 얼굴에서 떼어내고 눈을 똑바로 쳐다봤다. 눈가에는 눈물의 흔적이 전혀 없었다.

"똑똑히 들어두십시오. 부인은 제 목소릴 듣지 못했습니다. 전 그곳에 있지 않았으니까요. 그리고 우는 시늉도 그만두시죠. 손수건 속에 양파라도 넣어두지 않았다면 금방 들통날 테니까요!"

"그건 당신과 목소리가 닮은 누군가였어요." 이바는 끝까지 고집을 부렸다.

메이슨은 이바를 노려봤다.

"부인은 버크와 사랑하는 사이입니까? 제가 그자의 혐의를 벗기지 못하면 절 범인으로 던져주자는 생각이었습니까?"

"아뇨. 당신이 진실을 말하라고 해서 따르고 있는 거예요."

"전 당장 걸어 나가고 싶은 걸 간신히 참고 있습니다. 지저분한 일들을 몽땅 부인 손에 남겨두고서요."

이바는 메이슨의 위협에도 꿈쩍도 않고 대구했다.

"그렇다면 할 수 없죠, 뭐. 그 방에서 들었던 게 누구 목소리였는지를 경찰에 이야기할 수밖에요."

"정말 그렇게 장난을 치겠다는 겁니까?"

"전 장난을 치는 게 아니에요. 진실을 말하고 있는 거지."

이바의 목소리는 애교가 넘쳐흘렀지만, 메이슨의 눈을 똑바로 쳐다보지는 못했다. 메이슨은 한숨을 내쉬었다.

"전 이제까지 한 번도 의뢰인을 저버린 적이 없었습니다. 유죄든 무죄든지요. 그 사실을 잊지 않으려고 안간힘을 쓰고 있지만, 제기랄! 부인을 내버려두고 싶은 유혹을 누를 수가 없군요!"

이바는 침대에 앉아서 손으로 손수건을 연신 비틀어댔다.

잠시 후, 메이슨이 다시 말하기 시작했다. "부인의 집을 나와서 언덕을 내려오는 길에 부인께서 제게 전화를 걸었던 약국에 들러 점원과 이야기를 했습니다. 부인이 전화박스에 들어가는 모습을 점원이 지켜봤다던데, 극히 자연스러운 일이었겠죠. 이브닝드레스 위에 남자 코트를 걸치고 비에 흠뻑 젖은 여자가 자정이 넘은 시각에 밤샘 영업을 하는 약국의 전화박스 안으로 들어가면 눈길을 끄는 건 당연한 일이니까요. 그런데 이 점원이 부인께서 전화를 두 군데에 걸었다고 하더군요."

이바는 눈을 휘둥그레 뜨고 메이슨을 쳐다볼 뿐 아무 말도 하지 않았다.

"저 말고 또 누구에게 전화했습니까?"

"아무한테도 걸지 않았어요. 점원이 잘못 본 모양이네요."

페리 메이슨은 모자를 쓰고 이마까지 깊숙이 끌어내렸다. 그러고는 이바 벨터를 쳐다보며 성난 목소리로 말했다.

"무슨 수를 써서라도 부인을 구해내겠습니다. 어떻게 해야 구해낼 수 있는지는 모르겠지만, 아무튼 구해낼 겁니다. 돈이 꽤 많이 들 테니 각오해야 할 겁니다!"

메이슨은 문을 확 잡아 열고 복도로 나가 등 뒤로 문을 쾅 닫았다. 새벽을 가르는 밝은 빛이 동쪽 하늘을 물들이고 있었다.

12

페리 메이슨이 해리슨 버크의 가정부를 겨우 찾아냈을 때는 이른 아침의 첫 햇살이 건물 지붕을 금빛으로 물들이고 있었다.

쉰일곱이나 여덟쯤으로 보이는 그녀의 육중한 몸은 적대감으로 가득 차 있었다. 그녀의 눈은 적개심으로 반짝반짝 빛났다.

"당신이 누구든 상관없어요." 가정부는 신랄하게 말했다. "주인어른은 안 계셔요. 어디 계신지도 모르고요. 자정쯤에 돌아오셨다가 전화를 받고 다시 나가셨어요. 그후로 전화가 밤새 울렸지만 무시했어요. 주인어른이 집에 안 계시는 걸 알고 있었고, 한밤중에 일어나면 감기 걸리기 십상이니까요. 그리고 이런 시간에 침대에서 불려 나오는 것도 별로 좋아하지 않고요!"

"그 사람이 밖에서 돌아오고 얼마나 지나서 전화가 걸려 왔습니까?"

"그다지 오래지는 않았어요. 그게 당신과 무슨 상관이 있는지 모르겠지만요."

"버크 씨가 전화를 기다리고 있었던 것 같습니까?"

"내가 어떻게 알겠어요? 주인어른이 들어오는 소리에 잠이 깼어요. 문이 열리고 닫히는 소리를 들었거든요. 다시 잠을 자려고 애쓰는데 전화벨이 울리더니 주인어른의 말소리가 들렸어요. 그런 다음 침실로 달려 올라가는 소리가 들렸고요. 자러 가시는 건 줄 알았는데, 그게 아니라 여행 가방에 짐을 챙겼던 모양이에요. 오늘 아침에 보니 여행 가방이 사라졌더라고요. 계단을 달려 내려오는 소리에 이어 현관문이 쾅 닫히는 소리가 들렸어요."

"그게 전부입니까?"

"그래요, 그것뿐이에요!" 가정부가 문을 쾅 닫았다.

메이슨은 운전을 하다가 사무실에 전화를 하려고 어느 호텔에 차를 세웠다.

델라의 목소리가 전화선을 타고 들리자 메이슨은 말했다.

"메이슨 씨 계십니까?"

"안 계신데요, 누구시죠?"

"메이슨의 친구인 프레드 B. 존슨이라고 합니다. 급히 메이슨과 연락을 하고 싶은데요."

"소장님께서 계신 곳을 말씀드릴 순 없지만, 곧 돌아오실 것 같습니다." 델라가 다급하게 말했다. "소장님을 찾고 계신 분들이 많은데, 그중에서 폴 드레이크라는 분은 소장님과 특별히 약속이 되어 있는 것 같거든요. 그러니 곧 사무실로 돌아오실 겁니다."

"아, 그렇습니까? 알겠습니다." 메이슨은 별일 아니라는 듯 대꾸했다. "나중에 다시 걸겠습니다."

"제게 부탁하실 메시지는 없으신가요?"

"없습니다. 다시 전화를 걸겠다는 것 말고는요." 메이슨은 그렇게 말하고 전화를 끊었다.

메이슨은 곧장 폴 드레이크에게 전화를 걸었다.

"폴, 자네 말을 엿들을 사람이 있는 곳에서는 입도 뻥긋하지 말게. 수많은 사람들이 내가 당장은 대답하고 싶지 않은 질문들을 하려는 것 같거든. 내가 누군지 알지?"

"아, 알고말고. 자네에게 알리고 싶은 꽤나 흥미로운 정보가 있어."

"말해주게."

"그 친구 집으로 찾아갔어. 왜, 웨스트 69가에 살고 있는 친구 있잖나? 거기서 흥미로운 걸 알아냈지."

"계속하게." 메이슨이 재촉했다.

"이 친구가 자정이 조금 지나서 누군가의 전화를 받았네. 그러고는 자기 아내에게 중요한 볼일이 있어 시외로 가야 한다는 말만 남기고 나갔다는 거야. 무척이나 겁을 먹은 것처럼 보였다더군. 여행 가방에 몇 가지 물건을 챙겨 넣고, 12시 45분쯤에 온 자동차를 타고 가버렸어. 아내에게는 곧 연락해서 어디에 있는지 알려주겠다고 했다는데, 오늘 아침에 이런 전보를 받았다는군. '무사함. 걱정하지 마. 사랑해.' 아내가 알고 있는 건 그게 다였어. 이러니 살짝 걱정이 될 수밖에."

"그거 괜찮군."

"그것만으로 무슨 뜻인지 알겠나?" 드레이크가 물었다.

"응, 알 것 같네. 잠시 머릴 굴려봐야겠지만. 아주 많은 걸 설명해줄 것 같아. 로크에 대해 새로 입수한 정보는 없나?"

드레이크의 목소리에 열기가 더해졌다. "자네가 알고 싶어 하는 건 아직 찾아내지 못했어, 페리. 하지만 조사 상황이 궤도에 올라선 것 같아. 자네, 휠라이트 호텔의 여자애 기억나나? 에스터 린튼이라는 이름이었는데."

"그래, 그 여자가 어떻게 됐는데?"

"흠, 좀 이상하지만 그 애도 조지아 주 출신이라네."

메이슨이 휘파람을 불었다.

"그게 다가 아니야. 그 애는 로크에게서 정기적으로 돈을 뜯어내고 있어. 이 주마다 한 번씩 수표로 받는데, 그게 로크 자신의 계좌에서 나오는 돈이 아니야. 《스파이시 비츠》가 시내 은행에 개설해둔 특별 계좌로 발행된 것이란 말씀이야. 호텔의 출납계원의 입을 가까스로 열었지. 에스터는 정기적으로 호텔을 통해 수표를 현금으로 바꾸고 있었거든."

"조지아에서 그 여자애의 흔적을 캐보면 어떤 일에 얽혀 있었는지 알 수 있지 않을까? 어쩌면 이름을 바꾸지 않았을지도 모르지." 메이슨이 말했다.

"지금 그렇게 하고 있어. 조지아에 있는 사무소에 그 일을 전달했지. 뭐든지 좋으니까 확실해 보이는 걸 입수하는 즉시 전보를 쳐달라고 했네. 모든 걸 다 밝혀낼 때까지 기다리지 말고 계속 진행 과정을 보고해달라고도 했고."

"잘했어. 프랭크 로크는 어젯밤에 어디에 있었는지 말해줄 수 있나?"

"일 분 간격으로 말해줄 수 있네. 탐정 한 명에게 그 녀석을 어젯밤 내내 미행하도록 시켰으니까 말이야. 완전한 보고서가 필요한가?"

"그래, 지금 당장."

"어디로 보내면 되지?"

"심부름꾼에게 미행당하지 않도록 단단히 주의를 주고, 자네가 믿을 수 있는 사람으로 보내주게. 호텔 리플리의 프런트에 디트로이트에서 온 프레드 B. 존슨에게 전해주라고 하고 맡겨줘."

"알았네. 계속 내게 연락을 취해줘. 알리고 싶은 게 있을지도 모르니."

"그렇게 하지." 메이슨은 흔쾌히 동의하고 전화를 끊었다.

메이슨은 즉시 리플리 호텔로 가서 존슨 씨 앞으로 온 물건이 없는지 프런트에 물었다. 없다는 대답을 듣고, 518호실로 올라가 문을 살짝 밀었다. 잠겨 있지 않았다. 그는 안으로 걸어 들어갔다.

이바 벨터가 침대 가장자리에 걸터앉아 담배를 피우고 있었다. 그녀의 앞, 침대 곁의 탁자 위에는 하이볼잔이 하나 놓여 있었다. 술잔 옆에는 3분의 1쯤 마신 위스키병이 있었다.

안락의자에는 초조한 얼굴을 하고 몸집이 큰 사내가 이리저리 눈을 굴리며 앉아 있었다.

이바 벨터가 말했다. "돌아오니 기쁘네요. 내 말을 믿어주지 않아서 증거를 가지고 왔어요."

"무슨 증거 말입니까?" 메이슨은 이렇게 말하며, 의자에서 일어서서 어색한 눈빛으로 자신을 쳐다보는 커다란 사내를 노려봤다.

"유언장이 위조라는 사실을 밝혀줄 증거요. 이분은 대깃씨인데, 조지의 사업에 관한 모든 거래를 취급하는 은행의 출납원이에요. 조지의 개인적인 사항을 많이 알고 계시는데, 이게 그이 필적이 아니라고 하시네요."

대깃은 인사를 하며 미소를 지었다. "변호사 메이슨 선생님이시군요? 만나 뵙게 되어 반갑습니다."

그러나 악수를 청하지는 않았다.

메이슨은 두 다리를 딱 벌리고 서서 몸집이 커다란 사내의 멋쩍어하는 눈을 똑바로 쳐다봤다.

"불안해하지 않아도 됩니다. 이 여성분께 뭔가 약점을 잡혀서 이른 아침에 이곳까지 왔다는 건 알고 있으니. 당신도 전화를 걸어 하녀에게 모자 따위에 관한 메시지를 남길 테죠? 그러거나 말거나 나는 전혀 신경 안 씁니다. 내가 원하는 건 '분명한 사실'입니다. 이 여성분이 내게 말해주길 바란 것은 마음에 두지 마십시오. 솔직히 말씀하시는 편이 이분에게 가장 도움이 되는 길이라는 걸 말해주고 싶군요. 정직하게 말씀하신 게 맞습니까?"

은행원의 안색이 바뀌었다. 그는 메이슨을 향해 반걸음 내디뎠다가 멈춰 서서 심호흡을 하고 말했다.

"유언장에 대해서 말입니까?"

"예, 유언장에 대해서요." 메이슨이 말했다.

"사실입니다. 유언장을 신중히 조사했습니다. 위조입니다. 한마디 덧붙이자면 정말 형편없이 위조되었습니다. 잘 들여다보면 철자가 한두 개 흐트러진 걸 찾을 수 있습니다. 마치 누군가 다급하게 위조하려 애쓰다 도중에 힘이 빠진 것처럼요."

메이슨이 딱 잘라 말했다. "유언장을 보여주시죠."

이바 벨터가 유언장을 건네줬다.

"한 잔 더 할래요, 찰리?" 이바 벨터는 은행원에게 말하고 혼자 킥킥 웃었다.

대깃은 거세게 고개를 가로저으며 강력하게 거절했다.

"싫습니다."

메이슨은 유언장을 면밀히 조사했다. 눈이 가늘어졌다.

"맙소사! 당신 말대로군요!"

"위조됐다는 사실엔 전혀 의심할 여지가 없습니다."

메이슨은 대깃을 향해 재빨리 돌아섰다.

"증인석에 서서 증언해줄 수 있습니까?"

"맙소사, 싫습니다! 꼭 제가 증언할 필요가 있나요? 누가 봐도 알 수 있는데요!"

메이슨은 대깃을 빤히 쳐다봤다.

"좋습니다. 더이상 할 이야기는 없겠군요."

대깃은 문을 활짝 열어젖히고 밖으로 나가버렸다.

메이슨은 이바 벨터를 노려봤다.

"이것 보십시오, 여러 가지 일을 상의하기 위해 이곳에서 만나자고 했지만 부인께서 이 방을 차지하고 눌러앉아 있으라는 건 아니었습니다. 이런 이른 아침에 우리 둘이 한 방에 있는 걸 경찰이 발견하면 얼마나 곤란한 입장에 처하게 될지 설마 모르시는 건 아니겠죠?"

이바가 어깨를 으쓱했다.

"위험이야 감수해야죠. 이렇게 해서라도 당신이 대깃 씨와 만나기를 바란 거예요."

"어떻게 저 사람을 여기로 부른 겁니까?"

"전화를 걸어서 중요한 일이 있으니 즉시 와달라고 했죠. 그런데 당신은 그에게 심한 말을 하더군요. 그건 실례라고요!"

이바는 술을 마신 탓인지 기분이 좋아져 킥킥거렸다.

"그 사람을 잘 알고 있습니까?" 메이슨이 물었다.

"무슨 뜻으로 묻는 건가요?"

메이슨은 이바를 똑바로 쳐다보며 서 있었다.

"무슨 뜻인지 몰라서 묻습니까? 그 사람을 찰리라고 불렀 잖습니까."

"당연하죠. 그게 그 사람 이름이니까요. 그 사람은 조지의 친구지만 제 친구이기도 해요."

"알겠습니다."

메이슨은 전화기로 가서 자신의 사무실로 전화했다.

"존슨입니다. 메이슨은 아직 안 들어왔습니까?"

"네, 아직도요." 델라가 말했다. "그런데 존슨 씨, 소장님께서 돌아오시면 아주 바쁘실 것 같습니다. 어젯밤에 어떤 사건이 벌어졌거든요. 정확히는 모르지만 살인 사건인 것 같은데, 소장님께서는 중요 증인 중 한 명을 대리하고 계세요. 소장님을 뵙고 싶어 하는 신문기자들도 있고, 대기실에서 꼼짝도 하지 않는 사람도 하나 있어요. 그분은 아마도 형사인 것 같고요. 그래서 무척 죄송하지만 오늘 아침에 소장님을 사무실에서 만나는 건 어렵지 않을까 생각됩니다."

"그래요? 이거 야단났군. 받아 적어야 할 보고서가 몇 개 있는데 메이슨이 보고 싶어 할 것 같거든요. 거기에 그 사람의 서명도 받아야 하는데…… 혹시 문서를 속기해줄 사람을 알고 계시나요?"

"제가 할 수 있어요." 델라가 말했다.

"아가씨가 거기 있는 사람들을 따돌리고 빠져나올 수 있을지 의문이 드는데요."

"그건 제게 맡겨두세요."

"난 리플리 호텔에 있습니다."

"알겠습니다." 델라는 그렇게 말하고 전화를 끊었다.

메이슨은 우울한 눈길로 이바 벨터를 쏘아봤다.

"좋습니다. 부인께선 이미 여기 있고, 이만큼 위험을 무릅썼으니 여기에 조금 더 머무르셔야겠습니다."

"이제부터 일이 어떻게 진행될까요?"

"상속재산관리권 위임장에 대한 탄원서를 제출하려고 합니다. 그렇게 되면 공증을 받기 위해 유언장을 제출해야 하고, 우린 그걸 계기로 유언장 공증에 대한 이의를 제기하고 부인이 특별 상속재산관리인으로 지정되도록 신청하는 겁니다."

"무슨 뜻인지 전혀 모르겠어요."

"지금부터 부인께서 벨터가의 주인이 되고, 상대방이 무슨 짓을 해도 부인이 그 자리에서 내려오지 않도록 하겠다는 겁니다."

"그런다고 무슨 소용이 있겠어요? 정말로 상속인으로서의 제 지위가 유언장에 의해 박탈되었다면, 그게 위조된 것이라는 걸 입증해야 되잖아요. 그리고 재판을 해서 판결이 나기 전까지 전 아무것도 할 수 없고요. 그렇죠?"

"전 벨터 씨의 재산관리권을 염두에 두고 있습니다. 예를 들면 《스파이시 비츠》 같은 것 말입니다."

"아, 네. 무슨 말씀인지 알겠어요."

메이슨이 말을 이었다. "그와 관련된 내용들을 모두 기록한 다음 제 비서의 손에 들려 내보낼 겁니다. 그러면 그녀가 모두 함께 제출할 수 있겠죠. 부인께선 유언장을 가지고 가서 원래 있었던 자리에 되돌려놓으십시오. 경찰이 지키고 서 있어서 있던 자리에 두지 못하겠다면 집 안 어딘가 적당히 놓아두면 됩니다."

이바는 또다시 킥킥거렸다.

"그런 건 쉽게 해치울 수 있어요."

"정말 큰일 날 짓을 하신 겁니다. 유언장을 금고에서 꺼낸 이유를 도무지 모르겠군요. 그걸 지니고 있다가 들키기라도 하면 심각한 문제가 될 수도 있습니다."

"걱정은 접어두세요. 들키거나 하는 멍청한 짓은 하지 않을 테니까요. 당신은 모험 같은 걸 해본 적이 없나 봐요?"

"맙소사! 부인 일에 말려든 게 모험이 아니면 무엇이겠습니까? 부인은 정말 언제 터질지 모르는 다이너마이트 같은 사람입니다."

이바는 유혹적인 미소를 지어 보였다.

"그렇게 생각하세요? 그런 여자를 좋아하는 남자들이 꽤 있던데요."

메이슨은 우울한 눈길로 이바를 빤히 쳐다봤다.

"많이 취한 모양이군요. 위스키는 그만 치우죠."

"어머나, 지금 당신 말하는 게 꼭 남편이라도 되는 것 같았어요."

메이슨은 곧바로 탁자로 걸어가서 위스키병을 집어 들고 마개를 틀어막았다. 그리고 옷장 서랍에 넣고 서랍을 잠근 뒤 열쇠를 호주머니에 넣었다.

"이렇게 맘대로 굴어도 되나요?" 이바가 물었다.

"물론이죠."

전화벨이 울렸다. 메이슨이 받아보니 프런트였는데, 지금 막 심부름꾼이 꾸러미 하나를 가지고 왔다고 알려줬다.

메이슨은 사람을 시켜 꾸러미를 가져다달라고 부탁하고

전화를 끊었다.

벨보이가 문을 노크했을 때, 메이슨은 손잡이를 잡고 문 앞에 서 있었다. 그는 문을 열고 벨보이에게 팁을 준 뒤 봉투를 건네받았다. 탐정 사무소에서 프랭크 로크의 어젯밤 행적에 관해 작성한 보고서였다.

"뭐예요?" 이바 벨터가 물었다.

메이슨은 고개를 가로젓고 창가로 걸어가 봉투를 열고 타자기로 작성한 보고서를 읽기 시작했다.

보고서는 비교적 간단했다. 로크는 어떤 주류 밀매점으로 가서 삼십 분쯤 머문 다음, 이발소로 가서 면도를 하고 마사지를 받고, 휠라이트 호텔로 가서 946호실로 들어갔다. 그곳에서 오륙 분가량 있다가 그 방에 묵고 있던 에스터 린튼과 함께 저녁 식사를 하러 갔다.

두 사람은 11시까지 식사를 하고 춤을 추며 시간을 보낸 뒤에 다시 휠라이트 호텔의 946호실로 돌아갔다. 벨보이들이 진저에일과 얼음을 가져다줬고, 로크는 새벽 1시 30분까지 그 방에 있다가 돌아갔다.

메이슨은 보고서를 호주머니에 쑤셔 넣고 창틀을 손가락 끝으로 톡톡 두들기기 시작했다.

"당신을 보고 있자니 불안해죽겠어요. 일이 어떻게 돌아가는지 말해줘요."

"앞으로 어떻게 될지는 아까 말씀드렸는데요."

"그 서류는 뭐예요?"

"업무에 관한 겁니다."

"어떤 업무요?"

"제가 당신을 위해 일한다고 해서 제 의뢰인들에 관해 전부 말해달라는 겁니까?"

그가 빈정거리자 이바는 눈살을 찌푸렸다.

"당신은 지독한 사람이에요."

메이슨은 어깨를 으쓱하고는 다시 창틀을 톡톡 두들겼다.

문에서 노크 소리가 났다.

"들어와요." 메이슨이 말했다.

문이 열리고 델라가 들어왔다. 델라는 이바 벨터가 침대 위에 앉아 있는 걸 보자마자 표정을 굳혔다.

"좋아, 델라. 위급한 상황이 발생할 경우에 대비해서 몇 가지 서류를 만들어둬야겠어. 상속재산관리권 위임장에 대한 진정서, 유언장 공증에 대한 이의신청서, 벨터 부인을 특별 상속재산관리인으로 지정할 것을 명령하는 특별 상속재산관리인 신청서, 그리고 인가와 공적 기록을 위해 제출하도록 완벽하게 준비된 합의서가 필요해. 그런 다음 특별 상속재산관리 승인장을 손에 넣으면 그 사본을 공증받아 이해 당사자들에게 송달해야 하고."

델라는 쌀쌀맞게 물었다. "지금 당장 받아 적을까요?"

"그래줘요. 아침 식사를 하고 싶군."

메이슨은 전화기 있는 곳으로 가서 룸서비스로 아침 식사를 주문했다.

델라는 이바 벨터를 노려봤다. "죄송하지만 그 탁자를 좀 써야겠어요."

이바는 눈썹을 추켜세우더니 탁자에서 술잔을 집어 들었다. 마치 길에서 거지를 만났을 때 귀부인이 치마를 걷어 올리는 듯한 행동이었다.

메이슨은 진저에일병과 얼음 그릇을 치우고, 탁자를 덮고 있던 축축한 테이블보로 그 위를 깨끗이 닦았다. 그리고 델라가 앉을 의자 앞에 탁자를 옮겨 놓았다.

델라는 등받이가 곧은 의자를 끌어당겨 앉고 다리를 꼬더니 탁자 위에 공책을 놓고 연필을 잡았다.

페리 메이슨은 이십 분 동안 빠른 속도로 구술했다. 곧 아침 식사가 도착했다. 세 사람은 말없이 열심히 먹기만 했다. 이바 벨터는 하인들과 식사를 하고 있는 듯한 인상을 주려고 애썼다.

아침 식사가 끝나자 메이슨은 빈 그릇을 깨끗이 치우게 하고 계속 구술했다. 9시 30분에 모든 작업이 끝났다.

메이슨이 델라에게 말했다. "사무실로 돌아가서 이것들을 정서하고 내가 서명만 하면 마무리되도록 준비해줘요…….
당신이 무슨 일을 하고 있는지는 누구도 보지 못해야 해요.
대기실 문을 안에서 잠그는 게 좋을 거예요. 신청서는 인쇄된
양식을 사용하면 될 테고."

"알겠습니다. 잠깐 소장님께만 말씀드릴 게 있는데요."

이바 벨터가 코웃음을 쳤다.

"이분은 신경 쓰지 마요. 지금 돌아가려던 참이니까."

"어머나! 아니요, 전 돌아가지 않아요." 이바가 툴툴거렸다.

"아니, 돌아가야 합니다. 지금 당장요. 부인을 이곳에 있
게 한 건 제가 구술하는 동안 서류 작성에 필요한 정보를 듣
기 위해서였습니다. 부인께서는 집으로 돌아가서 집 안에 유
언장을 돌려 놓아야 합니다. 그런 다음 오늘 오후에 제 사무
실로 와서 모든 서류에 서명해야 하고요. 그러는 동안 비밀을
지켜야 합니다. 신문기자들이 여러 가지 질문을 해댈 겁니다.
어디에선가 부인과 인터뷰하려고 들이댈 거고요. 부인께서는
온갖 성적인 매력을 동원해서 어젯밤에 당한 불행으로 인해
충격을 받고 완전히 상심한 표정을 내보여야 합니다. 일관성
있는 인터뷰 같은 건 도저히 할 수 없는 척하면서, 부인께서
슬픔에 겨워 어쩔 줄 모른다는 걸 기자들이 믿도록요. 그들
이 카메라를 들이댈 때마다 다리를 더 많이 보여주고, 눈물
을 줄줄 흘려야 합니다. 알겠습니까?"

"당신 정말 치사하네요." 이바가 쌀쌀맞게 말했다.

"전 효율적으로 일하는 사람입니다. 제게 추파를 던져봐야 소용없다는 걸 잘 알면서 뭣 때문에 쓸데없는 노력을 하신 겁니까?"

이바는 점잔을 부리며 모자를 쓰고 코트를 걸치고는 문으로 걸어갔다.

"추파를 던진 건 당신이 정말로 마음에 들었기 때문이었어요. 그런데 당신이 망쳐버렸고요."

메이슨은 말없이 문을 잡아주고 인사를 하며 이바를 내보낸 다음 문을 쾅 닫았다.

메이슨은 델라에게 다가가 물었다.

"할 말이라는 게 뭐지, 델라?"

델라는 원피스 앞자락에서 봉투 하나를 꺼냈다.

"웬 심부름꾼이 이걸 가져왔어요."

"그게 뭔데?"

"돈이에요."

봉투 덮개를 열어 보니 안에는 백 달러짜리 여행자수표가 여러 장 들어 있었다. 각각 천 달러씩 묶인 수표장 두 묶음이었다. 수표마다 '해리슨 버크'라는 이름이 적혀 있고, 적법한 방식으로 서명까지 되어 있었다. 수취인 난은 비어 있었다.

수표 뭉치에는 연필로 황급히 적은 쪽지 한 장이 붙어 있었다.

메이슨은 쪽지를 펼쳐 읽었다. "잠시 몸을 피해 있는 게 좋으리라 생각했습니다. 아무쪼록 내가 이 일에 연루되지 않도록 해주십시오. 무슨 일이 있더라도 내가 말려들지 않도록 말입니다." 쪽지에는 "H. B."라는 머리글자가 적혀 있었다.

메이슨은 수표장을 델라에게 건넸다.

"돈이 모자라진 않겠군. 현금으로 바꿀 때 주의해요."

델라는 고개를 끄덕이고는 물었다.

"무슨 일이 있었는지 이야기해주세요. 그 여자가 소장님을 어떤 상황에 끌어들인 거죠?"

"그 여자는 내가 수입을 올릴 수 있는 두어 가지 일을 제공했을 뿐, 어떤 일에도 끌어들이지 않았어. 그리고 이 일이 끝나기 전에 더 많은 돈을 지불하게 될 거고."

"당연히 그래야죠." 델라는 분이 풀리지 않은지 여전히 고집을 부렸다. "그 여자는 소장님을 살인 사건에 끌어들인걸요. 오늘 아침에 기자들 몇 명이 하는 이야기를 들었어요. 그 여자가 경찰에 신고하기 전에 소장님을 현장으로 나오도록 해서 소장님을 언제든지 끌어들일 수 있도록 덫을 놓은 거래요. 총이 발사됐을 때 그 방에 있던 남자가 소장님이라고 그 여자가 경찰에게 말하지 않을 거라 생각하시는 근거가 뭐죠?"

메이슨은 진절머리가 난다는 시늉을 했다.

"아니, 그렇게 생각하지 않아. 그 여자는 조만간 그렇게 진술하겠지."

"가만두실 거예요?"

변호사는 끈기 있게 설명했다.

"델라, 변호사는 의뢰인을 마음대로 선택할 수 없는 법이야. 찾아오면 받을 수밖에 없어. 이 게임에는 규칙이 딱 하나 있지. '의뢰인을 받아들인 이상, 변호인은 가지고 있는 걸 모두 제공해야 한다.'"

델라는 코웃음을 쳤다. "아무리 그렇다고 해도 그 여자가 애인을 보호하기 위해 소장님을 살인범으로 고발하는 걸 가만히 앉아 보고만 있어야 한다는 건 아니죠."

"아주 똑똑해졌군. 대체 누구와 이야기를 한 거야?"

"신문기자요. 다만 저는 이야기하지 않았어요. 대개 듣기만 했죠."

메이슨은 델라를 향해 환하게 웃었다.

"자, 그딴 건 잊어버리고 이 일이나 마무리해줘. 내 일은 걱정하지 않아도 돼. 난 할 일이 있어. 여기 올 때마다 미행당하지 않도록 조심하고."

"이 짓도 이번이 마지막이에요. 사무실에서 몸을 빼내려고 엄청 고생했거든요. 경찰이 따라붙으려고 했어요. 벨터 부인이 처음 사무실에 왔을 때 써먹었던 수법을 흉내 내서 여자 화장실을 지나 미행을 따돌렸죠. 남자가 여자를 미행할 때 상대가 여자 화장실로 들어가버리면 곤란할 수밖에요. 그렇지만 한 번은 속아 넘기더라도 두 번은 안 될 거예요."

"잘했어. 난 최대한 오래 숨어 있었어. 오늘 안으로 체포되겠지."

델라가 열렬히 말했다. "그 여자가 정말 미워죽겠어요! 그런 여자는 아예 만나지 않았으면 좋았을걸. 그 정도 돈으로는 어림도 없어요. 열 배를 지불한다고 해도 모자랄 여자라고요. 제가 전에도 말씀드렸죠? 벨벳 속에 발톱을 숨긴 여자라고요!"

"잠깐만, 델라, 그 여자가 실제로 그러는 걸 직접 목격한 건 아니잖아."

델라는 머리를 홱 치켜들었다. "천만에요, 충분히 봤어요. 이 일은 오늘 오후에 다 끝낼게요."

"알았어. 그 여자의 서명을 받고 모든 게 준비되도록 신경 써줘. 내가 사무실로 서류들을 가지러 갈 수도 있지만, 다른 곳에서 만나야 할지도 몰라."

델라는 메이슨에게 살짝 미소를 지어 보이고 밖으로 나갔다. 올바르고, 침착하고, 매우 충직한 모습이었지만 걱정을 떨쳐버린 건 아니었다.

메이슨은 오 분을 더 기다렸다가 담배를 입에 물고 호텔을 나섰다.

13

메이슨은 휠라이트 호텔 946호실 문 앞에서 걸음을 멈추고 조용히 문을 두드렸다. 안에서는 아무 소리도 들리지 않았다. 잠시 기다렸다가, 이번에는 좀더 세게 두드렸다.

잠시 후 안에서 누군가가 움직이는 기척이 나더니 침대 스프링이 삐걱거리는 소리와 여자 목소리가 들렸다.

"누구세요?"

"전보입니다." 페리 메이슨이 대답했다.

자물쇠가 딸깍 열리는 소리가 나며 문이 열렸다. 메이슨은 어깨를 낮춰 문을 밀고 안으로 들어갔다.

여자는 속이 비칠 정도로 얇은 실크 잠옷을 입고 있었다. 자고 있었는지 눈은 부어 있고 얼굴에는 화장했던 흔적이 남아 있었지만 혈색이 좋지 않은 본래 피부가 군데군데 드러나 보였다.

아침 햇살에 비친 모습을 보니 메이슨이 처음 생각했던 것보다 나이가 들어 보였다. 어쨌거나 아름다운 여성이라는 건 부정할 수 없었고, 조각가라면 좋아할 만한 몸매를 가지고 있었다. 커다랗고 까만 눈동자에 입술은 짜증이 났는지 뿌루퉁했다.

메이슨의 눈앞에 있는 여자는 부끄러워하기는커녕 반항적인 기세를 드러냈다.

"무슨 생각으로 이렇게 밀고 들어오는 거죠?"

"아가씨와 이야기를 하고 싶습니다."

"이런 식으로 해서 이야기가 되겠어요?"

메이슨이 고개를 끄덕였다.

"침대로 들어가시죠. 감기 들겠어요."

"감기 걱정이라면 신경 끄세요."

그녀는 창가로 걸어가서 블라인드를 걷어 올리고 메이슨 쪽으로 돌아섰다.

"말해봐요."

"안됐지만 아가씨는 난처한 입장에 처해 있습니다."

"말도 안 되는 소리!" 여자가 응수했다.

"사실이 그런 걸 어떡합니까?"

"대체 누구세요?"

"내 이름은 메이슨입니다."

"형사인가요?"

"아뇨, 변호사입니다."

"흥!"

메이슨이 말을 이어갔다. "난 이바 벨터 부인을 대리하고 있습니다. 이 얘기를 듣고 뭐 찔리는 게 없나요?"

"눈곱만치도 없어요."

"그렇다면 화를 낼 만한 일도 아닌데요. 좀더 사교적으로 나와도 좋을 듯한데……."

여자는 얼굴을 찌푸리고 속사포처럼 쏘아붙였다.

"난 이른 아침에 잠을 방해받는 걸 싫어한단 말이에요. 그리고 당신처럼 모르는 남자가 막무가내로 밀고 들어오는 것도 싫고요."

메이슨은 그녀의 불평을 묵살하곤 지나가는 말처럼 물었다.

"아가씨는 프랭크 로크가 《스파이시 비츠》의 소유주가 아니라는 걸 알고 있었나요?"

"프랭크 로크가 누구예요? 《스파이시 비츠》는 뭐고요?"

메이슨은 조소했다.

"아가씨가 이 주에 한 번씩 현금으로 바꾼, 《스파이시 비츠》의 특별 계좌에서 발행된 수표에 서명을 한 남자가 프랭크 로크죠."

"당신, 꽤나 머리가 잘 돌아가는 사람인가 보네요."

"발이 넓은 편이죠." 메이슨이 순순히 인정했다. "로크는 허수아비일 뿐입니다. 조지 벨터라는 남자가 신문사의 진짜 소유주고요. 로크는 벨터가 시키는 대로 했을 뿐이죠."

여자는 양팔을 쭉 펼치고 하품을 했다.

"그게 나와 무슨 상관인데요? 혹시 담배 있어요?"

메이슨은 그녀에게 담배 한 개비를 건넸다. 메이슨이 성냥 불을 켜주자 가까이 다가왔던 그녀는 이내 그의 곁을 훌쩍 떠나 침대에 다리를 올려놓고 앉더니 무릎을 끌어안았다.

"얘기하고 싶으면 마음대로 하세요. 당신이 돌아가기 전까지는 다시 잠들 수 없을 것 같으니까."

"어차피 오늘은 더이상 잘 수 없을 겁니다."

"더 잘 수 없다고요?"

"그럼요. 문 앞에 조간신문이 있더군요. 보고 싶지 않아요?"

"왜요?"

"조지 C. 벨터 살인 사건에 관한 떠들썩한 기사가 실려 있으니까요."

"난 아침 식사를 하기 전에 살인 사건 기사 같은 건 절대로 읽지 않아요."

"그래도 이 기사는 읽고 싶을 텐데요?"

"좋아요, 신문 좀 가져다주실래요?"

메이슨은 고개를 살래살래 저었다.

"아니요, 아가씨가 직접 가져와요. 내가 문을 여는 순간 예

기치 못한 일이 벌어져 쫓겨날 수도 있지 않겠습니까."

그녀는 침대에서 일어서서 자연스럽게 담배 연기를 내뿜으며 문을 열고는 손을 뻗어 신문을 집었다.

1면은 벨터 살인 사건 기사로 꽉 채워져 있었다. 여자는 다시 침대로 돌아와 다리를 침대 위로 끌어올리고 양반다리를 한 채 담배를 피우며 신문을 읽었다.

"글쎄요, 이 사건이 내 청춘과 무슨 상관이 있는지 모르겠는데요? 어떤 남자가 당했어요. 안타까운 일이긴 하지만 당할 이유가 있어서 당한 거겠죠."

"그럴 이유가 있었죠." 메이슨이 말했다.

"왜 이 일 때문에 나의 아름다움을 지켜줄 단잠을 방해받아야 하나요?"

메이슨이 참을성 있게 설명했다.

"아가씨가 머리를 조금만 더 쓰면 벨터 부인이 벨터 씨의 모든 유산을 관리하는 위치에 서게 된다는 걸 깨닫게 될 겁니다. 내가 그 벨터 부인의 대리인이고요."

"그래서요?"

"아가씨는 그동안 프랭크 로크를 협박하고 있었어요. 로크는 당신이 요구한 돈을 지불하기 위해 신탁자금을 횡령해왔고요. 그 돈은 《스파이시 비츠》의 취재에 사용되도록 허락된 것인데 말입니다. 로크는 그걸 아가씨에게 건네주고 있었던 거죠."

그녀는 바닥에 신문을 내던지며 말했다. "난 아무 관련 없어요. 그런 일은 전혀 몰랐다고요."

메이슨은 다시 조소했다.

"협박했던 건요?"

"당신이 무슨 말을 하고 있는지 모르겠어요."

"아니, 천만에요. 잘 알고 있잖아요, 에스터? 아가씨는 조지아 주에서의 일로 로크를 갈취하고 있었어요."

이 말이 제대로 먹혀들었는지 그녀의 안색이 달라졌다. 처음으로 두 눈에 화들짝 놀라는 기색이 떠올랐다.

메이슨은 기회를 놓치지 않고 몰아붙였다.

"그리 좋게 보이지 않을 겁니다. 보상금으로 중죄를 무마한다는 얘길 들어봤는지 모르겠군요. 알고 있겠지만 우리 주에서 그건 범죄입니다."

에스터는 메이슨을 찬찬히 뜯어봤다.

"당신은 형사가 아니라 변호사라면서요?"

"변호사일 뿐이죠."

"좋아요, 원하는 게 뭐죠?"

"이제야 겨우 진지하게 말하기 시작하는군요."

"난 말하는 게 아니라 듣고 있는 거라고요."

"아가씨는 어젯밤에 프랭크 로크와 함께 있었어요."

"누가 그러던가요?"

"내가요. 아가씨는 로크와 함께 나갔다가 다시 이곳으로 돌아왔고, 로크는 아침 늦게까지 여기에 머물렀어요."

"난 자유로운 백인이고, 스물한 살이에요. 그리고 여긴 내 집이고요. 원하면 남자 친구들을 초대할 수 있는 권리가 있다고 생각하는데요."

"그거야 당연하죠. 하지만 이번에는 아가씨가 자신의 이해관계를 빈틈없이 잘 알고 있을 정도로 충분한 판단력이 있을까 염려가 되어요."

"그게 무슨 뜻이에요?"

"어젯밤 이 방으로 돌아와서 아가씨는 뭘 했습니까?"

"당연히 날씨 이야기 같은 걸 했죠."

"좋아요. 아가씨는 방으로 술을 주문해서 마셨고, 앉아서 수다를 떨다가 졸려서 잠이 들었어요."

"누가 그렇게 말하던가요?"

"내가요. 그리고 앞으로 아가씨가 그렇게 말할 거고요. 졸려서 곯아떨어졌다고요."

에스터가 생각에 잠긴 눈길로 물었다. "그건 또 무슨 뜻인가요?"

메이슨은 학생을 가르치는 선생이라도 되는 것 같은 말투로 말했다. "아가씨는 피곤하기도 하고 취하기도 했죠. 잠옷으로 갈아입고 11시 45분쯤에 잠들어버렸고요. 그리고 그후로는 무슨 일이 있었는지 전혀 모르는 겁니다. 프랭크 로크가 언제 가버렸는지도요."

"내가 잠들어버렸다고 말하면 내게 무슨 이득이 있죠?"

메이슨은 아무렇지도 않은 말투로 말했다. "내가 말한 대로 아가씨가 잠들었다고 하면 벨터 부인이 횡령 건에 대해 눈감아줄 가능성이 높을 거라고 봅니다."

"난 잠들지 않았단 말이에요."

"한 번 더 생각해보는 게 좋을 겁니다."

에스터는 커다란 눈으로 메이슨의 생각을 꿰뚫어 보려는 듯 쳐다보며 아무런 말도 하지 않았다.

메이슨은 전화기가 있는 곳으로 걸어가서 드레이크 탐정 사무소의 번호를 불렀다.

드레이크의 목소리가 들리자 메이슨이 말했다.

"내가 누군지 알겠지, 폴? 새로 입수한 정보가 있나?"

"응, 여자애에 관해 알아낸 게 있네."

"말해주게."

"여자애는 서배너에서 열린 미인 대회에서 우승했어. 그때는 아직 미성년자였네. 그 애와 같은 아파트에서 살고 있던 다른 여자애가 있었는데, 어떤 남자가 그 여자애를 곤경에 빠뜨리고 죽어버렸대. 남자는 범죄를 감추려고 애썼지만 제대로 되지 않았나 봐. 곧 체포되어 재판에 회부됐지. 이 에스터라는 애는 마지막 순간에 증언을 번복해서 남자에게 유리한 증언을 했어. 남자는 1심에서 배심원 평결 불일치로 풀려났는데, 2심이 시작되기 전에 도망쳤네. 그래서 남자는 여전히 도주범이지. 녀석의 이름은 세실 도슨이야. 지금은 녀석의 인상착의와 지문을 찾아보고 있는데, 더 좋은 정보를 입수할 수 있을지도 모르겠어. 아무래도 이 녀석이 자네가 찾고 있는 사람인 것 같다는 생각이 들어서 말야."

메이슨은 이런 이야기를 예상하고 있었던 듯했다.

"수고했어. 제때 알아내줬군. 곧 다시 연락할 테니 계속 애써줘."

메이슨은 전화를 끊고 여자 쪽으로 돌아섰다.

"어떤가요? 마음은 정해졌습니까?"

"당신 말대로 하지 않을 거예요. 아까 말한대로요. 마음을 바꾸지도 않을 거고요."

메이슨은 에스터를 찬찬히 바라보면서 느릿느릿 말했다.

"알고 있을지 모르겠지만, 이 일의 재미있는 점은 그 시작이 아가씨의 공갈 협박보다 훨씬 이전으로 거슬러 올라간다는 겁니다. 당신이 증언을 번복해서 도슨이 배심원 평결 불일치를 받도록 해준 때까지요. 로크가 체포되어 그 사건으로 다시 재판을 받게 되는 날, 아가씨가 이곳에서 로크와 함께 지

내며 수표까지 받고 있다는 사실이 알려지면 아가씨는 위증 혐의를 받을 가능성이 농후합니다."

에스터의 얼굴에서 핏기가 가셨다. 커다랗고 까만 눈이 갈 길을 잃고 방황하고 있었다. 입이 벌어지고 무거운 숨소리가 새어 나왔다.

"맙소사!"

"어젯밤 자고 있었던 게 분명하죠?" 메이슨이 물었다.

에스터는 메이슨을 빤히 쳐다보았다.

"자고 있었다고 하면 문제가 해결되나요?"

"모르겠군요. 이쪽에서는 입을 다물 겁니다. 하지만 또 다른 사람이 조지아 문제에 관해 떠벌릴지 어떨지는 모르죠."

"좋아요, 난 자고 있었어요."

메이슨은 일어나서 문 쪽으로 걸어갔다.

"이 점은 명심해두세요. 이 문제는 날 제외하고는 아무도 모르고 있다는 걸. 만약 내가 이곳에 왔었다는 사실과, 내가 아가씨에게 한 제안 따위를 로크에게 떠들어댄다면 일이 진행되는 동안 죽도록 고생을 하도록 만들어주겠습니다."

"바보 같은 소리 하지 마세요. 난 언제 어떻게 처신해야 할지 잘 알고 있으니까요."

메이슨은 밖으로 나가 문을 닫았다.

그는 차에 올라타 솔 스타인버그의 전당포로 향했다.

스타인버그는 비대한 몸에 반짝거리고 잽싼 눈을 하고 미소가 끊기지 않는 입술을 실룩거렸다. 그는 메이슨을 보자 반갑게 맞이했다.

"여, 잘 오셨소, 나의 친구. 이거 얼마만입니까?"

메이슨은 스타인버그와 악수를 나눴다.

"정말 오랜만입니다, 솔. 내가 지금 곤경에 처해 있어요."

전당포 주인은 고개를 끄덕이고 두 손을 마주 비볐다.

"사람들은 곤경에 처할 때마다 이곳 솔 스타인버그의 가게로 찾아오죠. 어떤 곤경에 처했습니까, 친구여?"

"당신이 해줘야 할 일이 한 가지 있습니다."

"선생님을 위해서라면 내가 무슨 일이든 할 거라는 걸 알고 계시지요? 물론, 장사는 장사죠. 업무상의 이유로 찾아오셨다면 당연히 그에 맞게 처리해드려야죠. 하지만 돈이 되는 일이 아니더라도 내가 할 수 있는 일이라면 뭐든지 하겠습니다."

메이슨의 두 눈이 장난기로 반짝거렸다. "이건 당신에게도 돈이 되는 일이에요, 솔. 해주기만 하면 50달러가 생길 테니까 말입니다. 달리 밑천이 필요한 일도 아니고."

덩치 큰 주인은 너털웃음을 터뜨렸다.

"바로 그런 게 내가 가장 좋아하는 장사죠. 한 푼의 밑천도 들이지 않고 50달러의 이득이 남는 장사라면 좋은 장사일

게 분명하니까요. 뭘 하면 됩니까?"

"당신이 판매한 리볼버에 관한 기록을 보여주십시오."

스타인버그는 카운터 아래쪽을 뒤적거리더니 손때가 묻은 조그만 장부 하나를 꺼냈다. 거기에는 판매한 무기와 형태와 제조회사, 총기 번호, 구매한 사람의 이름, 그리고 구매한 사람들의 서명이 기록되어 있었다.

메이슨은 손가락으로 표시하며 페이지를 넘기다가 32구경 콜트 자동 권총을 찾아냈다.

"이거로군."

스타인버그는 몸을 쑥 내밀어 장부를 들여다보며 기록을 읽었다.

"이게 어때서요?"

"오늘이나 내일 중으로 어떤 남자를 데리고 오겠습니다. 그 사람을 보자마자 당신은 힘차게 끄덕이며 '맞아요, 이 사람입니다. 이 사람이 틀림없어요'라고 말해주세요. 이 사람이 확실하냐고 내가 물어보면, 당신은 점점 더 확신을 가지고 그렇다고 해주면 되는 겁니다. 그 사람이 아니라고 할 테지만, 그러면 그럴수록 당신도 더 단호하게 틀림없다고 우기는 거죠!"

솔 스타인버그가 두터운 입술을 꽉 다물었다.

"그거 좀 심각해질 수 있겠는데요."

메이슨이 고개를 가로저었다.

"법정에서 그렇게 말한다면 심각해질 수도 있지만, 그렇게까지 해달라고 하는 게 아닙니다. 이 남자 말고는 아무에게도 그런 말을 하지 않을 거고요. 그리고 그자가 뭘 했는지도 말할 필요가 없어요. 단지 그 사람이라고 확인만 해주면 되는 겁니다. 그런 다음 이곳에 총기 판매 장부를 남겨둔 채 당신은 가게 뒤쪽으로 들어가면 되고. 알겠어요?"

"물론 알고말고요. 잘 이해했습니다. 한 가지만 빼고요."

"그게 뭔데요?" 메이슨이 물었다.

"내 손에 들어온다는 50달러는 어디에 있는지 잘 모르겠는데요."

메이슨이 바지 주머니를 툭툭 쳤다. "여기 있어요, 솔." 그리고 지폐 뭉치를 꺼내 50달러를 세어 전당포 주인에게 건넸다.

"누구든 좋으니 선생님과 함께 온 사람에게 그렇게 하라는 말씀이죠?" 스타인버그가 물었다.

"누구든 나와 함께 온 사람에게요. 목적이 있는 상대가 아니라면 이곳으로 데려오지 않을 테니까요. 왔을 때 조금 연극을 할 수도 있지만, 당신은 그저 내가 이끄는 대로 따라주면 됩니다. 알겠죠?"

50달러를 어루만지고 있던 전당포 주인은 지폐를 정성껏 접었다.

"친구여, 무슨 일을 하시든 간에 아무 소리 않고 따르겠소이다. 내가 말하기로 약속된 말을 큰 소리로 말하겠단 말입니다. 마음 놓으십시오."

"좋습니다. 정작 당사자가 왔을 때 주저하면 안 됩니다."

스타인버그는 50달러를 주머니에 집어넣으며 연신 끄덕였다. "물론이죠."

페리 메이슨은 휘파람을 불며 밖으로 나왔다.

14

프랭크 로크는 편집국 사무실에 앉아 페리 메이슨을 노려봤다.

"사람들이 당신을 찾고 있는 걸로 아는데."

"누가 말입니까?" 메이슨은 남의 일이라도 되는 듯 느긋한 어조로 물었다.

"신문기자, 경찰, 형사 등 무척이나 많은 사람들이."

"그 사람들 다 만났습니다."

"오늘 오후에?"

"아니, 어젯밤에. 그건 왜 물어봅니까?"

"아무것도 아니네. 어젯밤과는 다른 이유로 당신을 찾고 있는 모양이더군. 그런데 내게 볼일이라도 있나?"

"당신에게 말해줄 게 있어 잠깐 들른 겁니다. 이바 벨터가 남편의 상속재산관리권 위임장 신청서를 제출했습니다."

"그게 나와 무슨 상관인가?" 로크가 밀크 초콜릿색 눈으로 메이슨을 쳐다보며 물었다.

"즉, 지금부터 이바 벨터가 모든 걸 관리

한다는 뜻입니다. 당신은 그녀의 지시를 따라야 하고. 내가 이바 벨터를 대리하고 있는 한, 당신은 내 지시에도 따라야 한다는 뜻이지. 당신이 최우선적으로 해야 할 일은 비치우드 인 사건에 관한 모든 조사를 그만두는 거요."

"그게 그렇게 되나?" 로크가 비꼬았다.

"그게 그렇게 되는 거지." 메이슨이 또박또박 힘주어 말했다.

"당신은 사람들이 흔히 말하는 낙관론자인 모양이군."

"그럴지도 모르지. 아닐 수도 있고. 의심이 들면 이바 벨터에게 전화를 걸어보든가."

"난 이바 벨터를 포함해 누구에게도 연락할 필요가 없어. 이 신문사는 내가 운영하고 있으니까."

"이런 식으로 나올 건가?"

"이게 뭐가 어때서?" 로크가 딱딱거렸다.

"이번에도 너무 많은 사람들이 엿듣지 못하게 대화할 수 있는 장소에 간다면 당신에게 해줄 이야기가 있는데." 메이슨이 슬쩍 떠봤다.

"지난번에 했던 것보다 더 나은 이야기라면 모를까, 그렇지 않다면 여기서 나가고 싶지 않아."

"흠, 잠깐 산책이나 하면서 타협할 수 있을지 어떨지 알아보지 않겠나?"

"왜 여기에서 하면 안 되는 건가?"

"이 방에 있을 때 내 기분이 어떤지 잘 알고 있잖나. 기분이 뒤숭숭해지면 입이 잘 돌아가지 않는단 말이지."

로크는 잠시 망설이다가 말했다.

"좋아, 십오 분 이상은 줄 수 없으니 이번에는 실속 있는 이야기를 해야 할 거야."

"그렇게 하지."

"난 언제든지 기회가 오면 망설이는 법이 없어."

로크는 모자를 쓰고 메이슨과 함께 거리로 내려갔다.

"택시를 타고 조금 돌아다니다가 적당한 장소가 나오면 거기서 이야기할까?" 로크가 물었다.

"그러지 말고 이 블록을 쭉 걸어가서 모퉁이를 돌고 난 뒤 택시를 잡지. 당신이 손을 써둔 택시에 타고 싶지 않으니까."

로크가 얼굴을 찡그렸다.

"애들이나 하는 그런 짓거리는 집어치워, 메이슨! 나이를 생각하란 말이야! 회사 안에서는 도청 장치를 두고 필요하면 안에서 나눈 대화를 증거로 쓸 때도 있어. 하지만 회사 밖에서까지 온갖 장치를 해서 당신의 말을 들으려고 애쓰지는 않는다고. 당신이 고층 건물의 꼭대기에서 고함을 쳐도 달라질 게 없단 말이네."

메이슨이 고개를 가로저었다.

"내키지 않는군. 난 일을 할 때는 한 가지 방법으로 하지."

로크가 메이슨을 노려봤다.

"그 방식이 매우 마음에 안 들어."

"많은 사람들이 그렇다더군." 메이슨이 순순히 인정했다.

로크가 더이상 걷지 않고 멈춰 서버렸다.

"이렇게 나오면 당신에게 득될 게 없어, 메이슨. 난 회사로 돌아가겠네."

"돌아가면 후회할 텐데?" 메이슨이 으름장을 놨다.

로크는 잠시 망설이다가 결국 어깨를 으쓱했다.

"좋아, 가자고. 이왕 여기까지 왔으니 가자는 데까지 가주지."

메이슨은 로크와 함께 솔 스타인버그의 가게까지 걸었다.

"여기로 들어가게." 메이슨이 말했다.

로크는 그 말이 떨어지자마자 의심스러운 눈길로 메이슨을 힐끗 쳐다봤다.

"이런 데서는 대화하고 싶지 않은데."

"대화 같은 건 하지 않아도 돼. 그냥 들어갔다가 금방 나올 거거든."

"이건 또 무슨 함정인가?" 로크가 따져 물었다.

"아, 그냥 들어가자니까. 지금 의심이 많은 게 어느 쪽이지?" 메이슨이 재촉했다.

로크는 조심스럽게 주위를 살피며 안으로 걸어 들어갔다.

솔 스타인버그가 가게 뒷방에서 활짝 웃으며 나왔다. 그리고 메이슨에게 다가가며 말했다.

"어서 오십시오, 환영합니다. 오늘은 무엇이 필요하신지요?"

그러더니 처음으로 프랭크 로크가 있다는 걸 알아차린 것처럼 얼굴에서 웃음기가 사라지더니 느닷없이 물었다.

"또 오셨습니까?"

솔 스타인버그의 얼굴에 온갖 표정이 파노라마처럼 펼쳐졌다. 웃는 표정이 내어준 자리를, 로크를 알아보고 깜짝 놀란 표정이 차지했다. 이어서 깜짝 놀랐다는 표정은 확고한 결심의 표정에게 자리를 내줬다. 스타인버그는 부들부들 떨리는 집게손가락을 들어 올려 로크를 똑바로 가리키며 말했다.

"바로 이 사람입니다."

메이슨의 목소리가 날카로워졌다.

"아, 잠깐 기다려요, 솔. 이 문제는 확실히 해야 합니다."

전당포 주인이 입심 좋게 늘어놓기 시작했다.

"내 말이 확실하지 않다는 겁니까? 내가 잘못 말했다는 거냐고요! 내가 그 사람을 보면 그 사람이 맞는지 확인해줄 수 있느냐고 선생님께서 물어보셔서 '네'라고 말씀드렸죠. 지금 그 사람을 보고 '네'라고 말씀드린 겁니다. 바로 이 사람이에요! 그 사람이라고요! 이 이상 확실한 말이 어디 있습니까? 이 사람이에요. 바로 이 사람이라고요! 절대로 틀림없는 사실입니다. 어디에서도 이 얼굴을 알아볼 수 있습니다. 이 코, 이 눈빛, 다 기억하고 있단 말입니다!"

프랭크 로크는 휙 돌아서서 문 쪽으로 갔다. 그의 입에서 고함이 터져 나왔다.

"무슨 속임수를 쓴 거야? 이게 무슨 함정이냐고? 이런 짓을 한다고 자네에게 무슨 소용이 있을 줄 알아? 이딴 짓을 저지른 대가를 치러야 할 거야!"

"자, 자, 화를 가라앉히라고." 메이슨은 로크에게 말하고 나서 전당포 주인 쪽으로 돌아섰다.

"솔, 이 문제에 관해 그처럼 틀림없다고 하는 걸 보니 증인석에서 반대 신문을 받더라도 증언을 번복하지 않을 자신이 있는 모양이군요?"

스타인버그는 자신의 턱 밑에서 두 손바닥을 벌려 보였다.

"이 이상 어떻게 더 확실히 말할 수 있겠습니까? 날 증인석에 세워주십시오. 열 명, 아니 백 명의 변호사가 덤벼들어도 난 똑같은 말을 할 겁니다."

"난 평생 이 사람을 본 적도 없어." 로크가 말했다.

솔 스타인버그의 웃음이야말로 말도 안 되는 소리 하지 말라는 뜻을 나타내는 걸작이었다.

로크의 이마에 땀방울이 송골송골 맺혔다. 그는 메이슨 쪽으로 돌아섰다.

"무슨 생각으로 이러는 건가? 이게 무슨 허튼수작이냐고!"

메이슨은 정색하고 고개를 가로저었다.

"이건 내가 다루고 있는 사건의 일부일세. 사실을 확인한 것뿐이라고."

"무슨 사실을 말인가?"

"당신이 권총을 샀다는 사실 말이지." 메이슨이 작은 소리로 말했다.

로크가 소릴 빽 질렀다. "이거 정말 미친놈이구먼! 난 지금까지 살아오면서 여기서 권총을 산 적이 없어. 이딴 곳에 들어와본 적도 없고. 이 가게를 본 적도 없어. 무엇보다도 난 권총을 갖고 다닌 적이 없단 말이야!"

메이슨이 스타인버그에게 말했다. "가게의 권총 판매 기록을 보여주겠습니까, 솔? 그리고 잠시만 자리를 비켜주세요. 이 사람과 이야기를 하고 싶으니까."

스타인버그는 자그마한 장부를 메이슨에게 건네주고, 뒤뚱뒤뚱 뒷방으로 걸어갔다.

메이슨은 32구경 콜트 자동 권총이 기재된 곳을 펼쳤다. 그러고는 아무렇지도 않은 듯 손바닥을 교묘하게 움직여 총기 번호의 일부가 가려지도록 했다. 메이슨은 집게손가락으로 "32구경 콜트 자동 권총"이라고 적혀 있는 글자를 가리켰다. 그러고는 여백에 적혀 있는 이름으로 손가락을 움직였다.

"당신이 이 이름을 썼다는 걸 부정하는 건가?"

로크는 어서 이 자리를 벗어나고 싶지만, 동시에 어찌할 수 없는 호기심에 사로잡혀 있는 것 같았다. 그는 상체를 쑥 내밀었다.

"당연하지. 난 이 가게에 들어온 적이 없거든. 가게 주인이라는 작자를 본 적도 없고. 여기서 권총을 산 일도 없는데다가 그건 내 서명이 아니야."

메이슨이 인내심을 발휘하며 말했다. "나도 이게 당신 서명이 아니라는 걸 알고 있어, 로크. 하지만 당신이 이걸 쓰지 않았다고 말할 셈인가? 신중하게 대답하는 게 좋을 거야. 아주 큰 차이가 생길 수도 있으니까."

"난 서명하지 않았어. 도대체 무슨 수작을 부리는 건가?"

"경찰은 아직 모르고 있지만, 이 권총이 어젯밤에 조지 벨터를 살해한 흉기라네."

로크는 주먹으로 한 대 세게 얻어맞은 것처럼 몸을 움찔거렸다. 밀크 초콜릿색 눈이 휘둥그레지고 파르르 떨렸다. 이마에 솟아난 땀방울은 한층 더 또렷이 반짝거렸다.

"그래? 이게 더러운 함정이란 말이지?"

"아니. 잠시 기다려, 로크. 그렇게 화내지 말고. 이 이야기를 경찰에 가서 할 수도 있었지만 난 그렇게 하지 않았어. 난 내 방식대로 일하고 있으니까. 당신에게 기회를 주려 하네."

"내게 이따위 덫을 씌우려면 당신이나, 정직과는 담을 쌓은 전당포 주인 놈 정도로는 어림도 없어. 이런 조작을 일삼는 걸 다 까발려버리겠어!" 로크가 소릴 질렀다.

메이슨의 목소리는 여전히 침착하고 설득력이 있었다.

"아, 아, 밖으로 나가 잠시 이야기할 수 있는 곳을 찾아보지. 우릴 목격할 사람이 없는 곳에서 대화하고 싶군그래."

"넌 날 함정에 몰아넣으려고 이곳까지 끌고 왔어. 함께 와줬더니 이런 꼴을 당하게 해? 지옥으로나 떨어져라!"

"난 솔이 당신을 잘 살펴볼 수 있도록 이곳에 데려온 거야. 그게 전부네. 솔이 그 사람을 다시 본다면 알아볼 수 있을 거라고 말했거든. 확인해볼 필요가 있었지."

로크는 문 쪽으로 뒷걸음질했다.

"말도 안 되는 조작이야. 이런 이야기를 경찰에 말했다면, 경찰은 날 포함한 많은 사람들을 세워놓고 증인이 날 골라낼 수 있는지를 지켜봤겠지. 하지만 당신은 그렇게 하지 않고 날 여기로 데려왔단 말이야. 이런 공작을 꾸미려고 그 녀석에게 돈을 슬쩍 찔러주었는지 모르는 일 아닌가!"

메이슨이 소리 내어 웃었다.

"당신이 굳이 경찰청으로 찾아가서 사람들 틈에 서 있고 싶다면 내가 직접 데려가드리지. 그래도 솔은 당신을 골라낼 걸?"

"당연히 그렇겠지. 이렇게 날 딱 집어 보여줬으니까."

"이 일로 이러쿵저러쿵해봐야 무슨 소용이 있나? 아무튼 밖으로 나가세."

메이슨은 로크의 팔을 붙잡고 문밖으로 끌고 나갔다.

거리로 나서자 로크는 사나운 얼굴로 메이슨에게 말했다.

"당신과는 더이상 볼일 없어. 앞으로는 말 한마디 섞지 않을 거고. 난 사무실로 돌아갈 테니 당신은 지옥으로나 꺼지라고!"

메이슨은 여전히 로크의 팔을 붙잡은 채 말했다.

"그건 별로 현명한 수순이 아닌데, 로크. 아는지 모르겠지만, 난 이번 살인 사건의 동기와 기회 등등 모든 걸 알고 있네."

"그래? 당신이 알고 있는 동기가 뭔데? 궁금해죽겠군." 로크가 비웃었다.

"당신은 특별 계좌의 자금을 빼돌리고 있어. 그 사실이 발각될까 봐 두려워하고 있고. 벨터가 당신이 서배너에서 저지른 사건을 너무나도 잘 알고 있어서 거역할 수가 없었겠지. 벨터는 당신을 다시 살인범으로 만들 수 있었으니까. 당신은 그의 집으로 가서 말다툼을 벌이다가 그를 살해한 거야."

로크는 메이슨의 얼굴을 멍하니 쳐다봤다. 걸음을 멈추고 마치 뿌리가 내린 것처럼 꼼짝도 하지 않았다. 얼굴은 하얗게 질리고 입술이 파르르 떨렸다. 명치를 주먹으로 얻어맞았다고 하더라도 이처럼 죽을상이 되진 않았을 것이다. 뭐라고 말을 하려고 했지만 입 밖으로 나오지 않았다.

메이슨은 얄미우리만큼 느긋했다. "난 공정하게 하고 싶네, 로크. 전당포 주인도 거짓말을 하고 있는 것 같지 않지. 만약 이게 날조된 것이라면 당신에게 유죄판결이 내려지지 않을 거야. 어떤 사람에게 유죄판결을 내리려면, 논리에 맞는 의문점을 모두 해소하여 죄가 있다는 걸 증명해야 한다는 걸 알고 있겠지? 단 한 가지만이라도 논리에 맞는 의문점을 주장할 수 있다면 배심원단은 무죄판결을 내릴 의무가 있어."

로크는 간신히 입을 열었다.

"당신은 어쩌다 이 일에 끼어든 건가?"

메이슨은 어깨를 으쓱했다.

"난 이바 벨터의 변호인이네. 그뿐이지."

로크는 비웃으려 했지만 제대로 표정을 지을 수 없었다.

"그 여자도 이 일에 얽혀 있군! 자넨 양다리 걸치는 못된 여자와 손을 잡고 있어!"

"그 여자는 내 의뢰인이야. 당신이 하는 말이 그런 뜻이라면 말이지."

"그런 뜻으로 한 말이 아니라고!" 로크가 소리쳤다.

메이슨의 목소리가 날카로워졌다. "그렇다면 입을 꽉 닫고 있는 게 좋을 거야, 로크. 당신이 소릴 지르니 사람들이 무슨 일이 있나 쳐다보잖나."

로크는 애써 감정을 억눌렀다.

"이보라고, 당신이 무슨 수작을 부리는지 모르겠지만 지금 당장 속셈을 까발려주지. 난 어젯밤 살인이 일어난 시각에 철옹성 같은 알리바이를 갖고 있다고, 네놈 앞에서 그걸 보여주지."

메이슨이 어깨를 으쓱했다. "그래, 어디 보여주시지."

로크는 거리를 이리저리 살펴보더니 말했다. "좋아, 택시를 잡지."

"그거 좋군. 차를 잡게."

택시 한 대가 로크의 손짓에 따라 길가에 섰다. 그는 택시에 올라타며 "휠라이트 호텔"이라고 행선지를 말하고 등받이에 몸을 파묻었다. 손수건으로 이마의 땀을 닦고, 떨리는 손으로 담배를 피워 물더니 메이슨을 돌아봤다.

"당신은 세상 물정을 아는 사람이지. 난 지금 당신을 젊은 숙녀의 방으로 데려가려는 참이야. 이번 일에 그녀의 이름을 올리고 싶지 않았어. 어떤 수작을 부리는지는 모르지만, 당신이 날조하려고 애쓰는 시나리오가 성립될 여지가 전혀 없다는 걸 보여주기만 할 작정이야."

"이게 날조된 거짓이라고 입증할 필요 없네, 로크. 당신은 그저 논리에 맞는 의문점을 제시하기만 하면 되는 거라고. 타당한 의문을 제시하면, 이 세상에서 어떤 배심원단이 당신에게 유죄판결을 내리겠나?"

로크가 택시 바닥에 담배를 내동댕이쳤다. "빌어먹을, 그 말 같지 않은 소린 좀 그만하라고! 당신이 뭘 하려고 하는지 알고 있어. 당신도 물론 알고 있을 거고. 당신은 지금 내 신경을 박박 긁어 초조하게 만들려고 하지. 도대체 이렇게 빙빙 돌려 말할 게 뭐 있나? 내가 반박하지 못할 뭔가를 뒤집어씌우려는 것 아닌가?"

"이게 날조라면 열을 올릴 필요가 있겠어?"

"당신이 끄집어낼지도 모를 일이 걱정되기 때문이지."

"서배너 사건 말인가?"

로크는 욕설을 퍼붓고는 메이슨이 보지 못하도록 얼굴을 돌려 차창 밖을 내다봤다.

메이슨은 좌석에 느긋하게 등을 기댔다. 겉으로 보기에는 인도의 사람들과 건물의 현관이며 진열장의 전시물에 완전히 정신을 빼앗긴 것 같았다.

로크는 뭔가를 말하려다가 생각을 바꿔 입을 다물었다.

휘둥그레진 초콜릿색 눈에는 걱정이 가득했다. 얼굴빛이 원래대로 돌아오지 않았다. 하얗게 질려 있었다.

택시가 휠라이트 호텔 앞에 멈춰 섰다.

로크가 택시에서 내리더니 메이슨에게 손짓으로 택시 기사를 가리켰다.

메이슨이 고개를 가로저었다.

"아니, 이건 당신이 벌인 일이야 당신이 택시를 타자고 했잖나."

로크는 주머니에서 지폐 한 장을 꺼내 기사에게 던져주고는 돌아서서 호텔 현관으로 들어갔다. 메이슨이 그의 뒤를 따랐다.

로크가 곧바로 승강기로 가서 안내원에게 말했다.

"9층."

승강기가 멈추자 로크는 곧장 에스터 린튼의 방으로 걸어갔다. 메이슨이 따라오는지 어떤지 돌아보지도 않았다. 그는 방문을 두드렸다.

"나야, 자기."

에스터 린튼이 문을 열었다. 기모노를 입고 있었는데, 분홍빛 실크 속옷이 다 드러날 정도로 앞섶이 벌어져 있었다. 그녀는 메이슨을 보자마자 다급하게 앞섶을 여미고 뒤로 물러섰다. 그렇지 않아도 큰 눈을 더 크게 뜨고 있었다.

"무슨 일이에요, 프랭크?" 에스터가 물었다.

로크는 그녀를 지나쳐 방으로 들어갔다. "자세한 건 지금 설명할 순 없지만, 이 친구에게 내가 어젯밤 어디에 있었는지 당신이 말해주면 좋겠어."

에스터는 눈길을 떨구고 물었다. "그게 무슨 뜻이에요, 프랭크?"

로크의 목소리가 사나워졌다. "그런 소리는 집어치워. 내가 무슨 말을 하고 있는지 잘 알고 있잖아. 내게 문제가 생겼는데, 당신이 좀 해결해줘."

에스터는 눈꺼풀을 바르르 떨며 로크에게 물었다. "이 사람에게 전부 말해요?"

"그래, 전부. 이 친구는 풍기사범 단속반이 아니야. 사실을 날조해서 날 골탕 먹이려는 멍청한 놈인데, 한 방 먹여주라고."

에스터는 작은 목소리로 말했다. "우린 함께 외출했어요. 그 뒤에 다시 이곳으로 돌아왔고요."

"그러고는 어떻게 했지?" 로크가 다그쳤다.

"난 옷을 벗었어요." 에스터가 중얼거렸다.

"계속해." 로크가 말했다. "이 친구에게 말해줘. 몽땅 털어놓으라고. 잘 들을 수 있도록 더 큰 소리로."

"난 침대로 갔어요." 에스터가 느릿느릿 말했다. "그리고 술을 두 잔쯤 마셨고요."

"그때가 몇 시였죠?" 메이슨이 물었다.

"11시 30분쯤이었을 거예요."

로크가 에스터를 빤히 쳐다보며 물었다. "그 뒤엔 어떻게
됐지?"

에스터는 고개를 가로저었다. "오늘 아침에 일어났더니 머
리가 깨질 듯이 아프더라고요, 프랭크. 내가 잠들기 전에 당신
이 여기 있었다는 건 물론 알고 있었죠. 하지만 당신이 몇 시
에 떠났는지는 전혀 몰라요. 침대로 들어가서 곧 정신을 잃고
말았으니까요."

로크는 펄쩍 뛰며 여자에게서 떨어져서 방 한구석에 섰다.
마치 두 사람이 때리려는 걸 피하기라도 하는 것처럼.

"이 더럽고 배신을 밥 먹듯 하는⋯⋯."

메이슨이 로크의 말을 막았다. "숙녀분께 그런 식으로 말
하면 안 되지."

로크는 불같이 화를 냈다. "눈깔이 삐었어? 저년이 숙녀가
아니라는 게 빤히 보이지 않나?"

에스터 린튼은 성이 잔뜩 난 눈으로 로크를 노려봤다.

"그렇게 말한다고 해서 유리해질 건 없어요, 프랭크. 내가
사실대로 말하지 않기를 바랐다면 왜 알리바이를 대달라고
하지 않았죠? 내가 이 문제에 관해 거짓말을 해주길 바랐다

면, 미리 귀띔을 해주지 그랬어요? 그랬다면 당신이 원하는 대로 말했을 거예요. 사실대로 말하라고 해서 그대로 했죠."

로크는 다시 욕설을 퍼부었다.

페리 메이슨이 나섰다. "아, 이 숙녀분은 옷을 입고 있는 중이었나 보군. 방해하지 않는 게 좋을 것 같네. 바빠서 그러는데, 당신은 나와 함께 가겠나 아니면 이 숙녀분과 함께 있겠나?"

"여기 남겠네." 로크의 목소리에서는 불길한 기운이 느껴졌다.

"그렇군. 그럼 여기서 전화를 좀 써야겠네." 메이슨은 전화기로 걸어가서 수화기를 들고 말했다. "경찰청을 연결해주십시오."

로크는 구석에 몰린 쥐새끼 같은 눈길로 그를 지켜봤다.

잠시 후, 메이슨은 교환원에게 말했다. "형사과에 있는 시드니 드럼을 연결해주시겠습니까?"

번민에 싸여 쇳소리가 나는 로크의 목소리가 터져 나왔다.

"제발, 전화를 끊어. 빨리!"

호기심이 담긴 눈길로 돌아보는 메이슨에게 로크가 소리쳤다.

"얼른 끊으라니까! 당신이 칼자루를 쥐고 있다는 걸 인정하지 않을 수 없겠어. 날 함정에 빠뜨리려는 수작이 명백한데

256

도 피할 수가 없군. 조잡하기 짝이 없는 함정인데 동기를 파헤치도록 내버려둘 수 없다니. 내겐 그게 결정타야. 자네가 내 범행 동기를 암시하는 증거를 슬쩍 들이밀기만 하면 배심원단은 다른 말에는 전혀 귀를 기울이지 않을 테지."

메이슨은 수화기를 살며시 내려놓고 로크 쪽으로 돌아섰다.

"이제야 이야기할 분위기가 잡힌 것 같군그래."

"원하는 게 뭔가?" 로크가 물었다.

"내가 뭘 원하는지 잘 알고 있지 않나."

로크는 항복했다는 뜻으로 두 손을 앞으로 내밀었다.

"좋아, 그 일이라면 이해가 됐어. 또 뭔가 있나?"

메이슨은 고개를 가로저었다.

"지금 당장은 없군. 이제 이바 벨터가 신문사의 진짜 주인이라는 걸 명심하는 게 좋을 거야. 개인적으로는, 그녀의 마음에 들지 않을 것 같은 기사를 낼 때에는 그녀와 먼저 상의하는 게 좋을 것 같고. 신문은 아마 격주로 발행됐지?"

"맞아, 다음 호는 다음 주 목요일에 발행되지."

"지금부터 그때까지 무슨 일이든 일어날 수 있어, 로크."

로크는 아무 말도 하지 않았다. 메이슨은 에스터 쪽을 돌아봤다.

"방해해서 죄송합니다, 아가씨."

"아니, 괜찮아요. 이 멍청한 남자가 내가 거짓말을 해주길 바랐다면 왜 그렇게 말하지 않았을까요? 도대체 무슨 생각으로 사실대로 말하라고 했을까요?"

로크가 에스터 쪽으로 홱 돌아섰다.

"넌 거짓말을 하고 있어, 에스터. 침대에 들어갔을 때 금방 정신을 잃지 않았으면서 그런 말을 해?"

에스터는 어깨를 으쓱했다.

"정신을 잃지 않았을 수도 있지만 아무것도 기억이 안 난단 말이에요. 술에 떡이 되면 그날 밤 내내 무슨 일이 있었는지 전혀 기억나지 않을 때가 많다고요."

로크가 의미심장하게 말했다. "그딴 버릇은 빨리 고치는 게 좋을걸? 목숨이 왔다 갔다 할 수도 있으니."

에스터가 화를 벌컥 냈다. "당신에게 남의 목숨을 쥐고 흔들 친구들이 많다는 걸 내가 깜빡했네요!"

로크의 얼굴이 창백해졌다.

"입 닥쳐, 에스터. 상황이 어떻게 돌아가는지 모르겠어?"

"당신이나 닥치시지! 난 당신이 그런 식으로 막말을 해도 되는 여자가 아니라고."

메이슨이 끼어들었다. "자, 자, 이제 다 해결됐으니 더이상 신경 쓰지 맙시다. 로크, 어서 가자고. 역시 당신은 나와 함께 가는 게 좋을 것 같군. 당신에게 할 이야기가 좀더 있어서 말이지."

　로크는 문 앞으로 걸어가더니 걸음을 멈추었다. 그리고 증오에 불타는 연갈색 눈으로 에스터 린튼을 쏘아보고는 복도로 걸어 나갔다.

　메이슨은 에스터 쪽을 돌아보지도 않은 채 로크의 뒤를 바짝 따라 나가 문을 닫았다. 그러고는 로크의 팔을 붙잡고 승강기 쪽으로 데려갔다.

　"이것만은 알아두라고." 로크가 말했다. "당신의 수작질은 너무나 엉성해서 우습지도 않아. 날 골치 아프게 만든 건 당신이 언급했던 조지아 주에서의 일이었어. 그 일을 조사한답시고 누군가 들쑤시고 다니는 걸 원치 않거든. 당신이 뭔가 잘못 생각하고 있는 모양인데, 그 사건은 이미 다 끝난 일이야."

　메이슨은 얼굴 가득 미소를 띠며 말했다. "아니, 그렇게 되지는 않을걸. 로크. 자네도 알겠지만, 살인은 공소시효가 만료되지 않는단 말이지. 따라서 언제라도 다시 자넬 법정에 세울 수 있어."

　로크는 메이슨이 잡고 있는 팔을 뿌리치고 한 걸음 물러섰다. 입술이 뒤틀리고, 눈에는 공포가 가득했다.

　"서배너에서 재판을 받는다면 난 승소할 수 있어. 하지만 당신이 다른 살인 사건과 관련지어놓으면 간단히 당하고 말겠지. 그건 당신도 잘 알고 있을 테고."

메이슨이 어깨를 으쓱했다. "그런데 말인데, 로크. 당신은 이런 짓을 계속하기 위해 회사 돈을 빼돌리고 있었던 것 같단 말이지." 그러고는 엄지손가락으로 조금 전에 나온 방을 가리켰다.

"아, 그건 건드리지 않는 게 좋을걸. 이것만은 자네도 어떻게 해볼 수 없을 테니까. 내가 조지 벨터와 어떤 협상을 했는지 조지 벨터 말고는 이 세상에서 아는 사람이 아무도 없어. 이건 서류로 작성되지도 않았고 그저 우리 두 사람 간에 합의한 사항이었으니까."

메이슨이 경고했다. "잘 생각해보고 말하게, 로크. 지금은 벨터 부인이 신문사 주인이라는 걸 잊어서는 안 될 거야. 이 이상 돈을 지불하려면 먼저 벨터 부인의 합의를 얻어야겠지. 당신이 관리했던 계좌는 이제 법정에서 회계감사를 받게 될 거야."

로크는 작은 소리로 욕설을 퍼부었다.

"그래, 그렇게 되는 건가?"

"그렇게 되는 거지. 호텔 밖으로 나가면 놔주겠네, 로크. 되돌아가서 여자를 두들겨 패면 안 돼. 여자가 무슨 말을 늘어놓더라도 사정은 눈곱만큼도 달라지지 않으니까. 솔 스타인버그가 이번 살인에 사용된 권총을 사 간 사람이 당신이라고 지적한 게 사실인지 어떤지는 몰라. 하지만 솔이 잘못 알

앗다 쳐도, 조지아 주 당국에 슬쩍 말을 흘리기만 하면 당신은 그곳으로 압송돼서 다시 재판을 받게 되겠지. 물론 당신이 재판에서 이길 수도 있고, 질 수도 있어. 어느 쪽이든 간에 당신은 이곳에서 사라지는 거야."

로크가 호기심 가득한 목소리로 물었다. "당신, 무슨 음모를 꾸미고 있군. 뭔지 알고 싶은데."

메이슨은 로크를 천진난만한 표정으로 쳐다봤다.

"저런, 그럴 리가 있나. 난 그저 의뢰인을 대리하고 있고, 뭔가를 찾아내려고 이곳저곳을 들쑤시고 있을 뿐이네. 총기 번호를 추적한 사립 탐정들을 좀 알 뿐이지. 경찰보다 조금 앞서서 흉기에 관한 정보를 입수한 것 같은데, 그건 경찰이 통상적인 절차를 따른 탓이고. 그래서 한번 찔러본 거야."

로크가 큰 소리로 웃었다. "잘도 그랬겠군. 그런 말은 곧이곧대로 듣는 사람에게나 들려주시지. 그런 순진한 술책으로 날 속이려 들지 말라고."

메이슨은 어깨를 으쓱했다.

"어, 그런가? 미안하게 됐군. 나중에는 당신에게 알려줄 수 있을지도 모르겠어. 지금은 벨터 부인의 일이나 내 일, 그리고 비치우드 인의 사건이나 해리슨 버크와 관련이 있는 일을 언급하는 건 극도로 조심해야 해서 말이지."

"미주알고주알 내게 주의를 주지 않아도 돼. 죽을 때까지

그 일에 관해선 관심을 끊을 테니까. 난 언제 항복해야 하는
지를 잘 안다고. 조지아 일은 어떻게 처리할 셈이지? 생각해
둔 방법이 있나?"

"난 형사도 아니고 경찰관도 아니야. 벨터 부인을 대리하
는 변호사일 뿐이지. 그게 전부일세."

승강기가 호텔 로비까지 내려오자 메이슨은 정문으로 나
가 손을 흔들어 택시를 잡았다.

"잘 가게, 로크. 또 만나지."

택시가 멀어져가는 동안, 로크는 호텔 벽에 등을 기댄 채
문간에 서 있었다. 그는 창백한 얼굴로 입술을 뒤틀어 냉혹한
미소를 지었다.

15

페리 메이슨은 호텔 객실에 앉아 있었다. 눈 아래에 다크서클이 자리 잡고, 얼굴은 피로로 인해 회색빛을 띠었다. 하지만 차분하게 정신을 집중해 흔들리지 않는 두 눈이 인상 전체를 지배하고 있었다.

아침 햇살이 창문을 통해 쏟아져 들어왔다. 침대에는 여러 종의 신문이 널려 있었는데 각 신문의 1면 헤드라인은 벨터 살인 사건을 중심으로 다루고 있었다. 각 기사는 충분히 흥미로운 관점으로 사건을 다루고 있어서, 잔뼈 굵은 기자라면 이제 곧 무언가 충격적인 사건이 터지리라는 걸 알아챌 수 있을 듯했다.

《이그재미너》의 1면은 "살인으로 인해 드러난 로맨스"라는 기사 제목이 독자들의 시선을 독차지했다. 그 아래의 소제목은 이랬다. "피살자의 조카, 가정부의 딸과 약혼. 비밀 로맨스를 경찰이 폭로—벨터 집안의 유산 다툼으로 유언장에 이의신청. 상속에서 제외된 고인의 아내가 유언장 위조를 주장—경찰이 흉기 소유자가 실종됐음을 발견―고인의 아내가 실수로 흘린 진술에 따라 변호사의 행방을 수사."

이러한 제목은 신문 1면의 갖가지 기사 위에 붙어 있었다. 2면에는 이바 벨터가 다리를 꼬고 앉아 눈에 손수건을 갖다 대고 있는 사진이 실렸다. 감상적인 기사만 쓰기로 유명한 기자의 이름과 함께 "경찰의 신문을 받으며 눈물을 흘리는 고인의 아내"이라는 제목이 붙어 있었다.

신문을 읽으며 메이슨은 모든 상황을 머릿속에 새겨 넣었다. 경찰이 흉기를 추적해서 피트 미첼이라는 사람이 소유자라는 걸 밝혀낸데다, 사건이 벌어졌던 시각에 완벽한 알리바이를 가지고 있었는데도 사건 직후 이유 없이 사라진 것을 알아냈다는 사실을 확인했다. 경찰은 미첼이 권총을 준 사람을 보호하고 있다고 추정했다.

이름은 언급되지 않았지만, 메이슨은 경찰이 해리슨 버크에게 접근하고 있다는 걸 알 수 있었다. 이바 벨터가 우연히 흘린 말을 근거로 경찰이 의문만 남긴 채 사무실에서 모습을 감춘 그녀의 변호사의 행방을 뒤쫓고 있다는 기사는 더욱 흥미로웠다. 경찰은 24시간 안에 사건의 전모가 밝혀지고, 피살자의 목숨을 앗아 간 총탄을 쏜 범인이 구속될 것이라고 장담하고 있었다.

누군가가 문을 두드렸다.

메이슨은 읽고 있던 신문을 내려놓고 머리를 한쪽으로 기울이며 귀를 쫑긋 세웠다.

다시 노크하는 소리가 들렸다.

메이슨은 어깨를 으쓱하고 문으로 걸어가서 열쇠를 돌려 문을 열었다.

델라 스트리트가 복도에 서 있었다.

그녀는 재빨리 방 안으로 들어온 뒤 문을 쾅 닫고 잠갔다.

"위험하니까 오지 말라고 했잖아." 메이슨이 말했다.

델라는 돌아서서 메이슨을 쳐다봤다. 핏발이 선 두 눈 아래가 거뭇하고 얼굴이 초췌했다.

"상관없어요. 걱정 마세요. 다 떼어버렸으니까요. 그 사람들이랑 한 시간이나 술래잡기를 했다니까요."

"그 녀석들을 함부로 속단하면 안 돼, 델라. 엄청 영악한 녀석들이니까. 때로는 목적지를 알아내려고 일부러 따돌려진 척하기도 한단 말이야."

델라는 신경이 곤두선 듯 날카로운 어조로 대꾸했다.

"절 속일 순 없을 거예요. 그들은 제가 어디에 있는지 모른다고 자신 있게 말씀드릴 수 있어요."

메이슨은 델라의 목소리를 듣고 그녀가 과하게 흥분한 상태라는 걸 눈치챘다.

"어쨌든 와줘서 고마워. 마침 구술할 게 있었는데 누구에게 부탁해야 하나 걱정하고 있었거든."

"어떤 건데요?"

"이제부터 벌어지려는 일이지."

델라는 침대 위에 널려 있는 여러 가지 신문을 가리켰다.

"그 여자가 소장님을 곤란한 입장에 처하게 할 거라고 제가 말씀드렸죠? 그녀가 사무실로 와서 서류들에 서명했어요. 물론 신문기자들이 사무실 주변에 진을 치고 있어서 곧바로 그 여자 뒤를 쫓아갔죠. 사무실을 떠난 형사들은 그 여자를 경찰청으로 데려가 신문했고요. 그 여자가 뭐라고 했는지는 신문에서 보셨겠죠?"

메이슨이 고개를 끄덕였다.

"문제없으니 너무 흥분하지 마, 델라."

"흥분하지 말라고요? 그 여자가 무슨 짓을 했는지 아세요? 사건 현장에서 소장님 목소리를 들었다고 진술했단 말이에요. 총소리가 들렸을 때 조지 벨터와 함께 있던 남자가 소장님이라고 했다니까요! 그러고는 기절하는 시늉을 하더니 실성한 듯 발작하지를 않나, 온갖 연극을 다 했다니까요."

메이슨은 델라를 달랬다.

"괜찮아, 델라. 그 여자가 그렇게 할 걸 알고 있었거든."

델라는 휘둥그레진 눈으로 메이슨을 멍하니 쳐다봤다.

"알고 계셨다고요? 알고 있던 건 저뿐이라고 생각했는데!"

메이슨이 끄덕였다.

"당신이야 당연히 알았겠지. 나도 그랬고."

"그 여자는 교활한 거짓말쟁이예요!"

메이슨은 어깨를 으쓱하더니 전화기로 걸어갔다. 드레이크 탐정 사무소의 전화번호를 대고 폴 드레이크를 불러냈다.

"내 말 잘 들어, 폴. 미행당하지 않게 조심해서 리플리 호텔 518호실로 몰래 와줘. 올 때 속기장 두어 권과 연필 한 묶음을 가지고 오는 게 좋겠군. 알겠나?"

"지금 당장?" 드레이크가 물었다.

"당장. 지금이 8시 45분인데, 9시면 연극의 막이 오를 것 같거든."

메이슨은 전화를 끊었다.

델라가 호기심이 가득한 얼굴로 물었다. "그게 무슨 말이에요, 소장님?"

"이바 벨터가 9시에 여기로 올 것 같아." 메이슨이 짧막하게 대답했다.

"그 사람이랑 같은 공간에 있고 싶지 않아요. 그 여자가 주변에 있으면 저 자신을 억제할 수 없어요. 처음부터 쭉 소장님을 속여왔잖아요. 얄미워죽겠어요. 정말 시궁쥐처럼 뺀질뺀질한 여자라고요."

메이슨은 한 손을 델라의 어깨에 올려놓았다.

"의자에 앉아서 진정해, 델라. 곧 멋들어진 연극이 시작될 거야."

문에서 소리가 들리더니 손잡이가 돌아갔다. 문이 열리고 이바 벨터가 방에 들어섰다.

델라를 발견하곤 이바가 말했다. "어머, 두 분이 함께 계셨군요."

"보아하니 부인께서 말씀을 많이 하셨더군요." 메이슨은 이렇게 말하며 침대 위에 쌓여 있는 신문을 가리켰다.

이바는 델라를 아랑곳하지 않고 곧바로 메이슨에게 다가가더니 양손을 그의 어깨 위에 얹으며 그의 눈을 올려다봤다.

"페리, 전 지금까지 이렇게 허망한 기분을 느껴본 적이 없어요. 어떻게 그런 말을 했는지 전혀 모르겠어요. 형사들이 절 경찰청으로 데려가서 윽박지르며 질문을 해댔다고요. 다들 쇳소리를 내며 질문을 퍼붓더라니까요. 그런 일은 평생 처음 당했어요. 그렇게 당하리라고는 꿈에도 생각하지 못했어요. 당신을 보호하려고 했지만 결국은 실패하고 말았어요. 어쩌다 한마디 실수했더니 그걸 꼬투리 잡아서 몰아붙이더라고요. 절 '사후종범'이라고 부르면서 협박했어요."

"그들에게 뭘 말했습니까?" 메이슨이 물었다.

이바는 메이슨의 눈을 들여다보고 침대로 가서 앉더니 핸드백에서 손수건을 꺼내 울기 시작했다.

델라가 재빨리 이바에게 두 걸음 다가갔지만 메이슨이 델라의 팔을 잡아 뒤로 끌어당겼다.

"내게 맡겨둬."

이바 벨터는 손수건에 얼굴을 파묻고 울어댔다.

"자, 계속하시죠. 그들에게 뭘 말했습니까?"

이바는 고개를 저었다.

"우는 시늉은 그만두시죠. 지금은 그다지 소용없으니까요. 우리가 곤경에 빠졌으니 부인께서 진술했던 내용을 얼른 말하시는 게 좋을 겁니다."

이바는 계속 훌쩍이며 말했다. "당신의 목, 목, 목소리를 들, 들었다고 말해버렸어요."

"제 목소리라고 한 겁니까, 아니면 제 목소리처럼 들리는 사람이라고 한 겁니까?"

"모든 걸 그대로 다 말, 말했어요. 당신 목소리였다고요."

메이슨의 말투가 험악해졌다. "제 목소리가 아니었다는 걸 잘 아시면서도 그렇게 말했다고요?"

이바가 징징 짜는 소리로 말했다. "경찰에 털어놓을 생각은 없었어요. 하지만 그건 진실이에요. 당신 목소리였는걸요."

"좋습니다. 그럼 그렇다고 해두죠."

델라는 무슨 말인가를 하려다가 메이슨이 그녀를 돌아보며 반쯤 감은 눈으로 빤히 쳐다보자 입을 다물었다.

가끔씩 들려오는 거리의 희미한 소음과 이바의 훌쩍거리는 소리를 제외하고 방 안에서는 아무런 소리도 나지 않았다.

잠시 뒤 문이 열리고 폴 드레이크가 들어왔다.

드레이크가 명랑하게 인사했다. "여어, 다들 안녕하십니까? 제 시간에 왔지? 운이 좋았어. 아무도 내가 어디에 있는지, 뭘 하는지 주의를 기울이는 것 같지 않더라고."

"호텔 주변을 어슬렁거리는 사람은 보지 못했나? 형사들이 델라를 미행하지 않았다고 백 퍼센트 확신할 수 없어서 말이야."

"그런 친구는 없는 것 같던데?"

메이슨은 다리를 꼬고 침대에 앉아 있는 여자를 손으로 가리켰다.

"이쪽이 이바 벨터야."

드레이크는 씩 웃으며 그녀의 다리를 내려다봤다.

"그래, 신문에 실린 사진을 봤던 터라 그럴 거라고 생각했네."

이바 벨터는 눈에서 손수건을 떼어내고 드레이크를 올려다보며 애교 있게 미소 지었다.

델라가 쏘아붙였다. "당신은 눈물까지도 거짓이군요!"

이바 벨터가 고개를 돌려 쳐다보자 델라의 파란 눈이 갑자기 험악해졌다.

메이슨이 델라 쪽으로 홱 돌아서며 말했다. "내 말 잘 들어줘, 델라. 오늘의 연출은 나야." 그러고는 폴 드레이크를 쳐다봤다. "속기 노트랑 연필은 가져왔어, 폴?"

사립 탐정이 고개를 끄덕였다.

메이슨은 속기 노트와 연필을 받아 델라에게 건넸다.

"테이블을 거기로 옮기고 지금부터 하는 이야기를 기록해주겠어요, 델라?"

"해볼게요." 델라는 목이 잠긴 듯한 소리로 대답했다.

"좋아. 저 여자가 하는 말을 정확히 받아 적어줘요." 메이슨은 엄지손가락으로 이바 벨터를 가리켰다.

이바 벨터가 메이슨과 델라를 번갈아 쳐다봤다.

"이게 뭐예요? 당신들, 뭘 하는 거냐고요?"

"일을 분명히 하려는 겁니다." 메이슨이 말했다.

"나도 여기에 있어야 하나?" 드레이크가 물었다.

"물론이지. 자넨 증인일세."

이바가 말했다. "당신들, 날 불안하게 하네요. 어젯밤에도 이런 식으로 나왔죠. 날 지방 검사실로 데려갔는데, 거기에 사람들이 공책과 연필을 가지고 앉아 있더라고요. 내가 말하는 걸 사람들이 받아 적으니 정말 불안했어요."

메이슨이 미소를 지었다.

"네, 당연히 그랬겠죠. 혹시 권총에 관해 묻던가요?"

이바 벨터는 눈을 크게 뜨며 순진무구한 표정을 지었다. 갑자기 그녀가 의지할 데 없는 소녀처럼 보였다.

"그게 무슨 뜻이에요?" 이바가 물었다.

"무슨 뜻인지 잘 알 텐데요." 메이슨이 집요하게 물고 늘어졌다. "부인께서 어떻게 권총을 입수했는지 물어보던가요?"

"제가 어떻게 권총을 손에 넣었겠어요?" 이바가 되물었다.

"해리슨 버크가 부인께 줬으니까요. 그래서 그 사람에게 전화를 해야만 했던 겁니다. 총격에 사용된 권총이 그 사람의 것이라는 걸 알리기 위해서요."

델라의 연필이 속기 노트 위를 날아가듯 빠르게 움직였다.

"무슨 말을 하는지 전혀 모르겠어요." 이바가 위엄을 갖추며 말했다.

"아니요, 잘 아실 겁니다. 부인께선 버크에게 전화해서 사고가 일어났다고 하고, 그 일에 그의 권총이 관련되어 있다고 알렸죠. 버크는 그 권총을 미첼이라는 친구로부터 받았던 터라 즉시 차를 몰고 가 미첼을 태운 뒤 잠적한 겁니다."

"아니, 그런 소리는 생전 처음 들어봐요!"

"그런 식으로 나와봤자 아무 소용 없습니다, 이바. 난 해리슨 버크를 만났고, 그의 서명이 들어간 진술서도 가지고 있으니까요."

이바는 갑자기 당황하며 잔뜩 긴장했다.

"해리슨이 서명한 진술서를 가지고 있다고요?"

"네."

"전 당신이 저를 대리하고 있는 줄 알았는데……."

"제가 부인을 대리하는 동시에 버크의 진술서를 가지고 있는 게 뭐 잘못되기라도 했습니까?"

"그런 건 아니지만, 만약 그 사람이 제게 권총을 주었다고 말했다면 그건 새빨간 거짓말이에요. 전 지금까지 권총을 본 적 없으니까요."

"그럼 일이 더 간단해지죠." 메이슨이 말했다.

"어떻게요?"

"이제 알게 될 겁니다. 이제 다시 사건으로 돌아가서 한두 가지를 분명히 해두자고요. 부인께서 핸드백을 발견했을 때, 핸드백은 남편분의 책상 서랍에 있었죠. 기억나십니까?"

"그게 무슨 말이죠?" 이바가 작은 목소리로 조심스럽게 물었다.

"제가 부인과 함께 현장에 있었을 때 말입니다. 부인께선 핸드백을 찾아냈었죠."

"아, 네. 기억나요! 초저녁에 책상 서랍에 넣어뒀어요."

"좋습니다. 우리 네 사람만이 있는 상태에서 하는 이야기입니다만, 권총이 발사됐을 때 남편분과 함께 그 방에 있었던 사람이 누구라고 생각하십니까?"

이바는 짤막하게 대답했다. "당신이었어요."

"그것도 좋습니다." 메이슨이 건성으로 대꾸했다. "그런데 권총이 발사되기 직전에 남편분은 목욕을 하고 있었습니다."

이바는 처음으로 불안해하는 것 같았다.

"그랬는지 어땠는지 난 몰라요. 거기에 있던 건 당신이지 내가 아니잖아요."

"아니, 부인께선 잘 알고 있습니다. 남편분은 목욕중이었고, 욕조 밖으로 나와 몸을 닦지도 않고 목욕 가운을 걸쳤던 겁니다."

"그랬나요?" 이바는 기계적으로 되물었다.

"부인께선 남편분이 그랬다는 걸 알고 있고, 증거도 그 사실을 보여주고 있죠. 자, 그런데 남편분이 목욕중이었다면, 전 무슨 수로 그 사람과 만날 수 있었을까요?"

"하인이 당신을 데리고 간 게 아닐까요?"

메이슨이 미소를 지었다.

"하인은 그렇게 말하지 않았습니다."

"글쎄요, 전 모르겠어요. 제가 아는 것이라고는 당신 목소리를 들었다는 것뿐이에요."

메이슨이 느릿하게 말했다. "부인은 버크와 데이트를 하고 있었어요. 그리고 집으로 돌아왔죠. 이브닝드레스를 입고 있었을 때 핸드백을 지니고 있지 않았죠?"

"네, 그때는 가지고 있지 않았어요." 이바는 그렇게 말하더니 갑자기 입술을 깨물었다.

메이슨은 씩 웃었다.

"그 핸드백은 어떻게 남편분은 어떻게 책상 서랍에 들어가 있었던 겁니까?"

"모르겠어요."

"부인께서 의뢰비의 계약금으로 지불했던 금액에 대해서 제가 써드린 영수증을 기억하십니까?"

이바는 고개를 끄덕였다.

"그건 어디에 있습니까?"

이바가 어깨를 으쓱했다. "모르겠어요. 잃어버렸어요."

"그걸로 이야기가 맞아떨어집니다."

"무슨 이야기가요?" 이바가 물었다.

"당신이 남편을 살해했다는 사실 말입니다. 당신은 그날 무슨 일이 있었는지 말해주지 않을 테니까 제가 말씀드리죠. 당신은 버크와 데이트를 했습니다. 버크는 당신을 현관까지 바래다줬죠. 집 안으로 들어온 당신은 2층으로 올라갔고, 남편분은 그 소리를 들은 겁니다. 그는 그때 마침 목욕중이었고, 화가 머리 끝까지 나 있었습니다. 그는 당장 욕실에서 뛰쳐나와 목욕 가운을 두르고 자기 방으로 오라고 소리쳤죠. 조지 벨터의 방으로 들어가자, 그가 당신이 외출한 사이 핸드백

에서 찾아낸 두 장의 영수증을 내보인 겁니다. 두 장의 영수
증에는 제 이름이 적혀 있었죠. 바로 얼마 전에 집으로 찾아
와서 《스파이시 비츠》에 어떤 기사를 싣지 말라고 종용한 사
람이었습니다. 남편분은 보고 들은 걸 종합해서 제가 누구를
대리하고 있는지를 짐작할 수 있게 된 겁니다."

"어머나, 전 그런 소리를 들어본 적이 없어요!" 이바가 말했
다.

메이슨이 씩 웃었다. "안 듣긴요. 부인은 다 알고 있었습니
다! 그때 일이 다 틀렸다는 걸 깨닫고 남편을 총으로 쐈던 겁
니다. 그 사람이 쓰러지자 당신은 그곳을 빠져나왔는데, 그때
머리를 제대로 굴렸던 거죠. 권총을 일부러 떨어뜨렸던 겁니
다. 경찰이 해리슨 버크에게까지 추적의 손길을 뻗칠 테지만
그 이상은 밝혀내지 못하리라는 걸 알았기 때문이죠. 부인은
해리슨 버크를 사건에 끌어들여, 그 사람이 당신을 구출하지
않으면 안 되게 했던 겁니다. 또한 같은 이유로 절 끌어들이길
원했고요. 부인은 언덕을 뛰어 내려가 버크에게 전화를 걸어
큰일이 벌어졌다, 당신 권총이 발견될 테니 얼른 집에서 나와
어딘가에 숨는 게 낫겠다, 그리고 페리 메이슨에게 충분히 많
은 돈을 보내 이번 사건을 위해 뛰도록 만드는 것이 살아남을
수 있는 유일한 길이라고 말한 겁니다.

그런 다음에 제게 전화해서 사건 현장으로 나오게 만들었

고요. 부인은 남편과 함께 방에 있었던 남자의 목소리가 제 목소리였다고 했습니다. 제 도움이 필요했기 때문이었죠. 또한 제 목소리를 알아들었다는 거짓말로 제가 알리바이를 입증하지 못하도록 일을 꾸미고 싶었기 때문이기도 했습니다.

당신은 나와 해리슨 버크를 이 난장판에 끌어들인다면 우리 두 사람이 혐의를 벗으려고 노력하는 가운데 자신도 함께 안전해지도록 머리를 쓴 겁니다. 버크의 돈을 자본 삼아 제가 열심히 뛰면 사건은 어떤 식으로든 해결될 것이고, 곤경에 처하게 하면 제가 더 죽어라 뛸 거라고 생각했던 거죠.

남편과 함께 있던 남자의 목소리가 제 목소리인 줄 알았다고 말함으로써 부인이 절 얼마나 강한 힘으로 옭죄고 있는지, 그 사실만 모른 척하고 있으면 된다고 궁리했던 겁니다.

또, 만일 경찰이 부인에게 눈을 돌려 압박을 가하면 그 혐의를 그대로 제게 덮어씌워서 버크와 제가 혐의에서 벗어나기 위해 서로 이전투구하도록 내버려둘 생각이었겠죠."

석고처럼 하얗게 질린 이바 벨터는 공포가 어려 어두워진 눈길로 메이슨을 멍하니 쳐다봤다.

"당신은 그런 식으로 말할 권리가 없어요."

"권리 따위는 개한테나 주시죠! 증거가 있단 말입니다."

"무슨 증거요?"

메이슨은 매몰차게 웃었다. "어젯밤 부인께서 신문을 받는 동안 제가 뭘 하고 있었을 것 같습니까? 전 해리슨 버크와 연락을 취했고, 벨터 저택의 가정부와도 연락을 취했죠. 가정부는 부인을 감싸려고 했지만, 부인께서 버크와 함께 돌아왔고 남편분이 부인을 불러 위층으로 올라갔던 걸 알고 있더군요. 그리고 남편분이 초저녁부터 부인을 찾고 있었던 것과 부인의 핸드백을 들고 있던 것, 그리고 제 서명이 들어간 영수증 두 장을 찾아낸 것까지 알고 있었습니다.

수취인의 이름이 없는 영수증을 요청했을 때, 부인께서는 그것으로 문제가 없을 것으로 생각했겠죠. 하지만 영수증엔 제 서명이 남아 있었던데다 남편분은 제가 어떤 사건을 위해 뛰고 있는지 알았습니다. 이런 상황에 부인 핸드백에서 그 영수증이 발견되면 당신이 사건의 중심에 있는 여자임을 알게 될 것을 깜빡한 겁니다."

이바의 얼굴은 일그러졌다. "당신은 내 변호사예요. 내가 말해준 걸 이용해서 내게 불리한 증거를 만들어낼 수 없어요. 당신은 이해관계에 충실해야 한다고요."

메이슨은 쓸쓸한 미소를 지었다.

"부인께서 절 살인 사건에 끌어들이고 자신은 홀가분하게 걸어 나가도록 꼼짝도 하지 말고 앉아 있으라는 건가요?"

"그렇게 말하지 않았어요. 내게 충성하기를 바랄 뿐이라고요."

"부인께선 충성 같은 말을 하실 입장이 아니죠."

이바는 다른 방어 수단을 써먹으려고 했다.

"지금 한 말은 모두 거짓말이에요. 당신은 그걸 입증할 수도 없고요."

페리 메이슨은 모자로 손을 뻗었다.

"증명하지 못할 수도 있죠. 하지만 부인께선 어젯밤 지방 검사에게 터무니없는 진술을 늘어놨습니다. 전 지금 가서 진술할 겁니다. 제가 진술을 하고 나면 검사와 경찰은 사건의 진상에 대해서 여러 가지를 알게 될 거고요. 흉기에 관해 해리슨 버크에게 전화해서 도망치라고 한 일이며, 버크와 바람피운 걸 남편이 알아내지 못하도록 하려던 부인의 동기 등을 알게 되면 경찰은 사건 해결이 수월해지겠죠."

"난 남편의 죽음으로 얻는 이익이 조금도 없다고요."

메이슨이 쌀쌀맞게 말했다. "그게 또 다른 교활한 점이죠. 그건 당신이 저지른 다른 모든 일들과 전혀 다를 바가 없습니다. 겉으로 보기에는 선한 것처럼 손을 잘 썼는데, 실상 제대로 통할 정도로 현명하진 못했던 거죠. 유언장을 위조한 건 제대로 해치우긴 했지만요."

"그게 무슨 뜻이죠?"

메이슨이 딱 잘라 말했다. "말한 그대로의 뜻입니다. 남편 분이 부인을 재산상속 대상에서 제외했다는 말을 했거나, 당신이 남편분의 금고에서 유언장을 발견했겠죠. 어쨌든 당신은 유언장의 조항을 알게 됐고, 그게 어디에 보관되는지 알고 있었던 겁니다. 당신은 유언장을 어떻게 처리할까 궁리에 궁리를 거듭했죠. 유언장을 없애버려도 칼 그리핀과 그의 변호사인 아서 애트우드가 이미 유언장을 봤고, 남편분이 그 내용을 말해줬기 때문에 당신에게 아무런 이익이 없다는 걸 잘 알고 있었습니다. 유언장이 없어지면, 그들이 부인을 의심할 거고요.

하지만 만일 그리핀이 유언장을 근거로 해서 상속을 주장하도록 만들어놓고 유언장이 위조됐다는 걸 입증할 수 있다면, 그리핀을 의심스러운 입장에 처하게 만들 수 있다고 머릴 굴린 겁니다. 따라서 부인은 남편분이 자필로 작성한 유언장을 위조한 거죠. 쉽게 발각되도록 엉성하게 위조했지만, 문장은 하나도 틀리지 않게 그대로 갖다 쓰고요. 그러고는 부인이 필요할 때 언제든지 손에 넣을 수 있는 곳에 위조된 유언장을 놓아둔 겁니다.

절 집으로 데려가서 시신을 살펴보게 하는 동안, 당신은 감정을 억누르지 못한 척하며 시신에 다가가려고 하지 않았죠. 제가 이것저것 살펴보느라 바쁜 동안에, 부인께서는 원본 유언장을 꺼내 찢어버린 겁니다. 그러고는 위조된 유언장을 놓아둔 거고요. 그리핀과 그의 변호사는 함정으로 걸어 들어와 그 유언장이 조지 벨터의 자필 유언장이라고 주장했습니다. 진짜 유언장의 조항을 이미 알고 있었으니까요.

사실 너무나도 엉성한 위조이기 때문에 그게 원본이라는 걸 증언할 필적감정 전문가를 부르고 자시고 할 필요도 없을 겁니다. 그리핀과 변호사는 지금 자신들이 처한 입장을 깨달았겠지만, 이미 유언장을 제출해버렸고 그게 진본이라는 뜻의 진술서까지 작성해버렸단 말입니다. 그들은 이제 뒤로 물러서지도 못할 겁니다. 참으로 교활합니다."

이바는 침대에서 천천히 일어섰다.

"당신은 그걸 입증할 증거가 있어야 해요." 그녀의 목소리는 떨리고 힘이 없었다.

메이슨은 드레이크에게 고개를 끄덕였다.

"옆방으로 가주겠나, 드레이크. 그곳에 베이치 부인이 와 있을 거야. 내 말을 뒷받침하도록 이리로 데려와줘."

드레이크의 얼굴은 감정이 전혀 드러나지 않는 가면 같았다. 그는 일어서서 옆방으로 통하는 연결문으로 걸어갔다. 그리고 그 문을 열었다.

"베이치 부인." 드레이크가 불렀다.

뭔가가 움직이며 바스락거리는 소리가 들렸다.

키가 크고 삐쩍 말랐으며 온통 새까만 옷을 걸친 베이치 부인이 아무런 감정이 실리지 않은 눈으로 앞을 똑바로 보면서 방 안으로 걸어 들어왔다.

"안녕하세요." 부인이 이바 벨터에게 인사했다.

메이슨이 끼어들었다. "잠깐만요, 베이치 부인. 벨터 부인에 관해 진술하시기 전에 분명히 해두고 싶은 게 한 가지 더 있습니다. 미안하지만, 잠깐 옆방으로 다시 가주시겠습니까?"

베이치 부인은 발길을 돌려 방금 나온 방으로 되돌아갔다.

폴 드레이크가 무슨 영문인지 모르겠다는 눈길로 재빨리 메이슨을 훔쳐보며 문을 닫았다.

이바 벨터가 복도로 통하는 문 쪽으로 두 걸음 걷다가 갑자기 쓰러질듯 앞으로 휘청거렸다. 메이슨이 앞으로 고꾸라지려는 이바의 몸을 부축했다. 드레이크가 다가와 이바의 다리를 들었다. 두 사람은 그녀를 침대로 옮겨 눕혔다.

연필을 내려놓은 델라는 작게 비명을 지르며 의자를 뒤로 밀쳤다.

메이슨은 델라를 돌아보며 사납게 말했다.

"거기에 그대로 있어! 지금부터 나오는 이야기를 몽땅 다 적어줘! 단 한 마디도 빼놓지 말고!"

메이슨은 세면대로 가서 찬물에 수건을 적시고, 그걸로 이바 벨터의 얼굴을 다독거렸다. 드레이크도 함께 그녀의 옷 앞섶을 느슨하게 하고 수건으로 가슴을 다독거렸다.

이바는 헐떡거리며 의식을 되찾았다. 그녀는 메이슨을 올려다보며 말했다.

"페리, 제발 절 살려주세요."

메이슨은 고개를 가로저었다.

"전 부인을 살려줄 수 없어요. 절 속이려고 하면요."

"모든 걸 털어놓을게요." 이바가 흐느꼈다.

"좋습니다. 어떻게 된 일이었죠?"

"다 당신이 말한 대로예요. 다만 베이치 부인이 알고 있는 줄은 몰랐다는 것만 빼고요. 조지가 날 부르는 소리나 총소리를 들은 사람이 있으리라고는 미처 생각지 못했어요."

"남편분을 쐈을 때 어느 정도 가까이 있었습니까?"

이바는 단조로운 목소리로 대답했다. "난 방 반대편에 있었어요. 솔직히 말하자면, 총을 쏠 의도는 없었어요. 충동적으로 쐈을 뿐이라고요. 조지가 난폭하게 굴 때 내 몸을 지키기 위해 권총을 가지고 있었죠. 혹시나 그이가 날 죽이려 들지 않을까 두려웠거든요. 성질이 포악해서 만일 내가 해리슨 버크와 데이트를 하고 있다는 걸 눈치채기라도 하는 날이면 틀림없이 무서운 짓을 할 거라고 예상하고 있었어요. 결국 조지에게 들켰다는 걸 알고 권총을 손에 쥐었죠. 남편이 다가오자 난 비명을 지르며 방아쇠를 당겼어요. 그러곤 바로 그 자리에 권총을 떨어뜨렸던 것 같아요. 확실치는 않지만요. 진심으로, 당시에는 버크를 사건에 끌어들일 생각은 없었어요. 머릿속이 너무나 혼란스러워 아무 생각도 할 수 없었으니까요. 그저 정신없이 바깥의 어둠 속으로 뛰쳐나갔죠.

바보는 아니라서 얼마나 곤란한 일들이 닥칠지 알고 있었어요. 특히나 비치우드 인에서 살인 사건이 벌어졌을 때 해리슨 버크와 함께 있었다는 사정까지 있었으니까 말이에요.

정신없이 빗속으로 달려 나갔을 뿐 무엇을 하고 있는지 몰랐어요. 현관의 옷걸이에서 코트 하나를 집어 든 기억은 있어요. 하지만 내 코트를 가지고 나오지 않은 걸로 봐도 내가 얼마나 정신이 나가 있었는지 알 수 있을 거예요. 내 외투가 그곳에 있었는데도 칼 그리핀이 가끔 입는 낡은 오버코트를 들고 나온 거라고요. 난 그걸 몸에 두르고 계속 달렸어요. 잠시후, 어느 정도 정신이 들자 당신에게 전화를 거는 편이 좋겠다는 생각이 들었어요. 그때는 조지가 죽었는지 어땠는지 모르고 있었어요. 하지만 남편과 얼굴을 맞대야만 한다면, 당신이 곁에 있어주길 바랐던 거죠.

남편이 날 쫓아오지 않으니 진짜로 죽어버린 게 아닌가 겁이 났어요. 그건 미리 계획됐던 게 아니라 충동적으로 저지른 일이었어요. 남편이 제 핸드백을 찾아서 뒤진 거예요. 편지가 있는지 뒤져보는 게 남편 습관이었죠. 핸드백 안에 편지를 넣어둘 정도로 어리석진 않았지만, 두 장의 영수증을 남겨뒀기 때문에 남편은 짐작 끝에 답을 찾아냈어요.

집으로 돌아왔을 때 남편은 목욕을 하고 있었어요. 내가 들어오는 소리를 들었나 봐요. 남편은 욕조에서 나와 목욕 가운을 걸치고는 날 향해 고함을 지르기 시작했어요. 얼른 올라갔더니 남편이 영수증을 손에 들고 있더군요. 해리슨 버크와 함께 있었던 여자가 나라고 비난을 퍼붓더니 이런저런 일들로 다그쳤어요. 그러고는 돈 한 푼 주지 않고 내쫓겠다고 하더라고요. 순간 흥분해서 권총을 손에 쥐고 남편을 쐈죠.

약국까지 와서 당신에게 전화를 걸려는 순간, 내 뒤를 봐줄 누군가가 필요하다는 생각이 퍼뜩 들었어요. 내 명의로 된 돈이 없었으니까요. 그 부분은 이미 말씀드렸죠? 남편이 모든 돈을 거머쥐고 내게는 조금씩 줄 뿐이었어요. 난 유언장이 칼 그리핀에게 유리하게 되어 있다는 걸 알고 있었고, 유언장이 검인 수속을 밟고 있는 중에는 유산에서 한 푼도 손에 들어오지 않을까 걱정됐어요. 해리슨 버크는 이번 사건에 자신의 이름이 결부되는 걸 두려워해서 날 구해주지 않을 거라는 것도 알고 있었어요. 난 돈이 필요했고, 또 뒤를 봐줄 사람도 필요했죠. 그래서 해리슨 버크에게 전화해서 그 사람을 사건에 끌어들였던 거예요. 난 버크에게 큰일이 벌어졌고 당신 권총이 그 사건과 관련되어 있다고 말해줬어요. 누가 조지를 살해했는지는 모르지만 당신의 권총이 바닥에 떨어져 있는 건 알고 있다고도 했죠.

이 속임수가 당신에게는 전혀 먹히지 않았지만 버크에게
는 효과가 있었어요. 버크는 미친 것처럼 날뛰더라고요.

전 그 사람에게 당장 해야 할 일은 얼른 몸을 숨기는 거라
고 말해줬죠. 그리고 가능하면 그 권총이 당신 것이라는 걸
경찰이 알아내지 못하도록 손을 쓰라고 했어요. 그와 동시에
메이슨 씨가 할 수 있는 일은 뭐든지 할 수 있도록 충분한 돈
을 보내는 게 좋겠다고도 했고요. 버크와 그런 통화를 한 후
에 당신에게 전화해서 나와달라고 한 거죠.

당신이 차를 몰아 그곳으로 오는 동안 생각했어요. 만약
에 당신이 자신을 구하기 위해서라도 날 구하지 않으면 안 될
입장에 처하게 만들 수 있다면, 그리고 또 경찰이 제게 혐의
를 돌리기 시작하면 경찰에 진술할 좋은 핑곗거리가 있으면
좋을 것 같다고요.

그 점에 관해서는 당신 생각이 옳았어요. 당신은 머리가
비상하고 능수능란해서 경찰이 당신을 유죄로 만들 수 없다
는 걸 난 알고 있었죠. 당신이라면 너끈히 혐의를 벗을 수 있
을 테니, 경찰이 날 옭죄어오면 어제 경찰에서 진술한 그대로
의 정보를 제공해서 당신을 뒤쫓게 만들고 난 혐의를 벗어야
겠다고 생각했죠. 일단 경찰이 당신을 표적으로 삼아 수사를
벌인 후라면 다시 내게 혐의를 둔다고 하더라도 쉽사리 빠져
나갈 수 있다는 걸 알고 있었으니까요."

메이슨은 폴 드레이크를 쳐다보며 고개를 가로저었다.

"어때? 함께 놀기에 정말 좋은 친구 아닌가?"

그때 방문을 노크하는 소리가 들렸다.

메이슨은 방 안에 있는 사람들을 둘러보고, 까치발로 걸어가 문을 열었다.

시드니 드럼이 문 앞에 서 있었다. 그의 뒤에 또 한 명의 남자가 서 있었다.

"여, 페리. 정말 찾기 힘들구먼. 델라 스트리트를 미행해서 이 호텔까지 따라왔는데 자네가 어떤 이름으로 투숙했는지 알아내는 데 엄청나게 시간이 걸렸어. 귀찮게 해서 미안하지만 나와 잠깐 드라이브를 해줘야겠어. 검사님께서 자네에게 몇 가지 물어볼 게 있으시다네."

메이슨은 고개를 끄덕였다. "우선 좀 들어오지."

이바가 작은 소리로 비명을 질렀다. "페리, 당신은 날 보호해줘야 해요! 다 털어놨잖아요. 내 뒤를 봐줘야 한다고요!"

메이슨은 그녀를 빤히 쳐다보다가 시드니 드럼 쪽으로 확 돌아섰다. "시드니, 자네 오늘 운수대통이야. 범인을 체포할 수 있으니까. 이쪽은 이바 벨터인데, 지금 막 자기 남편을 살해했다고 자백했네."

이바는 비명을 지르며 벌떡 일어서다가 휘청거렸다.

드럼은 메이슨과 이바 벨터의 얼굴을 번갈아 쳐다봤다.

"사실이야." 폴 드레이크가 거들었다.

메이슨이 델라를 향해 손짓했다.

"저기에 다 적혀 있어, 속기로. 증인도 있고, 이 여자가 말한 그대로의 진술서도 있거든."

시드니 드럼이 작게 휘파람을 불었다.

"어처구니없는 친구로군. 페리, 자네 운이 좋군! 검사실은 자넬 살인 혐의로 기소하려고 했단 말이지."

메이슨의 말소리가 거칠어졌다. "운이라니? 난 이 여자가 정직하게 나오면 기꺼이 기회를 주려고 했어. 그런데 내게 누명을 씌우려고 한다는 걸 신문에서 읽고, 나도 진상을 폭로해야겠다고 결심했지."

"자네 정말로 해리슨 버크가 있는 곳을 알고 있나?" 드레이크가 물었다.

"당치도 않는 소리! 내가 그걸 어떻게 알겠어? 난 어젯밤에 이 방에서 한 발자국도 나가지 않았는데. 그저 방 안에 앉아 거듭 생각했지. 베이치 부인에게 연락해서 이바 벨터가 오늘 아침 이곳으로 올 테고, 신문기자들에게 발표할 진술서의 내용을 맞추고 싶어 한다고 말해줬어. 그러고는 베이치 부인에게 택시를 보내 이곳으로 데려온 거야."

"베이치 부인은 진술할 때 자네의 말이 맞는다고 하진 않을 것 같은데?"

드레이크가 묻자 메이슨이 대답했다.

"모르겠어. 내 말을 지지하지 않을 것 같긴 해. 난 베이치 부인과 아무 말도 하지 않았어. 나와는 이야기 자체를 하지 않으려고 했거든. 어쨌든 뭔가를 감추고 있다고 생각해. 베이치 부인이 뭔가를 알고 있다는 것만으로 충분했지. 그래서 살짝 압박을 가할 목적으로 자네더러 문을 열게 하고 이바 벨터가 베이치 부인을 보기만 하도록 했던 거야."

이바 벨터는 창백한 얼굴로 메이슨을 노려봤다.

"나쁜 놈! 남의 등이나 찌르는 배신자 같으니!"

이러한 아이러니에 종지부를 찍은 건 시드니 드럼이었다.

"이런, 이런. 페리, 자네가 있는 곳을 우리에게 알려준 게 이바 벨터였어. 오늘 아침 당신을 만나러 갈 건데, 누군가 다른 사람이 올 때까지 기다렸다가 그 사람을 미행하고 따라온 척하라고 하더군. 경찰이 자기 대신 델라 스트리트나 다른 사람을 따라온 것으로 생각하게 하고 싶었던 모양이야."

메이슨은 아무 말도 하지 않았다. 삽시간에 진절머리 난다는 표정이 그의 얼굴을 뒤덮었다.

16

페리 메이슨은 몹시 피곤한 얼굴로 사무실에 앉아 있었다.

델라 스트리트는 책상 맞은편에 앉아 그의 눈길을 피하고 있었다.

"그 여자를 별로 좋아하지 않는 줄 알았는데?"

델라는 계속 시선을 돌린 채였다.

"좋아하지 않아요. 하지만 소장님이 범인을 폭로했다는 게 언짢다고요. 그녀는 곤경에서 빠져나오려고 소장님께 매달렸어요. 그런 사람을 경찰에 넘겨버렸잖아요."

"그런 게 아니야. 그저 희생양이 되는 걸 거부했을 뿐이지."

델라가 어깨를 한번 으쓱하고 느릿느릿 말했다.

"전 소장님을 오랫동안 알았어요. 그동안 언제나 의뢰인들이 먼저 찾아왔어요. 소장님이 사건을 만들지도, 의뢰인을 만들지도 않으셨죠. 그저 의뢰인이 찾아오면 받아들이기만 하셨어요. 대개는 거의 가망이 없는 것처럼 보이는 사건들이었죠. 하지만 소장님이 의뢰인들을 대리하는 동안에는 절대 등을 돌린 적이 없었어요. 싸움을 멈추신 적이 없었다고요."

"이게 뭐지? 설교인가?"

"네." 델라가 딱 잘라 말했다.

"그렇다면 계속해보라고."

델라는 고개를 가로저었다.

"끝났어요."

메이슨은 의자에서 일어나 델라 곁으로 가서, 그녀의 어깨에 손을 올렸다.

"델라, 한 가지 부탁할 게 있어."

"그게 뭔데요?"

"제발 날 믿어줘." 메이슨이 힘없는 목소리로 말했다.

델라는 얼굴을 들어 메이슨과 눈을 맞췄다.

"그럼……?"

메이슨이 끄덕였다.

"그 여자는 배심원단이 유죄라고 판결하기 전까지는 빌어먹을 살인죄를 선고받은 게 아니야."

"그녀는 더이상 소장님의 손을 잡으려 하지 않을 거예요. 다른 변호사를 구할 테고, 자백까지 해버렸어요. 그런데 어떻게 구하실 건가요? 경찰에도 같은 자백을 했고 서명까지 했는데요."

"자백은 신경 쓸 필요 없어. 합리적으로 의심이 가는 부분이 하나도 없어야만 유죄판결을 내릴 수 있으니까. 배심원단이 합리적인 의심을 가지면 유죄를 선고할 수 없지. 아직은 그여자를 자유롭게 할 수 있단 말이야."

델라는 메이슨을 노려봤다.

"경찰이 그 여자를 의심하게 만들 결정적인 정보를 흘리는 데에 어째서 폴 드레이크를 이용하지 않으셨어요? 왜 소장님께서 직접 경찰에 말씀하셨어요?"

"그 여자가 경찰이 무슨 질문을 하더라도 빠져나갈 수 있도록 거짓말을 했기 때문이지. 그 여자는 머리가 비상해. 내게도움을 청했으면서도 경찰 패거리가 바짝 조여오면 언제라도날 늑대 밥으로 던져 줄 생각을 갖고 있었단 말이지."

"그래서 거꾸로 소장님께서 그 여자를 던져 준 건가요?"

"뭐, 굳이 그런 식으로 말하고 싶다면, 맞아." 메이슨은 순순히 인정하며 델라의 어깨에서 손을 떼었다.

델라는 일어서서 대기실 쪽으로 걸어갔다.

"칼 그리핀이 와 있어요. 아서 애트우드 변호사와 함께요."

"들여보내줘." 메이슨이 풀 죽은 목소리로 말했다.

델라는 대기실로 통하는 문을 열고 두 사람을 들어오도록 했다.

칼 그리핀의 얼굴에는 방탕한 생활의 흔적이 남아 있었으나, 그럼에도 침착하고 정중한 신사의 면모를 보여줬다. 그는 문을 들어설 때 델라의 양해를 구하는 인사를 했다. 그런 다음 메이슨에게는 별 뜻이 없는 사교적인 미소를 지어 보였다.

"안녕하십니까?"

아서 애트우드는 사십 대 후반의, 햇빛이 조금 필요한 듯한 창백한 얼굴의 사내였다. 눈은 초롱초롱했지만 침착함을 잃고 있었다. 넓게 벗어진 머리의 경계에만 머리카락이 남아 양쪽 귀를 덮고 있기 때문에 뒤에서 보면 마치 흐릿한 달무리를 이루고 있는 것처럼 보였다. 입술에는 의미 없는 직업적인 미소가 떠올라 있었다. 그 미소로 인해 코에서부터 양쪽 입가에 이르는 깊숙한 고랑이 생기고, 양쪽 눈꼬리에는 잔주름이 자글자글했다. 애트우드는 판단하기 어려운 인물이었지만 적으로 삼으면 극히 위험하리라는 점만은 분명했다.

메이슨이 손님들에게 의자를 권했고, 델라가 문을 닫았다.

칼 그리핀이 먼저 말했다. "메이슨 씨, 당신께 용서를 빌어야겠습니다. 처음에 당신의 진의를 오해한 것 같아서요. 지금은 벨터 부인이 자백한 게 당신의 현명한 수사 덕분이라고 생각하고 있습니다."

아서 애트우드가 싹싹한 태도로 끼어들었다. "그 이야기는 나에게 맡겨주시오, 칼."

그리핀은 얼굴 가득 웃음을 띄우며 정중하게 자기 변호사에게 고개를 숙였다.

아서 애트우드는 의자를 책상 가까이로 끌어당겨 앉아 메이슨을 쳐다봤다. "어떻습니까, 변호사님? 우린 서로를 잘 이해하고 있다고 보고 있습니다만……."

"글쎄요, 전 정말 그런지 확신할 수가 없는데요." 메이슨이 대꾸했다.

미소를 짓고 있던 애트우드의 입술이 살짝 뒤틀렸지만, 번득이는 눈에서는 유머의 흔적이라고는 눈곱만큼도 보이지 않았다.

"당신은 유언장 검인의 이의를 제기하는 데 있어서 이바 벨터의 변호인으로 등록되어 있습니다. 또한 그녀를 특별 상속재산관리인으로 지정해달라는 신청에 있어서도 마찬가지고요. 만약 당신이 그러한 이의 제기와 신청을 아무런 편견 없이 취하해주신다면 일이 간단해질 겁니다."

"누구를 위해서 간단해진다는 겁니까?"

애트우드가 자신의 의뢰인 쪽으로 손을 들어 보였다.

"당연히 그리핀 씨에게죠."

"난 그리핀 씨를 대리하고 있지 않는데요." 메이슨이 딱 잘라 말했다.

애트우드의 눈이 입술에 맺힌 미소에 합류하며 웃는 모양을 지었다.

"물론 그게 사실이죠, 현재는요. 하지만 솔직하게 말합니다만, 제 의뢰인은 이번 사건에서 당신이 보여준 보기 드문 재능과 당신이 처음부터 끝까지 고집한 공정성을 추구하는 모습에 깊은 감명을 받았습니다. 물론, 여러 상황들이 고통스럽고 수치스럽게 얽혀 있었죠. 제 의뢰인에게는 참으로 커다란 충격이었습니다. 그렇기는 해도 지금에 와서는 무슨 일이 있었는지 조금의 의문도 없이 다 밝혀졌고, 제 의뢰인은 상속받은 재산을 운영하는 데 유능한 조언자가 많이 필요해질 겁니다. 제가 말씀드리는 뜻을 이해해주실 것으로 봅니다만……."

"정확히 말하고자 하는 게 뭡니까?" 메이슨이 물었다.

애트우드가 한숨을 쉬었다.

"그건 저…… 우리 세 사람만이 있는 이 자리에서 솔직히, 아니 까놓고 말하자면, 제 의뢰인은 《스파이시 비츠》를 발행하는 데 있어서 전문적인 감독이 필요하다는 걸 알게 된 겁니다. 물론 전 유산의 수입과 지출을 대리하는 일로 분주할 것이기 때문에, 제 의뢰인은 특히 그 신문의 운영에 관해 유능한 변호사의 조언을 받는 게 좋을 것 같다고 제게 의논했습니다. 사실, 유언장을 검인하는 동안에 신문의 운영권을 인수할 필요도 있고요."

애트우드는 말을 멈추고 말똥말똥 빛나는 작은 눈으로 의미심장하게 메이슨을 쳐다봤다. 그런데도 메이슨이 아무런 말을 하지 않자 계속 말했다.

"그 일은 시간을 꽤 잡아먹을 겁니다. 물론 보상을 받을 거고요. 사실상 아주 좋은 조건의 보상일 겁니다."

메이슨이 통명스럽게 대꾸했다. "알았습니다. 왜 빙빙 돌려 말을 하십니까? 당신들이 내게 원하는 건, 현재 진행중인 모든 이의신청을 취하하고 그리핀 씨를 주인으로 인정하라는 것 아닙니까? 그러면 내게 얼마쯤의 돈을 주겠다고 제안하는 거고요."

애트우드가 불만스러운 듯 입술을 오므렸다.

"변호사님, 개인적으로 그렇게까지 노골적으로 밝혀 말하는 게 껄끄럽습니다만, 제 말을 잘 생각해보면 직업윤리의 틀을 벗어난 제안도 아니고 사태를 처리하는 조건을 충분히 갖추고 있다는 걸 알게 될 겁니다."

"말도 안 되는 소린 그만두시죠. 난 툭 터놓고 이야기하고 싶습니다. 당신이 싫어하더라도 난 까놓고 이야기할 겁니다. 당신과 난 적입니다. 당신은 그리핀 씨를 대리하고 있고, 유산을 손에 넣고 내놓지 않으려고 하고 있습니다. 난 벨터 부인을 대리하고 있고, 그 유언장을 법정에서 내던져버리려고 하고 있습니다. 그게 위조된 거라는 건 당신도 알고 있고요."

애트우드의 입술은 여전히 미소를 띠고 있었으나, 두 눈은 차갑고 험악해졌다.

"그렇게는 되지 않을 겁니다. 유언장이 위조된 것이든 아니든 간에 별 차이가 없습니다. 그 여자가 원본 유언장을 파기했으니까요. 범행을 자백하면서 그 사실을 인정했고요. 우린 파기된 유언장의 내용을 입증할 수 있습니다. 그걸 근거 삼아 재산을 상속받을 거고요."

"좋습니다. 그게 바로 소송이죠. 당신은 할 수 있다고 생각하고, 난 당신이 할 수 없다고 생각하는 것이."

애트우드가 반박했다. "게다가 그 여자는 남편을 살해했기 때문에 유산을 한 푼도 상속할 수 없어요. 유언장이든 다른 법적 문서가 있든 간에 자신이 살해한 사람의 유산을 상속하는 건 법률에 위배되니까요."

메이슨은 아무 대꾸도 하지 않았다.

애트우드는 자신의 의뢰인과 슬쩍 눈길을 교환했다.

"그 점에 의문이 있습니까?" 그가 메이슨에게 물었다.

"아, 물론이죠. 하지만 이 자리에서 당신과 논쟁을 할 생각은 없습니다. 배심원단 앞에 섰을 때 나의 논점을 이야기할 겁니다. 내가 아무것도 모르는 하룻강아지라고 생각하면 안 됩니다. 난 당신들이 뭘 원하는지 알고 있어요. 이바 벨터가 확실히 1급 살인죄의 판결을 받도록 하고 싶겠죠? 그리고 내가 살인 동기에 관한 증거를 제출하여 사전 계획이 있었다는 걸 입증해서 당신들을 도울 수 있다고 생각하고 있을 거고요. 만약 벨터 부인에게 1급 살인죄의 유죄 선고가 내려지면, 그녀는 유산을 한 푼도 상속받지 못하죠. 살인자가 유산을 상속받을 수 없도록 법률로 규정하고 있으니까요. 하지만 벨터 부인이 살인죄만 벗어난다면, 심지어 과실치사죄의 선고를 받는다고 하더라도 상속받을 수 있죠. 당신들은 유산이 탐나니까 내게 뇌물을 먹이려고 한 건데, 그런 수법은 통하지 않을 겁니다."

"계속 그런 식으로 나온다면, 메이슨 씨. 당신은 배심원단 앞에 서게 될 겁니다."

"아, 그래요? 이걸 시쳇말로 뭐라고 합니까? 협박?"

"당신은 우리가 영원히 유산에 손대지 못하게 할 수는 없어요. 그리고 일단 우리가 유산을 손에 넣으면 몇 가지 중요한 결정을 할 겁니다. 그중 일부는 당신의 활동에 영향을 미칠 수도 있을 거고요."

페리 메이슨이 벌떡 일어섰다.

"똑같은 말이 되풀이되는 게 마음에 들지 않네요. 내가 해야 할 말을 분명히 말해두죠."

애트우드는 여전히 정중한 태도를 유지했다.

"변호사님께서 말씀하셔야 한다는 게 정확히 무엇입니까?"

"거절입니다!" 메이슨이 폭발하듯 쏘아붙였다.

칼 그리핀이 미안하다는 듯 헛기침을 하며 끼어들었다.

"아, 두 분 다 잠깐만요. 제가 이 상황을 단순하게 만들 방법을 제안할 수도 있을 것 같은데요."

애트우드가 그리핀을 제지했다. "나서지 마십시오. 제가 이야기를 진행하고 있으니까요."

그리핀이 메이슨에게 미소를 지어 보였다.

"기분 나쁘게 생각하지 마십시오, 메이슨 씨. 이건 사무적인 일입니다."

"제발, 제 말을 들으세요." 애트우드가 의뢰인을 응시했다.

"아, 알겠어요." 그리핀이 순순히 물러섰다.

메이슨은 문을 향해 손짓했다. "신사 여러분, 이것으로 회담은 끝난 것 같군요."

애트우드가 끝까지 물고 늘어졌다. "메이슨 씨, 당신이 이의신청을 취하한다면 시간을 낭비하지 않을 수 있을 겁니다. 현 상황에서는 우리의 입장이 전적으로 유리하다는 걸 당신도 인정해야 합니다. 그 사실을 보여주는 데 드는 시간과 비용이 아깝다는 거죠."

메이슨은 돌처럼 차가운 눈길로 애트우드를 노려봤다.

"이것 보십시오, 당신네들이 완전히 유리한 입장에 있다고 생각하는 건 자유입니다만, 당장은 내가 실권을 잡고 있습니다. 그리고 그걸 놓고 싶지도 않군요."

애트우드가 결국 평정심을 잃고 말았다.

"어디 두고 봅시다. 앞으로 24시간 동안 실권을 쥐고 있을지!"

"못 쥐고 있을 것 같습니까?"

"이 점을 상기시켜드리죠, 메이슨 씨. 당신이 살인 사건 공범으로 몰릴 수도 있다는 걸요. 내 의뢰인이 이제 합법적인 상속인이 된 이상, 경찰은 이 문제에 관한 한 의심할 바 없이 우리가 바라는 대로 따라줄 겁니다."

메이슨이 애트우드 쪽으로 걸어갔다.

"내 입장에 관해 당신의 주의가 필요하면 당신에게 전화를 하리다, 애트우드 씨."

"그것도 좋죠. 당신이 오늘 이야기에 동의해주지 않는다면 끝까지 싸울 수밖에요."

"그거 괜찮네요. 난 오늘 이야기에 동의하고 싶지 않군요."

애트우드는 의뢰인에게 손짓했고 두 사람은 문으로 걸어갔다.

애트우드는 잠시도 망설이지 않고 밖으로 나갔으나, 칼 그리핀은 뭔가 할 말이 있는 듯이 문손잡이를 잡은 채 걸음을 멈췄다.

그러나 메이슨의 태도가 별로 호의적이지 않았다. 그리핀은 어깨를 으쓱하고 자기 변호사의 뒤를 따라 밖으로 나갔다.

두 사람이 돌아가자 델라가 안으로 들어왔다.

"저 사람들과 합의 같은 걸 한 건가요?"

메이슨은 고개를 가로저었다.

"우리가 지는 건 아니겠죠?" 델라는 메이슨의 눈길을 피하며 물었다.

메이슨은 그사이 나이를 열 살은 더 먹은 것처럼 보였다.

"델라, 난 시간을 얻으려고 애쓰고 있어. 만약 저들이 내게 시간을, 그리고 몸을 자유롭게 움직일 수 있는 공간을 준다면 지금의 상황을 잘 헤쳐나갈 수 있을 거야. 하지만 그 여자가 자기만 살려고 날 진흙탕 속으로 끌어들였단 말이야. 그러다 보니 내게 남겨진 수단은 하나밖에 없었어. 내가 바깥에서 의미 있는 일을 할 수 있도록 여자를 가둬놓지 않을 수가 없었지."

"일일이 설명하지 않으셔도 돼요, 소장님. 제가 비난처럼 들리는 말을 했다면 사과할게요. 너무나 의외의 일이 벌어진 데다 전혀 소장님답지 않았기 때문에 놀라서 말이 헛나왔나봐요. 그뿐이에요. 잊어주세요."

델라는 그렇게 말하면서도 여전히 메이슨의 눈길을 피하고 있었다.

"당연히 그래야지. 폴 드레이크의 사무실에 가 있겠어. 중

요한 일이 생기면 그곳으로 전화해줘요. 내가 어디에 있는지
는 아무에게도 말하지 말고."

17

사무실 한쪽 구석에 놓인 낡아빠진 책상에 앉아 있던 폴 드레이크는 웃는 얼굴로 페리 메이슨을 맞았다.

"아, 아주 현명한 방법이었어. 처음부터 소매 속에 감춰두고 있었던 건가, 아니면 갑자기 상황이 나빠져서 여자에게 뒤집어씌운 건가?"

메이슨의 눈빛이 침통했다. "무슨 일이 있었는지 짐작은 하고 있었어. 하지만 짐작하는 것과 증거를 입수하는 건 별개의 문제지. 이제 여자를 구해야겠군."

"그 일은 포기해. 첫째로 그 여자에겐 구해줄 가치가 없고, 둘째로 자네가 할 수 있는 일이 아니니까. 그 여자가 유일하게 주장할 수 있는 건 정당방위인데, 발포했을 당시 남편이 그녀를 해칠 수 있을 정도로 가까운 거리가 아니라 방 반대편에 있었다는 걸 인정했기 때문에 먹히지 않을 거라고."

"아니, 그 여자는 내 의뢰인이야. 난 당연히 의뢰인의 편이 되어야 하고. 그 여자가 억지로 내 손을 묶으려고 했기 때문에 그런 수를 쓸 수밖에 없었을 뿐이야. 그렇게 하지 않았다면 둘 다 진흙탕 속에 빠져 옴짝달싹 못 하고 있었을 거야."

"난 그 여자에게 어떤 배려도 베풀 생각이 없어. 돈과 결혼할 기회를 노리다가 결국 기회를 잡았고, 그후로 줄곧 사람들을 속여먹으면서 배신을 일삼아온 사람이야. 자네가 늘 입에 달고 사는 의뢰인에 대한 의무라는 것도 좋지만, 의뢰인이 자네에게 살인죄를 덮어씌운다면 이야기가 다르지."

메이슨은 침통한 눈빛으로 사립 탐정을 바라봤다.

"그런 건 중요하지 않아. 어쨌든 그 여자를 구할 생각이야."

"어떻게 구한단 말인가?"

"분명히 해두지. 그 여자는 유죄선고를 받을 때까진 무죄라고."

"자백을 했잖아!"

"그래도 마찬가지야. 자백이라는 건 재판에서 그 여자에게 불리하게 사용될 수 있는 증거에 불과해."

"흠, 배심원단은 어떻게 나올까? 자네가 그 여자를 구하려면 정신이상이나 정당방위를 근거로 내세워야 할 텐데…….그 여자는 자네를 몹시 싫어하잖아. 지금쯤 다른 변호사를 구했을 테고."

"그게 문제란 말이지. 그것도 상황을 해결할 수 있는 방법 중 하나가 될 수 있겠지. 난 지금 결과에 대해서 말하고 있는 거야. 자네가 베이치 모녀에 대해서 샅샅이 조사해줬으면 좋겠어. 아주 과거의 일부터 최근까지 말일세."

"가정부를 말하는 거야?" 드레이크가 물었다.

"딸을 포함해 모든 가족들에 관해서."

"자넨 지금도 가정부가 뭔가를 숨기고 있다고 생각하나?"

"그래, 분명 뭔가를 숨기고 있어."

"좋아, 가정부를 조사해보라고 사람을 풀어놓지. 조지아주 사건은 도움이 됐어?"

"굉장히."

"가정부에 관해서는 어떤 걸 조사하면 되겠나?"

"할 수 있는 건 다 해줘. 딸에 대해서도. 조그만 것도 놓치지 말고."

"페리, 자네 혹시 몰래 준비해둔 게 있나?"

"그 여자를 구해낼 거야."

"어떤 방법으로 구해낼 것인지도 생각해뒀나?"

"계획이 있어. 애초에 빼낼 수 있는 방법을 생각해두지 않았다면 체포되도록 만들지도 않았을 거야."

"자네에게 살인죄를 뒤집어씌우려고 했는데도 말이야?"

드레이크는 호기심이 가득한 얼굴로 물었다.

"내게 살인죄를 뒤집어씌우려고 했어도 마찬가지야."

메이슨은 고집을 피웠다.

"자넨 죽어도 의뢰인을 저버리지 않겠군."

"그걸 다른 사람들에게도 납득시킬 수 있으면 좋겠는데 말이야." 메이슨은 축 처진 목소리로 말했다.

드레이크가 날카로운 눈빛으로 메이슨을 쳐다봤다. 메이슨은 계속 말했다.

"그게 내가 살아가는 신조야, 폴. 난 변호사야. 곤경에 처한 사람들을 대리해서 그들이 곤경에서 벗어나도록 해주지. 난 시민의 입장이 아니라 피고인의 입장을 대리할 뿐이라고. 지방 검사는 시민의 입장을 대변하고 그에 가장 유리한 주장을 전개하지. 내 의무는 피고인의 입장에서 가장 유리한 입장을 주장하는 거야. 그런 다음 결정은 배심원단에게 맡기는 거지. 바로 이런 식으로 정의를 얻는 걸세. 지방 검사가 공정하게 나온다면 나도 공정하게 나가면 돼. 하지만 지방 검사는 유죄 선고를 받아내기 위해 가능한 한 모든 수단을 동원한단 말이지. 난 무죄 선고를 받아내기 위해 모든 수단을 동원하고. 이건 마치 두 팀이 미식축구를 하고 있는 셈이야. 한쪽 팀은 전진하기 위해 안간힘을 쓰고, 다른 팀은 그걸 저지하려고 안간힘을 쓰는 거지.

의뢰인을 위해 최선을 다한다는 건 내 직업적 강박 같은 거야. 나의 의뢰인들은 내가 최선을 다해 제공하는 서비스를 받을 자격이 있어. 의뢰인들이 유죄인지 아닌지를 결정하는 건 나의 일이 아니야. 그건 배심원단의 몫이지."

"자넨 이 여자가 미쳤다는 걸 입증하기라도 할 셈인가?"

메이슨이 어깨를 으쓱하며 말했다. "난 배심원단이 유죄판결을 내리는 걸 막으려는 거야."

"자백을 없던 걸로 할 순 없어. 분명한 살인이지 않나."

"자백이 있건 없건 간에, 배심원단이 유죄라는 판결을 내리기 전까진 유죄가 될 수 없어."

드레이크는 어쩔 수 없다는 듯 어깨를 으쓱했다. "우리가 그 문제에 관해 왈가왈부해봐야 소용없지. 난 사람을 풀어 베이치 모녀에 관한 쓸 만한 정보를 수집해볼게."

"굳이 이런 말을 할 필요는 없겠지만, 일분일초가 소중해. 내가 지금까지 온갖 수단을 사용하며 싸워온 것도 원하는 정보를 입수할 만큼 충분한 시간을 벌기 위해서였어. 서둘러줘. 결국 이건 시간을 다투는 문제야."

페리 메이슨은 사무소로 되돌아왔다. 피로로 인해 눈 밑의 살이 더욱 두드러져 보였지만, 눈빛은 여전히 침착하고 날카로웠다.

메이슨이 사무소 문을 여니 델라는 타자기 앞에 앉아 있었다. 그녀는 슬쩍 눈을 들어 메이슨을 쳐다봤다가 하던 일을 계속했다.

메이슨은 등 뒤로 문을 쾅 닫고 델라에게로 걸어갔다.

"델라, 제발 부탁인데 날 믿어주지 않겠어?"

델라는 힐끗 메이슨을 쳐다봤다.

"당연히 소장님을 믿죠."

"아니, 당신은 날 믿지 않고 있어."

"놀라서 잠깐 혼란스러웠던 것뿐이에요."

메이슨은 우울하고 실망한 기색이 가득한 눈길로 비서를 내려다봤다.

마침내 메이슨이 입을 열었다. "그래, 좋아. 우리 주의 인구 통계국에 전화를 걸어, 우리가 알아내고 싶은 정보를 입수할 때까지 계속 통화해줘요. 가능하면 부서장과 말하는 게 좋겠지. 돈은 얼마가 들어도 상관없어. 당장 정보가 필요하니까. 알고 싶은 건 노마 베이치가 결혼한 적이 있는지의 여부야. 내가 보기에는 있었을 것 같아. 그리고 또 하나, 이혼한 적이 있는지도 알고 싶어."

델라가 메이슨을 빤히 쳐다봤다.

"그게 이번 살인 사건과 무슨 관계가 있죠?"

"그건 내가 알아서 할 문제야. 어머니의 성과 같은 걸 보면 '베이치'가 그 여자의 본래 성일 거야. 그렇다면 결혼했을 때 혼인 증명서에 신부의 이름으로 그 이름이 적혀 있을 거고. 아, 물론 결혼한 적 없을지도 모르고, 다른 주에서 결혼했을 수도 있지. 아무튼 수상한 구석이 있단 말이야. 노마 베이치가 과거의 어떤 일을 숨기고 있는 게 분명해. 그게 무엇인지 알고 싶어."

"설마 노마 베이치가 이번 사건과 관련이 있다고 생각하시는 건 아니죠?" 델라가 물었다.

메이슨의 눈은 냉정했고 얼굴은 결의로 단단했다.

"내가 할 일은 오직 하나, 배심원단의 머릿속에 합리적인 의심을 불러일으키는 거야. 그 점을 잊지 말라고. 얼른 전화를 걸어 정보를 알아봐줘요."

메이슨은 안쪽에 있는 자기 사무실로 들어가서 문을 닫았다. 양쪽 엄지손가락을 조끼 주머니에 걸치고, 고개를 숙이고 생각에 잠긴 채 방 안을 왔다 갔다 했다.

방을 어슬렁거리는 동안 삼십 분이 지났다. 델라가 문을 열었다.

"소장님 짐작이 맞았어요."

"어떻게?"

"노마 베이치는 결혼한 적이 있어요. 인구통계국에서 얻은 정보예요. 육 개월 전에 해리 로링이라는 남자와 결혼했대요. 이혼 기록은 없고요."

메이슨은 크게 세 걸음 나아가 다급하게 문을 열어젖히고 대기실과 복도를 달리듯이 지나 계단으로 갔다. 두세 단씩 건너뛰며 폴 드레이크의 사무실이 있는 층까지 내려가 사무실

문을 마구 두들겼다.

폴 드레이크가 문을 열었다.

"뭐야, 자네잖아! 얌전히 사무실에 앉아 의뢰인을 기다릴 수는 없어?"

"들어봐, 드디어 내가 행운을 잡은 모양이야. 노마 베이치가 결혼했었다는군!"

"그게 뭐 어째서?" 드레이크가 물었다.

"칼 그리핀과 약혼했거든."

"이혼했을 수도 있지."

"아니, 이혼하지 않았어. 이혼할 틈이 없었던 거야. 결혼한 게 겨우 육 개월 전이니까."

"그래? 그래서 자네가 원하는 게 뭔가?"

"노마 베이치의 남편을 찾아줘. 이름은 해리 로링이야. 두 사람이 언제 별거를 시작했는지, 이유가 뭔지를 알아내줘. 특히, 그 여자가 이번에 벨터 저택을 방문하기 전에 칼 그리핀을 알고 있었는지를 알아봐주면 좋겠어. 달리 말하면 이번에 방문하기 전에 자기 어머니를 만나러 벨터 저택에 온 적이 있었는지 알고 싶다는 거야."

사립 탐정이 휘파람을 불었다.

"맙소사! 난 자네가 정서적 정신이상과 이바 벨터에게 유리한 관습법을 근거로 변호할 거라고 생각했는데."

"당장 시작할 수 있겠나?"

"로링이라는 친구가 시내 어딘가에 있으면 삼십 분 내로 조사할 수 있어."

"빠르면 빠를수록 좋아. 사무실에서 기다리지."

메이슨은 델라에게 아무 말도 하지 않고 그녀를 지나쳐 자기 사무실로 들어가려고 했다.

델라가 사무실로 들어가는 메이슨을 불러 세웠다.

"해리슨 버크가 전화했어요."

메이슨이 눈썹을 치켜세웠다.

"그 사람 어디에 있다던가?"

"말하려고 하지 않았어요. 나중에 다시 걸겠대요. 전화번호도 가르쳐주지 않더라고요."

"사건에 새로운 진전이 있다는 걸 알게 된 모양이군."

"그런 말은 없었어요. 그저 나중에 전화하겠다고만 했어요."

그때 전화벨이 울렸다.

델라가 전화를 안쪽 사무실로 연결하겠다는 손짓을 했다.

"아마 해리슨 버크의 전화일 거예요."

메이슨은 안쪽 사무실로 들어갔다.

델라의 말소리가 들렸다. "잠깐 기다려주세요, 버크 씨."

그 말소리를 듣고 메이슨이 수화기를 들자 버크의 목소리가 들렸다.

"안녕하십니까? 버크입니다."

버크의 목소리는 여전히 인상적으로 울림이 좋았으나 공포에 질린 기색을 숨기지 못했다. 목소리가 곧잘 높아지다가 빽빽거리는 소리를 냈지만 안간힘을 써서 원래의 목소리를 잊지 않으려고 했다.

"이거 일이 난처하게 돌아가는 것 같군요. 지금 막 신문을 읽었습니다." 버크가 말했다.

"걱정할 정도는 아닙니다. 당신은 살인 사건에 연루되지 않았거든요. 그저 가족의 친구인 척하고 계시면 됩니다. 다소 불쾌한 일은 있겠지만 살인 혐의를 받는 것보다는 낫겠죠."

"이 사건이 선거운동에 악용될 것 같아서요."

"뭘 악용한다는 겁니까?" 메이슨이 물었다.

"나와 그녀의 관계 말입니다."

"그건 내 힘으로 어쩔 수 없습니다. 하지만 당신을 끌어들이지 않으려고 노력하고 있습니다. 지방 검사는 이 사건에 당신 이름이 드러나지 않도록 할 겁니다. 재판에서 살해 동기를 설명하면 문제가 되겠지만요."

버크의 목소리가 당당해지기 시작했다.

"바로 그 점에 관해 메이슨 씨와 상의하고 싶었습니다. 지방 검사는 매우 공정한 사람입니다. 재판이 있기 전에는 내 이름을 들먹이지 않을 거고요. 그러니 재판으로 진행되지 않도록 메이슨 씨께서 손을 써줄 수 없겠습니까?"

"어떻게요?"

"그녀를 설득하여 2급 살인을 인정하도록 하는 겁니다. 당신은 아직 그녀의 변호인입니다. 그런 용건이라면 지방 검사는 메이슨 씨가 그녀를 면회할 수 있도록 해줄 겁니다. 방금 지방 검사와 이야기가 됐습니다."

메이슨이 딱 잘라 말했다. "어림도 없는 소리! 당신이 피해를 보지 않도록 애쓰고 있기는 하지만 그건 내 방식으로 합니다. 당신은 당분간 숨어 지내야 합니다."

"충분히 사례하겠습니다." 해리슨 버크가 정중하면서도 매끄러운 목소리로 말했다. "현금 5천 달러입니다. 더 드릴 수도 있고요."

페리 메이슨은 수화기를 쾅 소리가 나도록 내려놨다.

변호사는 실내를 왔다 갔다 했다. 십오 분에서 이십 분쯤 지났을 때 다시 전화벨이 울렸다.

메이슨이 수화기를 집어 들자 폴 드레이크의 목소리가 흘러나왔다.

"자네가 찾고 있던 사내의 소재지를 알아낸 것 같아. 벨버디어 아파트에 해리 로링이라는 사람이 있어. 그 사람의 아내는 일주일 전쯤 그를 떠났는데, 자기 어머니와 함께 지내러 갔다더군. 그 사람을 붙잡고 싶나?"

"그걸 말이라고 해? 당장 붙잡고 싶군! 나와 함께 가줄 수 있나? 증인이 필요할 것 같거든."

"알겠어. 혹시 자네 차가 없으면 내 차로 같이 가도 좋고."

"따로 가지. 두 대가 필요해질지도 모르니까."

18

해리 로링은 쉴 새 없이 눈을 깜빡거리고 혀끝으로 연신 입술을 적시는 버릇이 있는, 마르고 신경질적인 남자였다. 그는 끈으로 묶은 커다란 트렁크 위에 걸터앉아서 폴 드레이크에게 고개를 가로저었다.

"아뇨, 잘못 아셨네요. 난 미혼입니다."

드레이크는 메이슨을 쳐다봤다. 메이슨은 보일 듯 말 듯 어깨를 으쓱했고, 드레이크는 그걸 계속하라는 신호로 해석했다.

"노마 베이치라는 사람을 아나?"

"전혀요." 로링이 혀로 입술을 날름 핥으며 대답했다.

"이사를 하는 건가?"

"네, 여기 방세를 감당할 수가 없어서요."

"결혼한 적이 없단 말이지?"

"네, 전 독신입니다."

"어디로 이사하나?"

"모르겠습니다, 아직까지는요."

로링은 눈을 껌뻑이면서 드레이크와 메이슨의 얼굴을 차례로 쳐다봤다.

"선생님들은 경찰인가요?"

"우리가 누군지는 신경 쓰지 말고. 지금 자네에 관해 이야기하는 중이니까." 드레이크가 말했다.

"네, 알겠습니다." 로링은 그렇게 대답하고 입을 다물어버렸다.

드레이크는 재빨리 메이슨을 곁눈질한 뒤 계속 질문했다.

"꽤나 서둘러서 짐을 싸고 있던 모양이군."

로링이 어깨를 으쓱했다. "뭐, 그렇게 보이나요? 챙길 짐도 별로 없어서."

"이봐, 거짓말로 속이려고 해도 소용없어. 조사하면 사실이 다 드러난단 말이야. 자네, 한 번도 결혼한 적이 없다고 했지? 사실인가?"

"네, 맞습니다. 독신이라고 아까 말씀드렸잖습니까?"

"그래? 그런데 이웃들은 자네가 결혼했다고 하더군. 일주일 전까지 자네 부인이라는 여자와 이 아파트에서 함께 살았다던데?"

로링이 몹시 빠르게 눈을 껌뻑거렸다. 신경질적으로 트렁크 위에서 몸을 움직였다.

"결혼한 건 아닙니다."

"그 여자는 얼마나 오래 알고 지냈나?"

"이 주 정도요. 그 여자는 레스토랑에서 종업원으로 일하고 있었습니다."

"어느 레스토랑이지?"

"이름은 까먹었습니다."

"여자의 이름이 뭔가?"

"로링 부인이라고 불리죠."

"그건 알고 있네. 본명이 뭔가?"

로링은 얼른 대꾸하지 않고 혀로 입술을 날름 핥았다. 그의 눈은 방 안을 이리저리 방황했다.

"존스입니다. 메리 존스."

드레이크가 빈정대는 듯한 웃음을 터뜨렸다.

로링은 잠자코 있었다.

"여자는 지금 어디에 있나?" 드레이크가 불쑥 물었다.

"모릅니다. 절 버리고 떠났거든요. 다른 남자와 함께 가버린 것 같습니다. 싸움을 했던 터라……."

"뭐 때문에 싸웠나?"

"네? 모르겠습니다. 그냥 싸웠습니다."

드레이크는 다시 한번 메이슨을 훔쳐봤다.

메이슨이 나서서 대화를 이끌었다.

"자네, 신문은 읽나?" 메이슨이 물었다.

"가끔 봅니다. 자주 보는 건 아니고요. 1면만 가끔 보는 편이죠. 그다지 흥미가 없어서요."

메이슨은 양복 안주머니로 손을 넣어 조간신문에서 잘라낸 조각 몇 장을 꺼냈다. 그리고 노마 베이치의 사진이 실린 조각을 펼쳤다.

"이 여자가 자네와 함께 이곳에서 살던 사람인가?"

로링은 사진을 제대로 보지도 않고 고개를 세차게 저었다.

"아니요, 그 여자가 아닙니다."

"제대로 보지도 않았잖아. 잘 보기나 하고 부인하게나."

메이슨은 로링의 눈앞으로 사진을 들이밀었다. 로링은 신문 조각을 받아 들고, 십여 초쯤 사진을 들여다봤다.

"아니요, 그 여자가 아닙니다."

"이번에는 마음을 정하기까지 꽤 시간이 걸렸군." 메이슨이 아픈 곳을 찔렀다. 로링은 아무 대꾸도 하지 않았다.

메이슨은 드레이크 쪽을 돌아보고 고개를 끄덕였다.

"아무튼 좋아. 그런 태도를 보인다면 대가도 치러야 할 걸세. 계속 거짓말을 하면서 우리가 자넬 보호해주길 기대하지는 말게나."

"거짓말이 아닙니다."

"이만 가세, 드레이크." 메이슨이 쌀쌀맞게 말했다.

두 사람은 방을 나와 등 뒤로 문을 닫았다. 복도에서 드레이크가 물었다.

"저 친구를 어떻게 생각하나?"

"저 친구는 겁이 많아. 그렇지 않았으면 화를 벌컥 내면서 남의 일에 참견하지 말라고 했을 거야. 과거에 떳떳하지 못한 일을 저질러서 법을 두려워하는 눈길로 날 쳐다보더군. 형사에게 들볶인 경험이 있었던 게 분명해."

"내가 생각한 것과 대충 비슷하군. 이제부터 어떻게 해야 하나?"

"이 사진을 들고 다니면서 아파트 주민들 가운데 알아보는 사람이 있는지 찾아보자고."

"이 사진은 그다지 잘 나오지 않았는데. 다른 사진을 얻을 수 없을까?" 드레이크가 물었다.

"우리가 시간이라는 적과 싸우고 있다는 걸 명심해. 이러는 중에도 무슨 일이 벌어질지 몰라. 난 이 게임에서 어떻게든 앞서 나가고 싶어."

"우리가 저 친구를 너무 얌전히 다룬 건 아닐까? 사납게 다그치면 무너질 것 같던데." 드레이크가 지적했다.

"다음에 갈 때는 그렇게 하지. 그보다 먼저 저 친구에 관한 정보를 좀더 입수하고 싶어. 그러고 나서 세게 쥐어짜면 대번에 얼굴이 노래지고 말 거야."

그때 계단을 올라오는 발소리가 들렸다.

"잠깐, 누가 오는 모양일세." 드레이크가 말했다.

어깨가 묵직하고 몸이 떡 벌어진 남자가 힘겹게 계단을 터벅터벅 올라와 복도로 들어섰다. 걸친 옷은 닳아서 반들거렸고 소매 끝이 해어져 있었다. 그런데도 그의 태도에는 의연한 데가 있었다.

"영장 송달인이야." 메이슨이 드레이크에게 속삭였다.

그 사내는 두 사람에게로 다가왔다. 과거에 경찰로 근무한 경험이 있어서인지 그의 태도에는 여전히 경관으로서의 분위기가 남아 있었다.

사내는 그들을 보며 말했다.

"두 분 중 해리 로링 씨가 있습니까?"

말이 떨어지기가 무섭게 메이슨이 한 걸음 앞으로 나섰다.

"네, 제가 로링입니다."

사내는 주머니에 손을 넣었다.

"아마 선생은 무슨 용건인지 알고 있을 겁니다. 소환장과 고소장 사본, 그리고 노마 로링 씨와 해리 로링 씨 사이의 소송에 대한 소환장 사본을 가지고 왔습니다. 여기서 소환장 원본을 선생께 보여드리죠. 그리고 소환장과 고소장 사본을 전달해드리고요."

영장 송달인은 어두운 웃음을 지었다.

"선생께서는 이미 잘 알고 계실 것 같군요. 이 소송에 이의가 제기될 일은 없는 듯했으니 선생께선 제가 올 걸 예상하고 있었겠죠."

메이슨이 서류를 받았다.

"그렇죠. 전 괜찮습니다."

"나쁘게 생각지 마십시오." 영장 송달인이 말했다.

"나쁘게 생각하지 않습니다." 메이슨이 대꾸했다.

영장 송달인은 돌아서서 소환장 원본 뒷면에 연필로 뭔가를 표기하더니 오랫동안 습관이 된 느릿느릿한 걸음걸이로 계단으로 향했다. 그가 계단을 내려가자, 메이슨은 드레이크 쪽으로 얼굴을 돌리며 씩 웃었다.

"이런 행운이 다 있군."

두 사람은 고소장 사본을 펼쳤다.

"이건 이혼이 아니라 혼인 무효 소송인데?" 메이슨이 말했다.

그들은 고소장의 주장을 읽어 내려갔다.

"이건 틀림없이 결혼 날짜겠군. 좋아, 그에게 돌아가지."

그들은 로링의 집 문을 두드렸다.

"누구시죠?"

"서류를 송달하러 왔습니다." 메이슨이 말했다.

로링은 문을 열다가 두 사람이 문밖에 서 있는 걸 보고 움찔하더니 소리쳤다.

"당신들이군! 아까 간 줄 알았는데."

메이슨이 어깨로 문을 밀치고 방 안으로 들어갔다. 드레이크가 그의 뒤를 따랐다.

메이슨이 영장 송달인에게 받은 서류를 들이밀었다.

"내 말 잘 듣게. 좀 이상해서 말이야. 우린 이 서류를 송달하러 왔고, 자네도 다 알고 있으려니 했지. 그런데 서류를 건네기 전에 당사자를 확인해야 해서 자네에게 결혼에 관해 질문했더니 자넨……."

로링이 열을 내며 말했다.

"아, 그런 거였습니까? 왜 그렇게 말하지 않았습니까? 맞아요, 그걸 기다리고 있었습니다. 그 사람들이 제게 서류가 올 때까지 기다렸다가 서류를 받자마자 여길 떠나라고 했어요."

메이슨은 넌더리가 난다는 듯 큰 소리를 냈다.

"진작 그렇다고 빨리 말해줬으면 귀찮은 일도 없었을 게 아닌가? 자네 이름은 해리 로링이고, 이 고소장에 기재된 날짜에 노마 베이치와 결혼했어. 틀림없겠지?"

로링은 상체를 쑥 내밀어 고소장에 기재되어 있는 날짜를 들여다봤다. 메이슨이 오른손 집게손가락으로 날짜를 가리켰다.

로링이 고개를 끄덕였다. "틀림없습니다."

"그리고 이날부터 별거를 시작했네. 그것도 틀림없겠지?"

메이슨은 다음에 기재된 날짜로 집게손가락을 옮기며 물었다.

"틀림없습니다."

"좋아, 이 고소장에 의하면 자네가 결혼했던 날짜에 아직 이혼하지 않은, 살아 있는 다른 아내가 있었네. 따라서 결혼은 위법이며, 원고는 이 혼인을 무효화하길 원하고 있어."

로링은 또다시 고개를 끄덕였다.

"내 말 잘 듣게. 이게 확실한가?"

로링은 틀림없다는 듯 고개를 끄덕였다.

"틀림없습니다. 노마는 바로 그 이유로 결혼을 무효화하려고 합니다. 확실합니다."

"이게 사실인가?" 메이슨이 물었다.

"물론 사실입니다."

"그렇다면 자넬 중혼죄로 체포하는 게 내 임무가 되겠군."

로링의 얼굴에서 핏기가 사라졌다.

"그 사람이 귀찮은 일은 일어나지 않을 거라고 했는데요."

"누가 그러던가?"

"절 찾아온 변호사가요. 노마의 변호사라고 하면서요."

"자넬 속인 거야. 자네와의 결혼을 무효화하고, 노마를 몇 백만 달러를 유산으로 받을 상속인과 결혼시키려고 말일세." 메이슨이 딱 잘라 말했다.

"그 사람들도 그렇게 말하더군요. 하지만 제게는 귀찮은 일이 전혀 없을 것이며, 형식적인 절차 문제라고만 했어요."

"형식적인 절차 좋아하네! 자넨 중혼을 처벌하는 법률이 있다는 걸 모르나?"

"그런 게 있든 없든 간에 전 중혼죄를 저지르지 않았다고요!" 로링이 항변했다.

"아니, 자넨 중혼죄를 저지르고 있네. 여기에 분명히 적혀 있잖나. 변호사의 서명이 들어가고 노마의 선서가 들어간. 바로 여기에 자넨 노마와 결혼할 때 살아 있는 다른 아내가 있었고, 그 여자와 이혼하지 않았었다고 말일세. 따라서 우린 자네에게 경찰청으로 동행해줄 것을 요청하는 바이네. 자네가 이 문제로 꽤나 곤욕을 치를 것 같군."

로링은 신경질을 내기 시작했다.

"이건 사실이 아닙니다." 로링이 마침내 진실을 털어놨다.

"사실이 아니라는 게 무슨 뜻인가."

"말 그대로 사실이 아니라는 겁니다. 전 이전에 결혼했던 적이 없다고요. 노마도 알고 있습니다! 변호사도 알고 있고요! 우린 이야기를 나누고 협상했습니다. 그들은 이혼을 하려면 오랜 시간이 걸리니까 기다릴 수가 없다, 그러나 노마는 그 남자와 결혼할 행운이 찾아왔으니 이러한 소송을 제기하는 걸 양해해주면 제 몫을 좀 떼어주겠다더군요. 그런 후에, 살아 있는 또 다른 아내가 있었지만 노마와 결혼할 당시에는 이미 이혼한 것으로 생각했다고 주장하는 답변서인지 뭔지를 제출하면 된다고 했고요. 그렇게 하면 전 죄를 지은 게 되지 않고, 노마는 결혼을 무효화할 수 있도록 일이 잘 풀릴 거라고 했죠. 변호사가 그런 내용의 답변서를 미리 작성해 왔고, 전 거기에 서명만 했습니다. 변호사가 내일 그걸 제출할 거라고 하더군요."

"그런 다음 서둘러서 혼인을 무효화하겠다는 건가?"

메이슨이 묻자 로링이 고개를 끄덕였다.

"음, 이것 보라고. 사실을 캐내려는 사람들을 속이려 해봤자 자네에겐 아무런 이득이 없네. 처음부터 툭 털어놓고 이야기했으면 이런 수고를 하지 않아도 됐을 것 아닌가?"

"변호사가 절대로 말하지 말라고 해서요." 로링이 말했다.

"그 친구가 머리가 확 돌았나 보군. 이 일에 관해 우린 보고서를 제출해야 하네. 그러니까 자넨 지금 말한 것을 진술서로 작성해서 우리에게 넘겨주면 좋겠네. 그럼 그 진술서를 우리 보고서에 첨부해서 제출할 테니."

로링이 머뭇거렸다.

"그렇게 하기 싫으면 경찰청으로 가서 진술하든가." 메이슨이 슬쩍 겁을 줬다.

"아, 아닙니다. 진술서를 드리겠습니다."

"좋아." 메이슨은 수첩과 만년필을 주머니에서 꺼냈다. "거기 트렁크 위에 앉아 진술서를 작성하게. 처음부터 하나도 빠짐없이 써야 하네. 즉, 자네는 다른 아내를 둔 적이 없고, 노마가 급히 결혼을 무효화해야 하는 이유를 변호사가 자네에게 설명했으며, 막대한 유산을 상속할 남자와 노마가 결혼할 수 있도록 자네에게 다른 아내가 있다는 걸 인정하는 답변서를 미리 작성해서 찾아왔던 일을 말일세."

"그렇게 쓰면 귀찮은 일을 피할 수 있을까요?"

"그것만이 자네가 곤경을 벗어나는 유일한 길이야. 이런 걸 꼭 설명해줄 필요는 없지만, 자넨 자칫하면 심각한 상황에 처할 뻔했네. 우리에게 털어놨으니 망정이지, 그렇지 않았다면 자넬 경찰청으로 끌고 갈 생각이었다고."

로링은 한숨을 내쉬며 만년필을 받아 들었다.

"좋습니다."

그는 트렁크에 걸터앉아 힘들여 끄적거리기 시작했다. 메이슨은 두 다리를 넓게 벌리고 서서 두 눈을 로링에게 고정시킨 채 지켜봤다. 드레이크는 히죽히죽 웃으며 담배를 입에 물었다.

로링이 진술서를 작성하는 데는 오 분이 걸렸다. 그는 진술서를 메이슨에게 건넸다.

"이렇게 쓰면 되겠습니까? 이런 일에 익숙하지 않아서요."

메이슨은 진술서를 받아 들고 읽었다.

"잘했네. 서명을 하게."

로링이 진술서에 서명했다.

"좋아. 참, 그 변호사는 자네가 이곳을 떠나길 원했다고 했지?" 메이슨이 물었다.

"네. 그 사람이 제게 돈을 주면서 여기 있어서는 안 된다고 했죠. 누군가가 절 찾아낼지도 모르는 곳에 머무르지 않았으면 좋겠다면서요."

"그렇겠지. 자넨 어디로 갈 작정인가?"

"아마도 호텔요. 어떤 호텔인지는 상관없고요."

드레이크가 나섰다. "그래? 그럼 우릴 따라오게, 방을 잡아줄 테니까. 누군가가 자넬 찾아내면 귀찮을 수도 있으니 가명으로 투숙하는 게 좋을 걸세. 하지만 우리와는 연락이 끊어지면 안 돼. 혹시 그렇게 되면 곤란한 일이 생길 수도 있어. 다른 증인들 앞에서 이 진술서가 사실이라는 걸 인정하도록 자네에게 요청할 수도 있거든."

로링이 고개를 끄덕였다.

"그 변호사가 제게 당신들에 관해 말해줬어야 했어요. 일을 이따위로 하는 바람에 처참한 꼴을 당할 뻔했으니……."

메이슨이 동의했다. "당연히 그랬어야지. 경찰청으로 끌려가기라도 했다면 간단히 끝나지는 않았을 걸세."

"노마가 변호사와 함께 여기 왔었나?" 드레이크가 물었다.

"아니요. 그녀의 어머니가 먼저 왔습니다. 그런 다음 변호사가 찾아왔고요."

"그럼, 노마와는 만나지 않았나?"

"네, 그녀의 어머니만 만났습니다."

"알았네. 우리랑 함께 가세. 자네가 머물 호텔로 가서 방을 구해줄 테니. 자넨 해리 르그랜디라는 이름을 사용하는 게 좋겠군." 메이슨이 말했다.

"짐은 어떻게 할까요?" 로링이 물었다.

"짐은 우리가 맡겠네. 나중에 짐꾼을 보내도록 하지. 지금 가는 호텔의 짐꾼이 모든 일을 처리해줄 걸세. 자네는 그냥 호텔로 가기만 하면 돼. 우리에게 차가 있으니 지금 당장 가는 게 좋겠네."

로링은 입술을 핥았다. "정말이지 선생님들 덕분에 살았습니다. 여기에 앉아 서류를 가져올 사람을 기다리기만 하는 건 정말 괴로웠거든요. 나중에는 변호사가 자신이 하는 일을 제대로 알고 있는지 걱정이 되더라니까요."

메이슨이 대꾸했다. "그자는 잘하고 있었어. 다만 자네에게 말해줘야 할 것 두어 가지를 깜빡했을 뿐이지. 아마도 급하고 흥분해서 그랬던 것 같아."

"맞습니다. 몹시 흥분한 것 같더군요."

두 사람은 로링을 차로 데려갔다.

"리플리 호텔로 가세, 드레이크. 아주 편리한 위치에 있거든."

"아, 무슨 말인지 잘 알겠네."

그들은 말없이 차를 몰아 메이슨이 존슨이라는 가명으로 투숙하고 있는 리플리 호텔로 갔다. 메이슨은 프런트 직원에게 가서 말했다.

"이 사람은 내 고향인 디트로이트에서 온 르그랜디 씨입니다. 이곳에 며칠 묵고 싶다는군요. 나와 같은 층의 방을 하나 내줄 수 있겠습니까?"

직원은 투숙인 카드 색인을 훑었다.

"한번 보죠. 손님께선 518호실에 묵고 계신 존슨 씨죠?"

"맞습니다."

"522호실이면 되겠습니까?"

"좋군요. 그리고 가져올 짐이 좀 있는데 짐꾼에게 이야기해두죠."

메이슨과 드레이크는 로링과 함께 방으로 올라갔다.

메이슨이 로링에게 말했다. "좋아, 자넨 이곳에 있으면서 밖으로는 나가지 말게. 우리가 전화하면 곧장 받고. 우린 경찰청에 보고를 하러 가야 하네. 우리 보고를 듣고 나서 자네에게 두어 가지 더 질문을 하고 싶어 할지도 모르지만, 진술서를 가지고 있으니 걱정하지 않아도 되네. 자넨 아무 문제 없으니까."

"정말 감사합니다. 선생님께서 시키시는 대로 하겠습니다. 제가 자리를 잡는 대로 연락하라고 그 변호사가 말했는데, 그 사람에게 알려야 할까요?"

"아니, 그럴 필요 없어. 우리와 연락을 취하고 있으니까. 다른 사람과는 연락하지 말게. 따로 연락할 때까지 여기에 가만히 있어. 우리가 본부에 보고할 때까지는 아무것도 하면 안 되네." 메이슨이 말했다.

"알겠습니다. 시키시는 대로 하겠습니다."

두 사람은 밖으로 나와 문을 닫았다. 드레이크가 메이슨을 돌아보며 히죽 웃었다.

"아, 이런 행운이 다 있군그래! 이제 뭘 해야 하지?"

메이슨은 승강기를 향해 성큼성큼 걸어갔다.

"멋진 구경거리를 만들어봐야지."

"한판 제대로 해보자고." 드레이크가 맞장구쳤다.

메이슨은 로비에서 걸음을 멈추고 경찰청에 전화했다. 형사과의 시드니 드럼을 연결해달라고 부탁했다. 잠시 뒤, 드럼의 목소리가 들렸다.

"드럼인가? 나 메이슨일세. 벨터 사건에 관한 단서를 또 하나 찾아냈네. 그런데 자네의 협조가 있어야 할 것 같아. 이바 벨터를 체포할 기회를 줬으니까 이번에는 나에게도 기회를 주게."

드럼이 껄껄 웃었다.

"자네가 내게 그런 기회를 줬는지 어땠는지 잘 모르겠는 걸? 내가 그곳에 나타나자, 자넨 체포되는 걸 모면하려고 의뢰인을 내팽개쳤을 뿐이니까."

"글쎄, 그 점에 관해서는 이러쿵저러쿵해봤자 소용없어. 난 자네에게 기회를 줬고, 자넨 그것으로 공을 세웠으면 된 것 아닌가?"

"좋아, 원하는 게 뭔가?"

"호프먼 경사를 찾아서 엘름우드 드라이브 언덕 아래까지 나와주게. 자네들과 함께 벨터 저택으로 올라가고 싶네. 거기서 보여주고 싶은 게 있어서 말이야."

"글쎄, 경사님을 붙들 수 있을지 어떨지 모르겠네. 퇴근하셨는지도 몰라. 시간이 너무 늦었잖아."

"퇴근했다면 찾아서 데려와주게. 이바 벨터도 함께 데리고 오고."

"맙소사! 그건 쉽지 않아. 지금 데리고 나가면 사람들의 주의를 끌 거라고."

"몰래 데리고 나오면 될 것 아닌가? 걱정되면 원하는 만큼 경찰을 데리고 와도 좋아. 단, 소동은 피우지 말고."

"경사님이 어떻게 나올지 모르겠는걸. 눈곱만큼도 가능성이 없을 것 같은데."

"최선을 다해보게. 만약 호프먼 경사가 이바 벨터를 데리고 갈 수 없다고 하면 본인이라도 꼭 나와달라고 해주게. 그 여자도 함께 와줬으면 하지만 그게 안 되더라도 두 사람은 꼭 와줘야 하네."

"알았네." 드럼이 말했다. "별다른 일이 없는 한 언덕 아래에서 만나세. 경사님이 퇴근하지 않았으면 모시고 가도록 하지."

"아니, 그래선 안 되지. 내가 말한 대로 할 수 있는지 확인해주게. 오 분쯤 후에 내가 다시 전화를 함세. 자네들이 나올 수 있다면 언덕 아래에서 만나자고. 나올 수 없다면 헛수고할 필요도 없겠지."

"좋아, 그럼 오 분 후에." 드럼은 전화를 끊었다.

드레이크가 메이슨을 쳐다봤다.

"너무 무리하는 것 아닌가, 친구?"

"염려하지 말게. 충분히 감당할 수 있으니."

"자네가 무슨 일을 벌이는지 잘 알고 하는 건가?"

"그렇다고 생각해."

"그 여자의 변호를 위해 하려는 일이라면, 법정에서 깜짝 놀라게 할 수 있도록 경찰을 부르지 않는 게 나을 것 같은데?"

"이건 그런 변호와는 달라. 난 경찰이 입회해주길 바라네."

드레이크가 어깨를 으쓱했다.

"스스로 무덤을 파는 꼴이 될지도 몰라."

메이슨은 고개를 끄덕이고 담배 가게로 가서 담배를 샀다. 그러고는 오 분을 기다렸다가 드럼에게 전화했다.

드럼이 말했다. "호프먼 경사님을 만나 자네 생각을 전했는데, 이바 벨터는 데려가고 싶지 않다고 하더군. 자네가 함정을 설치해놓았을까 두렵다고. 교도소 주변에는 스무 명 이상의 기자들이 진을 치고 있고, 뒤를 밟히지 않고는 그녀를 어떤 곳으로도 이동시킬 수 없네. 경사님은 자기를 그곳으로 불러내어 신문이 대서특필할 사기를 쳐서 창피를 줄까 봐 걱정이 된다는 거야. 그렇지만 나갈 마음은 있다고 했네."

"그렇게라도 한다니 다행이군. 엘름우드 드라이브의 언덕 아래에서 만나세. 우린 뷰익 쿠페 안에서 기다리고 있겠네."

"알았네. 우린 오 분 후에 출발하겠네." 드럼이 말했다.

"그럼 이따 보세나." 메이슨은 그렇게 말하고 수화기를 가만히 내려놨다.

19

네 명의 사내가 벨터 저택의 현관 포치 계단을 씩씩하게 올라갔다.

호프먼이 미간을 찌푸리며 메이슨에게 말했다. "이보라고, 묘한 짓거리는 안 되네. 이번 일에서는 자네를 신뢰하고 있으니까."

"그저 눈과 귀를 잘 열고 있기만 하면 됩니다. 그러다 내가 새로운 사실을 밝혀냈다는 생각이 들면 그 단서를 좇아가면 되고요. 반대로 내가 당신들을 속이려 든다는 생각이 들면 언제든 돌아가도 됩니다."

"공평하군." 호프먼이 말했다.

"시작하기 전에 몇 가지 확인해둡시다." 메이슨이 주의를 줬다. "난 언덕 아래에 있는 약국에서 벨터 부인을 만났습니다. 그리고 집까지 함께 올라왔고요. 벨터 부인은 열쇠는 물론 핸드백도 가지고 있지 않았어요. 집을 뛰쳐나왔을 때 다시 들어가려고 문을 잠그지 않았던 겁니다. 이 사실은 부인이 직접 내게 말해주기도 했죠. 하지만 내가 문을 열려고 할 때는 잠겨 있더군요. 잠금장치가 채워져 있었습니다."

드럼이 나섰다. "그 여자는 거짓말을 밥 먹듯 해대는 사람이야. 그 여자가 문이 열려 있었다고 하면 난 당연히 잠겨 있다고 생각할걸세."

"뭐, 어떻게 생각하든 상관없네." 메이슨은 고집스럽게 자기 할 말을 이어갔다. "하지만 그녀가 열쇠를 가지고 있지 않았다는 것과 빗속으로 뛰쳐나갔다는 것은 기억해두게. 그녀는 어떻게 해서든 다시 집에 돌아갈 방법을 생각해뒀어야 했지."

"경황이 없었을 수도 있지." 호프먼이 지적했다.

"그렇게 순진한 여자가 아닙니다." 메이슨이 반박했다.

"그래? 계속해보게. 다음은 뭔가?" 호프먼이 흥미를 드러내며 재촉했다.

"안으로 들어갔을 때, 우산 꽂이에 우산 하나가 있었는데 젖어 있더군요. 우산에서 흘러내린 빗물이 아래쪽 바닥에 고여 있었고요. 경사님도 집 안으로 들어섰을 때 봤을 겁니다."

호프먼의 눈이 가늘어졌다.

"그래, 지금 생각해보니 분명히 그랬네. 그게 어쨌다는 건가?"

"아무것도 아닙니다. 아직까지는요." 메이슨은 그렇게 말하고, 손가락을 뻗어 초인종을 눌렀다.

이삼 분쯤 기다리자 집사가 문을 열고 네 사람을 멍하니 쳐다봤다.

"칼 그리핀 씨는 댁에 계십니까?" 메이슨이 물었다.

집사가 고개를 가로저었다. "아니요, 나가셨습니다. 업무 약속이 있으셔서요."

"가정부 베이치 부인은 계십니까?"

"네, 물론입니다."

"그녀의 딸 노마도?"

"네, 그렇습니다."

"좋습니다. 우린 벨터 씨의 서재로 올라갈 겁니다. 우리가 여기 있다는 사실을 아무에게도 말하면 안 됩니다. 아시겠죠?"

"네, 알겠습니다."

호프먼은 홀 안으로 들어서서 살인이 벌어졌던 밤에 우산이 세워져 있던 우산 꽂이를 면밀히 점검했다. 그의 눈은 깊은 생각에 잠겨 있었다.

드럼은 거의 들리지 않을 만큼 작은 휘파람을 신경질적으로 불고 있었다.

네 사람은 계단을 올라가 벨터의 시신이 발견된, 여러 개의 방이 연결된 곳으로 들어갔다. 메이슨은 전등 스위치를 켜고, 사방의 벽을 꼼꼼히 살폈다.

"다 같이 살펴봐주면 좋겠습니다."

"뭘 찾고 있는 건가?" 드럼이 물었다.

"총탄 자국일세." 메이슨이 대답했다.

호프먼이 끙 앓는 소리를 냈다. "그런 거라면 시간을 절약할 수 있네. 우린 각 방을 한 치도 빠짐없이 살펴보고, 사진도 찍고, 스케치도 해뒀으니까. 총탄이 구멍을 내지 않고 이곳을 빠져나갈 순 없네. 그리고 회칠이 벗겨진 곳도 전혀 없었고."

"잘 알고 있습니다." 메이슨이 말했다. "당신들이 이곳으로 출동하기 전에 나도 똑같은 흔적을 찾아봤지만 허사였죠. 하지만 한 번 더 수색했으면 합니다. 무슨 일이 벌어졌던 건지 난 분명히 알고 있지만 아직까지는 그걸 입증할 수가 없네요."

호프먼은 갑자기 의심스럽다는 듯 물었다. "이봐, 메이슨! 자넨 그 여자가 무죄라고 주장하려는 건가?"

메이슨은 돌아서서 경사의 얼굴을 마주 봤다.

"실제로 무슨 일이 벌어졌는지 보여주려는 겁니다."

호프먼이 이마를 찌푸렸다. "그건 내 질문의 답이 아니잖나. 자넨 그 여자를 석방시키려는 건가?"

"네."

"그럼 난 빠져야겠군." 호프먼이 말했다.

"아니, 빠지시면 안 될 텐데요? 모든 신문의 1면에 형사님의 사진이 실릴 기회를 드릴 참이거든요."

"내가 염려하는 게 바로 그걸세. 쭉 지켜본 바에 의하면 자네 영악한 사람이야, 메이슨."

"좋습니다. 쭉 지켜봤다면 내가 친구들을 배반한 적이 없다는 것도 알겠군요. 시드니 드럼은 내 친구입니다. 그런데 이 친구를 이곳으로 나오게 했습니다. 만약 이게 경찰에게 한 방 먹일 함정이었다면, 내가 전혀 알지 못하는 사람이 나오도록 했을 겁니다."

호프먼은 마지못해 메이슨의 주장을 인정했다.

"흠, 그렇다면 조금만 더 이곳에 있어보지. 하지만 수상한 짓은 하지 말게. 자네가 무엇을 노리고 있는지 알고 싶네."

메이슨은 욕실을 빤히 쳐다보며 서 있었다. 욕실 바닥에는 조지 벨터의 시신이 발견된 위치가 분필로 표시되어 있었다.

갑자기 메이슨이 소리 내어 웃었다.

"이런, 제기랄. 제대로 당했군!"

"뭐, 재미있는 일이라도 있나?" 드럼이 물었다.

메이슨이 호프먼 쪽으로 고개를 돌렸다.

"경사님, 이걸로 확신이 섰으니 보여드리겠습니다. 베이치 부인과 그 딸을 불러주실까요?"

호프먼은 미심쩍다는 표정을 지었다.

"그 모녀를 불러서 어쩔 셈인데?"

"몇 가지 질문을 하려고요."

호프먼이 고개를 가로저었다.

"안 돼. 더 자세히 설명하기 전까지는 그렇게 할 수 없어."

"이건 속임수 따위가 아닙니다, 경사님." 메이슨이 끈질기게 주장했다. "경사님은 가만히 앉아서 제가 하는 질문들을 들어주십시오. 그러다가 선을 넘었다고 판단되면 언제든지 질문을 중지시키면 됩니다. 정말 융통성 없으시네요! 아, 제가 만약 경사님을 엿 먹일 작정이었다면, 경사님을 배심원단 앞으로 끌어내고 그곳에서 증거를 들이대 놀라 자빠지게 만들었을 겁니다. 뭐 때문에 굳이 경찰을 불러내서 제가 할 변호의 요지를 드러낸단 말입니까?"

호프먼은 잠시 생각하고 나서 말했다. "이치에 맞는 이야기로군." 그러고는 드럼에게 말했다. "아래층으로 내려가서 모녀를 찾아 데려오게."

드럼이 고개를 끄덕이고 방을 나갔다.

폴 드레이크가 호기심 어린 눈길로 메이슨을 빤히 쳐다봤다. 메이슨의 얼굴에는 아무 표정도 떠오르지 않았다. 드럼이 방을 나간 후 문밖에서 어수선한 발자국 소리가 들릴 때까지 몇 분 동안 말도 하지 않았다. 이윽고 문이 열리고 드럼이 두 여자를 서재로 데리고 왔다.

베이치 부인은 여느 때와 다름없이 음침했다. 그녀는 칙칙한 검은 눈으로 방 안에 있는 남자들을 관심 없다는 듯 슬쩍 둘러봤다. 그러고는 특유의 질질 끄는 걸음으로 걸어왔다.

노마 베이치는 몸에 딱 달라붙는 드레스를 입고 있어 몸매가 훤히 드러나 보였다. 자신에게 남자들의 눈길을 끄는 매력이 있다는 걸 잘 알고 있는 표정으로 남자들의 얼굴을 차례로 빤히 쳐다보며 도톰한 입술에 살짝 미소를 지었다.

메이슨이 말했다.

"두 분께 몇 가지 묻고 싶은 게 있습니다."

"또요?" 노마 베이치가 말했다.

"베이치 부인, 따님과 칼 그리핀의 약혼에 관해 얼마나 알고 있습니까?" 메이슨은 노마의 말을 묵살하고 물었다.

"약혼한 것은 알고 있어요."

"혹시 어떻게 연애했는지 아십니까?" 메이슨이 물었다.

"사람이 약혼할 정도면 보통 연애를 했었겠죠." 베이치 부인은 허스키한 목소리로 대답했다.

"아니, 난 보통 사람들의 연애에 관해 이야기하고 있는 게 아닙니다. 내 질문에 제대로 대답해주시죠. 따님이 이 집에 오기 전에 그리핀 씨와 어떻게 만났는지 아는 바가 있습니까?"

푹 꺼진 어두운 눈동자가 잠시 동안 노마 쪽으로 향했다가 다시 메이슨의 얼굴로 되돌아왔다.

"아니요, 이곳에 오기 전까지는 아니었어요. 노마가 이곳에 온 후에 서로 알게 된 겁니다."

"따님이 결혼했다는 건 알고 있었습니까?" 메이슨이 물었다.

아무런 감정이 담기지 않은 베이치 부인의 눈이 메이슨의 얼굴을 똑바로 쳐다봤다.

"아니요, 우리 딸애는 결혼한 적이 없어요." 베이치 부인이 맥 빠진 목소리로 대답했다.

메이슨이 갑자기 노마 쪽으로 질문의 화살을 돌렸다.

"어떻습니까, 베이치 양? 당신은 결혼한 적이 있습니까?"

"아직 안 했죠. 곧 할 예정이잖아요. 제가 결혼했는지 어떤지가 조지 벨터의 죽음과 무슨 관련이 있는지 도통 모르겠네요. 당신들이 살인 사건에 관해 묻는다면 당연히 대답을 해야겠지만, 제 사적인 문제까지 개입해도 된다는 건 아니에요."

"당신은 기혼자인데 어떻게 칼 그리핀과 결혼할 수 있죠?"

"결혼하지 않았다니까요. 이런 무례한 말을 더는 그냥 참고 넘기지 않겠어요."

"그건 해리 로링의 말과는 다르군요." 메이슨이 말했다.

노마는 눈썹을 살짝 움찔거렸을 뿐, 표정에는 조금도 변화가 없었다.

"로링이라니요?" 노마는 지독히도 침착한 목소리로 물었다. "그런 남자의 이름은 들어본 적도 없어요. 어머니는 로링이라는 남자 이름을 들어본 적이 있어요?"

베이치 부인이 이마를 찌푸렸다. "글쎄, 기억이 나질 않는구나, 노마. 내가 사람 이름을 잘 못 외우긴 하지만 로링이라는 이름은 전혀 모르겠다."

"어쩌면 내가 두 분에게 상기시켜드릴 수 있겠군요. 로링은 벨버디어 아파트에 살고 있습니다. 312호에요."

노마 베이치가 다급하게 고개를 가로저었다. "뭔가 잘못된 게 분명해요."

페리 메이슨은 주머니에서 이혼소송의 소환장과 고소장 사본을 꺼냈다.

"그렇다면, 이 고소장이 사실이라는 걸 어떻게 인정했는지 설명해줄 수 있겠죠? 고소장에는 당신이 해리 로링과 결혼식을 올렸다는 걸 선서하고 증언했던데요."

노마 베이치는 서류를 힐끗 쳐다보고 얼른 어머니에게로 눈길을 돌렸다. 베이치 부인의 얼굴에는 아무 표정도 드러나지 않았다.

노마가 속사포처럼 말을 쏟아내기 시작했다.

"당신이 그 사실을 알아냈다는 게 화가 나지만, 발각됐으니까 털어놓는 게 좋겠죠. 난 칼에게 그 사실을 알리고 싶지 않았어요. 결혼했지만 남편과의 사이가 좋지 않아 헤어졌거든요. 이 집으로 와서는 결혼 전의 성을 썼고요. 칼과 만난 뒤, 우리 두 사람은 첫눈에 사랑에 빠졌어요. 우린 벨터 씨가 화를 낼 거라는 걸 알고 있었기 때문에 약혼 사실을 발표할 엄두를 내지 못했죠. 하지만 벨터 씨가 돌아가시고 나서는 그걸 비밀로 할 이유가 없었어요.

난 남편이었던 로링에게 아내가 있다는 걸 알아냈어요. 그것이 우리가 갈라선 이유 중의 하나였고요. 변호사에게 이야기했더니 이 결혼 자체가 합법적인 게 아니라 무효화할 수 있다더군요. 난 그 일을 조용히 처리하고 싶었어요. 설마 누군가가 결혼 사실을 알아내거나 로링이라는 이름과 베이치라는 이름의 관계를 알아낼 줄은 꿈에도 몰랐어요."

"그리핀 씨의 말과는 다르군요." 메이슨이 말했다.

"당연히 그렇겠죠. 그이는 이 일에 관해 전혀 모르니까요."

메이슨이 고개를 저었다.

"그 뜻이 아닙니다. 그리핀 씨는 이미 자백했습니다. 우린 지금 그의 자백을 확인해서 당신이 방조범으로서 법적인 책임이 있는지, 아니면 단순히 상황에 휘말린 피해자인지를 밝히려는 겁니다."

호프먼이 한 걸음 앞으로 나섰다.

"이쯤에서 그만두는 게 좋을 것 같군, 메이슨."

메이슨이 호프먼을 돌아보며 간청했다.

"조금만 더 들어주십시오. 그러고도 중지하고 싶으시면 말리시고요."

노마 베이치는 불안한 눈길로 주변의 남자들 얼굴을 재빨리 훑어봤다. 베이치 부인의 얼굴은 단념이라는 가면을 쓴 것 같았다.

메이슨이 말했다. "사실은 일이 이렇게 된 겁니다. 벨터 부인은 남편과 말다툼을 벌였고, 권총으로 남편을 쐈죠. 그러고는 총을 쏜 결과를 확인도 하지 않고 돌아서서 도망쳤습니다. 총을 잘 모르는 여자들이 으레 그렇듯이 총을 쐈으니까 상대에게 맞았다고 지레짐작을 했던 거죠. 사실 그만치 떨어진 거리에서, 그것도 흥분한 상태에서 쏜 총탄이 제대로 표적에 맞을 확률은 아주 낮습니다.

부인은 돌아서서 계단을 뛰어 내려가 코트를 집어 들고 빗속으로 달려 나갔습니다. 베이치 양, 당신은 총소리를 들었고, 얼른 일어나서 옷을 입고 무슨 일이 벌어졌는지 보러 갔습니다. 그러는 동안 칼 그리핀이 차를 몰고 돌아와서 집 안으로 들어왔습니다. 비가 내리고 있어서 그리핀은 우산 꽂이에 우산을 꽂아 넣고 서재로 올라갔죠.

당신은 그리핀과 벨터의 목소리가 들려서 엿들었습니다. 벨터는 그리핀에게 자기 아내가 총으로 자기를 쐈다는 것과, 아내가 불륜을 저지른 증거를 잡았다는 이야기를 했죠. 벨터는 아내의 불륜 상대인 남성의 이름을 조카에게 언급했고, 이 일을 어떻게 처리하면 좋겠냐고 조카에게 물었습니다.

그리핀은 총격에 호기심을 보였고, 벨터에게 아내가 총을 쐈을 때처럼 욕실 문 안쪽에 서보라고 했습니다. 벨터가 그 자리에 서자, 그리핀은 권총을 들고 벨터의 심장을 꿰뚫었던 겁니다. 그러고는 권총을 내팽개치고 계단을 달려 내려가 현관문을 나가서 차에 올라타고 달아났습니다.

그리핀은 그럴듯하게 위장하려고 술을 잔뜩 퍼마시고, 집에 돌아오는 시각을 늦추기 위해 한쪽 타이어의 바람을 빼버린 채 간신히 차를 몰아 경찰이 출동한 이후에 돌아온 것처럼 한 겁니다. 오후에 나갔다가 막 돌아온 것처럼 가장한 거죠. 하지만 그는 현관에 우산을 놓아뒀던 걸 깜빡했고, 처음 들어왔을 때는 문이 열려 있었지만 위층으로 올라가면서 자물쇠를 채웠던 사실을 잊었습니다.

그리핀이 백부를 쏜 건 자기가 유언장에 의해 상속인이 된다는 걸 알고 있었기 때문에, 또 이바 벨터 자신이 남편을 쐈다고 여기고 있다는 걸 깨달았기 때문입니다. 흉기로 사용된 권총이 그녀에게 연결되고, 모든 증거가 그녀에게 불리하다는 걸 알았던 거죠. 스캔들이나 보도하는 황색 언론에서 그의 이름을 지우려고 하는 남자가 이바 벨터와 관련이 있다는 확실한 증거가 발견된 핸드백이 벨터의 책상 속에 들어 있었으니까요.

아가씨는 어머니와 함께 방금 목격했던 일에 대해서 이야기하고, 이거야말로 그리핀에게 입막음용 돈을 듬뿍 뜯어낼 수 있는 좋은 기회라고 생각한 겁니다. 살인범으로 처벌받든가 아가씨에게 유리한 결혼을 하든가, 둘 중 하나를 그리핀이 선택하게 하자는 결론을 얻었죠."

호프먼은 머리를 긁적거리며 얼떨떨한 표정을 지었다.

노마 베이치가 재빨리 어머니를 훔쳐봤다.

메이슨이 느릿느릿 말을 이어갔다. "지금이 아가씨가 솔직하게 사실을 털어놓을 마지막 기회요. 당신들 둘 다 사후종범이고, 따라서 살인범과 마찬가지로 기소될 처지입니다. 그리핀의 진술이 있으니 당신네들의 증언이 필요하지도 않고요. 계속 속임수를 쓰려거든 마음대로 하세요. 경찰 당국과 협력할 마음이 있다면 지금이 바로 그때입니다."

호프먼이 끼어들었다. "아가씨에게 딱 한 가지만 질문하겠습니다. 그럼 이 이야기는 끝이 나는 거요. 메이슨이 말한 대로의 일을, 또는 메이슨이 말한 것과 근본적으로 같은 일을 했습니까, 하지 않았습니까?"

노마 베이치가 작은 목소리로 대답했다.

"했어요."

마침내 감정의 불꽃을 피워 올린 베이치 부인이 분노가 가득 찬 눈길로 딸을 노려보며 소릴 질렀다.

"노마! 닥쳐, 이 바보야! 이게 속임수라는 걸 모르겠니?"

호프먼이 그녀를 향해 다가가며 천천히 말했다. "베이치 부인, 이게 속임수였는지 모르지만 따님의 진술과 부인의 반응은 이미 엎질러진 물입니다. 사실을 털어놓으시죠. 이제 부인에게 남겨진 일은 그것뿐입니다. 그렇지 않으면 난 당신들을 사후종범으로 다룰 겁니다."

베이치 부인은 혀로 입술을 핥으며 격렬하게 쏘아붙였다.

"이 등신 같은 딸년을 믿지 말았어야 했어! 얘는 이 일에 관해 아무것도 몰라요. 누가 업어 가도 모를 정도로 자고 있었으니까요. 총소리를 듣고 여기로 올라온 건 나였어요. 차라리 나와 결혼하자고 하고, 딸년에게는 아무 소리도 하지 않았으면 좋았을걸. 하지만 딸년의 팔자를 고칠 기회라고 생각해서 그렇게 했던 거라고요. 그런데 이런 꼴을 만들다니!"

호프먼은 메이슨을 빤히 쳐다봤다.

"엉망진창이로군. 벨터에게 맞지 않은 총탄은 어디로 사라진 거지?"

메이슨이 웃었다.

"경사님, 바로 그 문제가 처음부터 날 골탕 먹였습니다. 우산 꽂이의 젖은 우산과 잠긴 문이 내 머리를 괴롭혔고요. 어떤 일이 벌어졌는지는 머릿속에 그려졌지만, 어떻게 그런 일이 벌어질 수 있었는지를 파악하지 못했습니다. 난 총탄 구멍을 찾아서 방을 주의 깊게 조사했습니다. 그러다가 애초에 총탄 구멍이 있었다면 이번 범행을 저지르지 않을 정도의 머리가 칼 그리핀에게 있다는 걸 깨달았죠. 따라서 그 총탄에게 일어날 수 있었던 일은 단 한 가지밖에 없었던 겁니다. 모르시겠습니까?

벨터는 목욕을 하고 있었습니다. 이 욕조는 엄청나게 커서 물을 채우면 깊이가 60센티미터 이상 될 겁니다. 벨터는 몹시 화가 난 상태로 아내가 돌아오길 기다리고 있었죠. 욕조 안에 있을 때 아내가 돌아오는 소릴 듣고, 벌떡 일어나서 목욕 가운을 걸치고 얼른 올라오라고 고함을 지른 겁니다.

부부는 싸움을 했고, 부인이 남편을 쐈습니다. 벨터는 나중에 시신으로 발견된, 욕실 문 바로 안쪽에 서 있었습니다. 경사님께서 직접 문가에 서서 손가락으로 총탄이 날아간 궤적을 그려보시죠. 총탄이 빗나가면서 욕조 속으로 돌진했고, 욕조의 물이 총탄이 날아가는 힘을 저지한 겁니다.

그후 칼 그리핀이 집으로 돌아왔고, 벨터가 무슨 일이 있었는지 이야기해줬습니다. 그게 뜻하지 않게 자신의 사형 집행 영장에 서명을 한 꼴이 된 거고요. 그리핀은 이게 기회다 싶었겠죠. 조금 전 총이 발사됐을 때와 같은 자리에 벨터를 세운 그리핀은 장갑을 낀 손으로 권총을 집어 들어 벨터를 겨

냥해 한 발로 심장을 꿰뚫었고, 두 번째의 탄피를 집어서 주머니에 넣고는 권총을 떨어뜨린 후에 밖으로 걸어 나간 겁니다. 그렇게 하면 이야기가 딱 들어맞습니다. 그렇게 간단한 일이었죠."

20

아침 햇살이 페리 메이슨의 사무실 창문을 통해 쏟아져 들어왔다. 책상 앞에 앉은 메이슨은 수면 부족 탓에 핏발이 선 눈으로 맞은편에 앉은 폴 드레이크를 쳐다보았다.

"음, 이번 사건의 진상을 알아냈어." 드레이크가 말했다.

"말해봐."

"오늘 오전 6시쯤에 그 친구가 함락됐어. 밤새 닦달했다더군. 노마 베이치는 그 친구가 끈질기게 버티는 걸 보고는 자백을 번복하려고 했어. 그리핀을 함락시킨 건 가정부였지. 그 여자, 참 특이하던데. 자기 딸이 입만 열지 않았더라면 세상이 끝날 때까지라도 버텼을 거야."

"그럼 가정부가 마지막에 그리핀의 적으로 돌아선 건가?"

"그래, 거기가 재미있는 부분이라니까. 그 여자는 온통 딸만 신경을 쓰고 있었어. 딸에게 좋은 사람을 엮어줄 기회가 있다고 생각했을 때는 오로지 그것만을 목표로 행동했지. 그러다가 그리핀이 덫에 걸리는 바람에 그의 편을 들어봤자 이득이 없을 뿐 아니라, 자기가 계속 거짓말을 하면 딸이 방조범으로 교도소에 갈 수도 있다는 걸 깨닫자 손바닥 뒤집듯 그리핀에게 불리한 증언을 했다더라고. 어쨌거나 가정부는 모든 사실을 알고 있었으니까."

"이바 벨터는 어떻게 됐나?" 메이슨이 물었다. "그녀를 위해 구속적부심사 신청을 해놓았는데."

"그건 이제 필요 없을걸. 7시쯤에 경찰이 그녀를 풀어줬을 거야. 그 여자가 여기 올 거라고 생각하나?"

메이슨이 어깨를 으쓱했다. "내게 감사하고 있는지 어떤지 모르겠네. 마지막으로 봤을 때는 날 저주하고 있었거든."

대기실 문이 살짝 열렸다가 다시 딸깍하고 닫히는 소리가 들렸다.

"저 문, 잠겨 있었던 거 아닌가?" 폴 드레이크가 물었다.

"관리인인지도 모르지."

드레이크가 벌떡 일어서서 단 세 걸음 만에 사무실 문까지 가서 확 열어젖히고 밖을 내다보더니 씩 웃었다.

"안녕, 스트리트 씨?"

델라 스트리트의 목소리가 대기실로부터 들려왔다.

"좋은 아침이에요, 드레이크 씨. 소장님은 안에 계신가요?"

"그래요." 드레이크는 그렇게 대답하고 문을 닫았다.

드레이크는 손목시계를 들여다보더니 변호사를 쳐다봤다.

"자네 비서는 꽤나 일찍 출근하는군."

"몇 신데?"

"아직 8시도 되지 않았네."

"9시까지는 출근하지 말라고 했는데…… 푹 쉬라고 말이야. 이번 사건 때문에 너무 많이 근무했거든. 그래서 구속적부심사 신청서도 내가 직접 타이핑했단 말이지. 한밤중이 다되어서 판사의 서명을 받아 송달했고."

"어쨌거나 경찰이 그 여자를 석방했으니 이제 영장은 필요 없게 됐군."

"꼭 필요할 때 손에 넣지 못하는 것보다는 필요하지 않아도 가지고 있는 게 훨씬 나은 법이야." 메이슨이 정색을 하고 말했다.

다시 한번 대기실 문이 열리고 닫혔다. 건물 안이 너무 조용해서 소리가 안쪽 사무실까지 전달됐다. 웬 남자 목소리가 들리더니 메이슨의 책상에 놓여 있는 전화기의 벨이 울렸다. 메이슨이 수화기를 낚아채서 귀에 갖다 대자 델라의 목소리가 흘러나왔다.

"해리슨 버크 씨가 찾아오셔서 소장님을 즉시 뵙고 싶답니다. 중요한 용건이라는데요."

사무실 아래층의 상가는 아직 영업을 시작하지 않아 조용했기 때문에 수화기에서 흘러나온 말이 드레이크의 귀에도 들어갔다.

"난 가볼게, 페리. 그리핀이 자백했다는 것과 자네 의뢰인이 석방됐다는 걸 알리려고 들렀을 뿐이니까."

"전해줘서 고마워, 폴." 변호사는 그렇게 말하고 복도로 나가는 문을 가리켰다. "저쪽으로 나가면 돼."

사립 탐정이 문밖으로 나가자 메이슨은 전화기에 대고 말했다. "들여보내줘, 델라. 드레이크는 막 나갔어."

메이슨이 수화기를 내려놓자마자 문이 열리며 해리슨 버크가 들어왔다. 얼굴 가득 웃음을 띠고 있었다.

"굉장한 솜씨였습니다, 메이슨 씨. 정말 놀랍다는 말 외에 달리 표현할 방법이 없군요. 신문은 온통 그 사건에 대한 기사로 가득합니다. 그리핀이 오늘 정오가 되기 전에 자백하리라고 예측했습니다."

"오늘 아침 일찍 자백했습니다. 자, 앉으시죠."

해리슨 버크는 안절부절못하더니 이내 의자에 앉았다.

"검사는 내게 무척이나 우호적이었습니다. 내 이름이 신문에 나지 않도록 해주고 있습니다. 사실을 알고 있는 유일한 신문은 그 사이비 신문뿐이죠."

"《스파이시 비츠》 말입니까?"

"네."

"좋습니다. 어떻게 해주길 바랍니까?"

"내 이름이 신문에 실리지 않도록 확실히 손을 써주셨으면 합니다."

"그런 문제라면 이바 벨터를 만나는 게 나을 겁니다. 그녀가 유산을 관리하게 될 테니까요."

"유언장 건은 어떻게 되는 겁니까?"

"유언장이 있건 없건 달라지는 건 없습니다. 우리 주의 법에 따르면, 유언이 있건 아니건 간에 자기 손으로 살해한 사람의 유산을 상속할 수는 없습니다. 이바 벨터는 유산에 대한 주장을 인정받지 못할 수도 있습니다. 그녀는 조지 벨터의 유언에 의해 상속인에서 제외됐으니까요. 그러나 그리핀이 그 유언장으로는 상속할 수 없으니 재산은 고인의 유산으로 남고, 이바 벨터는 유언장에 의해서가 아니라 아내로서, 생존하는 유일한 법적상속인의 자격으로 재산을 물려받게 됩니다."

"그렇다면 그녀가 신문사를 운영하게 되는 것이군요?"

"맞습니다."

"알겠습니다." 해리슨 버크가 양손의 손가락 끝을 마주 붙이고 말했다. "경찰이 그녀에게 어떤 조치를 취할지 알고 있습니까? 지금은 구류중인 것으로 알고 있습니다만……."

"한 시간쯤 전에 석방됐습니다." 메이슨이 말했다.

해리슨 버크가 전화기를 쳐다봤다. "실례지만 전화를 좀 써도 될까요?"

메이슨은 책상 위로 전화기를 밀어줬다.

"내 비서에게 번호를 알려주시면 됩니다."

해리슨 버크는 고개를 끄덕이고는 사진을 찍기 위해 포즈를 취하듯 침착하고 당당한 태도로 수화기를 들었다. 그러고는 델라에게 번호를 말하고 점잖게 기다렸다. 잠시 후, 수화기 속에서 빽빽거리는 소리가 들리자 해리슨 버크가 말했다.

"벨터 부인 계십니까?"

수화기에서 다시 빽빽거리는 소리가 들렸다.

해리슨 버크의 목소리는 기름에 푹 절여진 듯 매끄럽기 짝이 없었다. "부인께서 돌아오시면, 주문한 구두의 입고 소식을 전하기로 했던 사람이 연락했다고 전해주시겠습니까? 고객님께 맞는 치수의 구두가 지금 들어와 있으니 언제든지 가져가실 수 있다고요."

버크는 수화기에 대고 미소를 짓고, 마치 보이지 않는 청중을 향해 연설이라도 한 것처럼 머리를 한두 번 숙이고는 단한 치의 어긋남도 없는 매끄러운 동작으로 수화기를 내려놓더니 전화기를 책상 맞은편으로 도로 밀었다.

"감사합니다, 메이슨 씨. 도저히 말로 표현할 수 없을 정도로 선생께 깊이 감사하고 있습니다. 나의 정치적 경력이 통째로 위기에 처했었는데, 중대한 장애물이 제거된 것은 모두 선생의 지고한 노력 덕분이라고 생각합니다."

메이슨은 뭔가 애매한 인사를 짜증스럽게 웅얼거렸다.

해리슨 버크가 허리를 쭉 펴고 일어서서 조끼의 주름을 가다듬고 턱을 쑥 내밀었다. 그러고는 성량이 풍부한 목소리로 말했다.

"공무를 위해 생애를 바쳐 일하는 사람에게는, 어떤 수작을 부려서라도 자신의 목적을 이루고자 하는 정적의 출현을 막을 수 없습니다. 이런 상황하에서는 아무에게도 해가 되지 않는 극히 사소하고 분별없는 행동도 과장되고 악의로 해석되어 지면에 대문짝만하게 실리기 마련입니다. 난 오늘날까지 성심성의껏 공무에 봉사해왔고……."

페리 메이슨이 느닷없이 벌떡 일어서는 바람에 회전의자가 뒤로 밀려 벽에 부딪치며 쾅 소리를 냈다.

"연설을 듣고 싶어 하는 사람이 있을 테니 그때까지 아껴두시죠. 난 이바 벨터에게서 5천 달러를 지불받는 것으로 족합니다. 그리고 그 돈의 절반은 당신에게 받아야 한다고 그녀에게 권고할 작정이고요."

해리슨 버크는 변호사의 냉랭하고 거친 어조에 밀려 움찔했다.

"하지만 그건…… 이것 보십시오, 선생! 선생은 날 대리하고 있는 게 아니잖습니까. 선생은 살인 혐의를 받은, 그로 인해 생명까지 위협할 수 있는 중대한 오해에 관해서 벨터 부인을 변호한 것뿐입니다. 난 그 사건에 우발적으로 말려들었고, 그저 친구로서……."

메이슨이 즉시 반박했다. "난 그저 의뢰인에게 권고를 할 거라고 말한 것뿐입니다. 그리고 기억하실지 모르겠지만, 벨터 부인은 이제 《스파이시 비츠》의 소유주입니다. 《스파이시 비츠》가 무엇을 기사로 다룰 것인지 아닌지는 전적으로 그녀에게 달려 있죠. 더이상 당신을 이곳에 머무르게 할 용무는 없는 것 같군요, 버크 씨."

해리슨 버크는 심기가 불편한 듯 침을 꿀꺽 삼키더니 무슨 말이든 하지 않는 게 낫다고 생각했는지 입을 다물었다. 대신 오른손을 내밀려고 하다가 메이슨의 눈에서 번뜩이는 거부 의사를 읽고 슬그머니 허리 쪽으로 끌어당긴 뒤 말했다.

"아, 예, 그렇군요. 정말 고맙습니다, 메이슨 씨. 난 잠깐 들러서 감사의 뜻을 전하고 싶었습니다."

"조금도 신경 쓰지 않아도 됩니다. 그런 말은 그만두시죠. 그 문을 통해 복도로 나갈 수 있습니다."

메이슨은 책상 앞에 그대로 서서 정치인의 등이 문을 지나 복도로 나가는 것을 지켜봤다. 문이 닫힌 뒤에도 적의가 담긴 눈길로 그쪽을 싸늘하게 노려봤다.

대기실 문이 조용히 열렸다. 델라가 문간에 서서 메이슨의 옆얼굴을 지켜봤다. 그러다가 자신이 쳐다보고 있다는 걸, 심지어 자신이 방에 들어왔다는 것조차 메이슨이 모른다는 걸 깨닫고는 소리 없이 카펫을 가로질러 그의 곁으로 다가갔다. 두 손으로 메이슨의 어깨를 건드리는 델라의 눈에는 눈물이 그렁그렁했다.

"정말 죄송해요."

메이슨은 델라의 목소리가 들려오자 깜짝 놀라 고개를 돌리고 눈물에 젖은 눈을 내려다봤다. 두 사람은 몇 초 동안 아무 말도 하지 않고 서로를 빤히 쳐다봤다. 델라는 자신의 손아귀를 빠져나가려는 뭔가를 붙잡기라도 한 듯 메이슨의 양 어깨에 미친 듯이 매달렸다.

"제 생각이 모자랐어요, 소장님. 오늘 아침 신문을 읽고 너무 부끄러워서……."

메이슨은 기다란 팔로 델라를 감싸 안고 자기 쪽으로 끌어당겼다. 그의 입술이 델라의 입술을 지그시 눌렀다.

"다 잊어버려, 이 아가씨야." 메이슨이 멋대가리 없는 말 속에 부드러움을 한껏 담아 말했다.

"왜 설명해주지 않으셨어요?" 델라는 꽉 잠긴 목소리로 물었다.

"그런 것보다도……." 메이슨은 신중하게 단어를 고르며 천천히 말했다. "마음이 아팠던 건 설명하지 않으면 당신이 알아주지 못한다는 사실이었어."

"이젠 절대로, 제 목숨이 다 하는 날까지 절대로 두 번 다시 소장님을 의심하지 않겠어요."

문간에서 기침 소리가 들렸다. 아무도 알아차리지 못하는 사이에 이바 벨터가 대기실을 지나 사무실에 들어와 있었다.

"실례했어요." 이바가 냉랭한 목소리로 말했다. "내가 방해가 된 것 같은데, 메이슨 씨를 급히 만나야 해서요."

델라 스트리트는 뺨을 발갛게 물들이며 메이슨에게서 재빨리 떨어졌다. 그러더니 조금 전까지 그렇게 다정했으면서 지금은 분노의 불길이 활활 타오르는 눈으로 이바 벨터를 위아래로 훑어봤다.

페리 메이슨은 이바를 빤히 쳐다봤다. 그는 조금도 거리낄 게 없는 것처럼 행동했다.

"그래요? 이리 와서 앉으시죠."

"입술에 묻은 립스틱을 닦는 편이 좋겠어요." 이바가 심술궂은 말투로 말했다. 메이슨은 그런 말을 듣고도 이바를 뚫어져라 쳐다보기만 했다.

"립스틱은 그냥 둘 겁니다. 무슨 볼일이시죠?"

이바의 눈빛이 부드러워지며 메이슨에게로 다가왔다.

"내가 당신을 얼마나 오해하고 있었는지, 그게 얼마나 미안했는지를 꼭 알려드리고 싶어서……."

메이슨은 델라를 돌아보며 말했다.

"델라, 사건 파일들이 들어 있는 서랍을 열어줘요."

비서는 무슨 말인지 모르겠다는 눈으로 메이슨을 바라봤다. 그는 철제 서류 캐비닛을 가리켰다.

"서랍을 두 개만 열어봐요."

델라는 서랍을 열었다. 그곳에는 두꺼운 판지로 된 표지에 싸인 파일이 차곡차곡 꽂혀 있고, 파일마다 갖가지 서류들로 빽빽이 채워져 있었다.

"저게 보입니까?" 메이슨이 이바 벨터에게 물었다.

이바는 이마를 찌푸리며 메이슨을 쳐다보다가 고개를 끄덕였다.

"좋습니다. 저것들 모두가 사건입니다. 하나하나가 각각의 사건이고, 다른 서랍들도 전부 저것과 똑같이 사건들로 채워져 있습니다. 제가 다룬 사건들이죠. 대부분 살인 사건이고요.

부인의 사건이 모두 정리되면 저 안의 파일 가운데 하나로 자리 잡게 됩니다. 다른 파일들과 비슷한 크기로, 다른 것들과 비슷한 중요도로 말입니다. 제 비서가 부인에게 번호를 매길 거고요. 그러다가 어떤 필요가 생겨서 그때 그 사건을 어떻게 처리했는지 알아보고 싶은 생각이 들면 제가 스트리트에게 그 번호를 말할 테고, 그러면 그녀는 서류가 들어 있는 파일을 제게 갖다주겠죠."

이바 벨터가 이마를 찌푸렸다.

"왜 이러시죠? 기분이 나쁘신 거예요? 뭘 하시려는 거예요? 무슨 말씀을 하고 싶은 거냐고요?"

델라는 대기실로 통하는 문으로 걸어가 사무실을 나간 뒤 조용히 문을 닫았다. 메이슨은 이바 벨터를 똑바로 쳐다보며 말했다.

"부인이 이 사무실에서 어떤 입장에 서 계시는가 말씀드리는 것뿐입니다. 부인은 사건에 불과하고, 사건 이외의 아무것도 아니라는 점을요. 저 파일 안에는 수백 건의 사건이 들어 있고, 앞으로도 수백 건의 사건이 더 늘어날 겁니다. 당신은 이미 약간의 돈을 선금으로 지급했고, 나머지 5천 달러를 지불하기로 했습니다. 혹시 제 권고를 받아들일 생각이 있다면, 절반은 해리슨 버크에게서 받아내는 게 좋을 겁니다."

이바 벨터의 입술이 바르르 떨렸다.

"당신에게 감사 인사를 드리고 싶었어요. 이건 진심이라는 걸 믿어주세요. 제 가슴속 깊은 곳에서 나온 거라는 걸요. 전에는 당신에게 연극을 해 보였지만, 이번만은 진짜라고요. 정말로 고마워서 당신을 위해서라면 이 세상 어떠한 일이라도 다 해드리고 싶어요. 당신은 정말 굉장한 분이세요. 그런 이야기를 하려고 찾아왔더니, 당신은 절 마치 자살하고 싶어 실험실에 잘못 뛰어든 표본 취급하는군요."

이번에는 그녀의 눈에 진짜 눈물이 고였고, 그런 눈으로 메이슨을 안타깝게 쳐다봤다.

메이슨이 말했다. "아직 할 일이 많이 남아 있습니다. 문제의 유언장을 무효화하기 위해서는 그리핀이 1급 살인죄를 선고받도록 해야 합니다. 부인께선 이 일에 나서서는 안 되지만 싸움에는 가담해야 합니다. 그리핀이 쓸 수 있는 돈은 조지 벨터의 금고 속에 있는 것뿐입니다. 우린 그 돈을 쓰지 못하도록 해야 합니다. 지금 말한 것들은 이제부터 할 일의 일부입니다. 제가 없어도 일을 잘 헤쳐나갈 수 있을 거라고 생각하지 않도록 미리 말씀드리는 겁니다."

"전 그런 말 안 했어요! 그런 뜻이 아니었어요! 그런 생각조차 하지 않았다고요!" 이바 벨터가 다급하게 말했다.

"뭐, 어떻든 좋습니다. 그냥 주의를 드린 것뿐이니까요."

대기실로 통하는 문에서 노크 소리가 들렸다.

"무슨 일이지?" 메이슨이 물었다.

문이 열리며 델라가 재빨리 안으로 들어섰다.

"오늘 다른 사건을 맡으실 수 있나요?" 델라가 충혈된 메이슨의 눈을 바라보며 걱정스러운 듯 물었다.

메이슨은 머릿속의 안개를 털어버리려는 듯 머리를 흔들었다.

"어떤 사건인데?"

"잘 모르겠어요. 값비싼 옷차림을 하고 예쁘게 생긴 젊은 아가씨인데, 좋은 가정 출신인 것 같아요. 곤경에 처한 모양인데, 그게 무슨 일인지 입을 열려고 하지 않네요."

"토라진 모양이지?"

"토라졌냐고요? 음, 저 같으면 함정에 빠져 괴로워하는 것이라고 하겠어요."

메이슨이 씩 웃으며 말했다. "그 아가씨에게 호감을 가지고 있는 모양이군, 토라졌다고 하지 않는 걸 보면. 예감이 어때, 델라? 사건이 어떻게 진행될지에 대한 델라의 예감은 잘 들어맞는 편이잖아. 최근의 의뢰인을 봐도 그렇고."

델라는 이바 벨터를 쳐다보다가 황급히 얼굴을 돌려버렸다. 그런 다음 천천히 말했다.

"이분은 크게 상처를 받아서 마음속으로 화를 내고 있어요. 기품 있는 숙녀인데, 그게 좀 지나쳐 보여요. 마치…… 음, 그냥 토라진 것일지도 모르겠네요."

페리 메이슨은 무겁게 한숨을 내쉬었다. 그의 눈에서는 사나운 빛이 점점 사라지고, 이내 신중하게 흥미를 느끼는 듯한 기색이 그 자리를 차지했다. 손등으로 입술을 문질러 립스틱 자국을 지우고 델라에게 미소를 지었다.

"벨터 부인이 돌아가시는 대로 그 아가씨를 만날게요." 그러고는 이렇게 덧붙였다. "부인께선 곧 돌아가실 거야."

얼 스탠리 가드너

Erle Stanley Gardner

사망 당시를 기준으로 '20세기 미국에서 가장 많은 책이 팔린 작가'로 기록된 얼 스탠리 가드너는 1889년 매사추세츠 주 몰든에서 태어났다. 가드너는 17세 무렵 법률 사무소에서 타이피스트로 일하면서 법조계에서의 경력을 쌓기 시작했는데, 틈틈이 법률을 공부하여 1911년에는 변호사 자격을 취득하였다. 그의 주 고객들은 중국과 멕시코에서 온 이민자를 비롯해 대개 하층계급에 속하는 자들이었는데, 그럼에도 최선을 다해 변호하는 모습을 보이면서 약자들의 우군이라는 긍정적인 평판을 얻었다.

법정 미스터리의 황제

유능한 변호사로서 이름을 알리고 있던 가드너가 펄프 잡지에 작품을 투고하고자 마음먹은 것은 금전적인 이유 때문이었다. 그는 매일 법정에 서면서 한편으로는 도서관에서 자료를 조사하며 꾸준히 원고를 써 내려가는 데 여유 시간을 할애했다. 1921년에 단편 두 작품을 판매한 뒤에도 꾸준히 집필하여, 마침내 1923년에는 '찰스 M. 그린'이라는 필명으로 《블랙 마스크Black Mask》라는 펄프 잡지에 채용되었다.

가드너에게 작가로서 큰 성공을 불러다준 것은 단연코 '페리 메이슨' 시리즈다. 시리즈의 첫 작품은 1933년에 3월에 발표된 『벨벳 속의 발톱』으로 3천 부 이상이 판매되었다. 시리즈의 흥행에 박차를 가해, 같은 해 9월에 메이슨은 다음 작품인 『토라진 소녀The Case of the Sulky Girl』를 출간한다. 이후 '페리 메이슨' 시리즈는 중단편 모음집을 포함해 80여 권이 출간되었다.

시리즈의 주인공은 변호사 페리 메이슨인데 명석하고 논리적 사고력을 지닌데다가 하드보일드 주인공처럼 행동력까지 갖추고 있다. 본격과 하드보일드라는 두 개 하위 장르가 적절히 균형을 이룬 이 작품은 퍼즐 풀이에 충실하면서도 세련되고 경쾌하다. 덕분에 오랜 시간 미스터리 독자들의 사랑을 받아왔으며, TV 시리즈로도 여러 차례 제작된 바 있다.

이십 년 넘게 캘리포니아에서 개업 변호사로 일했던 경험을 증명하듯, 가드너의 작품에서 그의 풍부한 법적 지식 또한 빛을 발한다. '페리 메이슨' 시리즈에서도 첫 작품인 『벨벳 속의 발톱』을 포함해 몇몇 장편을 제외하면 법정에서의 재판 장면이 극의 클라이맥스를 장식한다. 이뿐만 아니라 가드너는 작품의 중심 플롯에서부터 세부 사항에 이르기까지 사실 관

계 여부를 꼼꼼히 확인하는 데에도 공을 들였다.[1]

소설 공장

가드너가 사망한 해까지 그의 책은 미국에서만 1억 3500만 권이 인쇄되었다는 기록이 남아 있는데, 이는 놀라울 만큼 왕성한 집필양의 결과라고도 할 수 있을 것이다. 스스로 '소설 공장'이라고 이르기도 했을 만큼 빠르게 작품을 써 내려가는 것이 가능했던 건 가드너 특유의 작업 방식 덕분이었다. 그는 딕터폰(구술 녹음기)을 여러 대 두고 구술하는 방식으로 초고를 기록하였는데, 그런 다음 세 명의 비서가 녹음된 것을 타이핑해 문서화했다. 그후 가드너가 직접 다시 타이핑하면서 수정하는 방식으로 작품을 완성하곤 했다.

가드너가 처음으로 두 편의 단편소설을 발표한 1921년으로부터 10주년이 되는 1932년까지 공개된 중단편의 수는 400편이 넘었다. 그가 한 해 집필하는 작품의 수는 많을 때에는 100편을 넘기기도 했으며, 유명 베스트셀러 작가의 반열에 오른 뒤에는 한 해에 장편소설을 다섯이나 출간하기도 했다.[11]

[1] 『블러디 머더』, 줄리언 시먼스 지음, 김명남 옮김, 을유문화사 펴냄, 2012.
[11] 『세계 미스터리 작가 사전(世界ミステリ作家事典)』, 국서간행회 펴냄, 1998.

얼 스탠리 가드너는 본명 외에도 A. A. 페어, 카일 코닝, 찰스 M. 그린, 칼턴 켄드레이크, 레 틸레이, 로버트 파 등 여러 가지 필명으로 수많은 작품을 발표했다. 그 가운데 A. A. 페어라는 이름으로 발표한 '버사 쿨과 도널드 램' 시리즈 또한 그의 대표적인 시리즈 중 하나이다. 그밖에도 범죄와 관련된 논픽션 『종심 재판소The Court of Last Resort』(1952)로 에드거상 최우수 범죄 실화 부문을 수상했다. 또한 1962년에는 미국추리작가협회로부터 그랜드마스터상을 수여받기도 했다.

작품 목록

페리 메이슨 시리즈 주요 작품[1]

The Case of the Velvet Claws (1933) - 『벨벳 속의 발톱』(하현길 옮김, 엘릭시르 펴냄, 2022)

The Case of the Howling Dog (1934)

The Case of the Caretaker's Cat (1935)

The Case of the Stuttering Bishop (1936)

The Case of the Lame Canary (1937)

The Case of the Empty Tin (1941)

---

[1] 장편소설만 82권이 출간되었으며, '페리 메이슨' 시리즈 중 단행본으로 묶이지 않은 단편소설도 다수 있다.

The Case of the Drowning Duck (1942)

The Case of the Careless Kitten (1942)

The Case of the Buried Clock (1943)

The Case of the Drowsy Mosquito (1943)

The Case of the Crooked Candle (1944)

The Case of the Half-wakened Wife (1945)

The Case of the Borrowed Brunette (1946)

The Case of the Lucky Loser (1957)

The Case of the Mythical Monkeys (1959)

버사 쿨과 도널드 램 시리즈 주요 작품 [II]

The Bigger They Come (1939)

The Knife Slipped (2016) [III]

Crows Can't Count (1946)

Some Women Won't Wait (1953)

Bachelors Get Lonely (1961)

Try Anything Once (1962)

Up for Grabs (1964)

All Grass Isn't Green (1970)

[II] 'A. A. 페어'라는 필명으로 30권의 장편소설이 출간되었다.
[III] 시리즈 두 번째 작품으로, 작가 사후에 발견된 원고가 뒤늦게 출간되었다.

더글러스 셀비 검사 시리즈

The D.A. Calls it Murder (1937)

The D.A. Holds a Candle (1938)

The D.A. Draws a Circle (1939)

The D.A. Goes to Trial (1940)

The D.A. Cooks a Goose (1942)

The D.A. Calls a Turn (1944)

The D.A. Breaks a Seal (1946)

The D.A. Takes a Chance (1948)

The D.A. Breaks an Egg (1949)

그 외

The Clew of the Forgotten Murder (1935, '칼턴 켄트레이크'라는 필명을 사용했다.)

This is Murder (1935, '찰스 J. 케니'라는 필명을 사용했다.)

Murder Up My Sleeve (1937, '테리 클레인' 시리즈)

The Case of the Turning Tide (1941, '그램프스 위긴스' 시리즈)

The Case of the Smoking Chimney (1943, '그램프스 위긴스' 시리즈)

Over the Hump (1945)

The Case of the Backward Mule (1946, '테리 클레인' 시리즈)

Two Clues (1947)

The Case of the Musical Cow (1950)

The Case of the Murderer's Bride and Other Stories (1969, 중단
편집)

The Amazing Adventures of Lester Leith (1980, 엘러리 퀸 엮음)

Dead Men's Letter (1989)

Honest Money (1989)

The Adventures of Paul Pry (1989)

The Blonde in Lower Six (1990, 중단편집)

The Danger Zone and Other Stories (2004, 중단편집)

The Casebook of Sidney Zoom (2006, 중단편집)

범죄 실화

The Court of Last Resort (1952)[1] - 에드거상 수상작

Cops on Campus and Crime in the Street (1970)

---

[1] 펄프 잡지 《아거시(Argosy)》에 연재된 동명의 실화 범죄 칼럼을 바탕으로 NBC에서 TV 시리즈
를 만들었는데, 여기에 가드너가 공동제작으로 참여했다. 그것을 가드너가 다시 책으로 엮은 것이다.

작가정보

몸과 두뇌, 두 가지로 사고하는 탐정의 등장 —

첫 번째 세계대전 후 이어진 '광란의 20년대Roaring Twenties'는 1920년대 미국을 지칭하는 대표적인 용어다. 전쟁을 겪으며 대국으로 올라선 미국은 이 시기에 경제적으로도 문화 예술적으로도 그야말로 폭발하듯 성장을 이루지만, 너무나 급격한 변화 탓에 가치관을 비롯한 행동 양식까지 혼란에 빠지기도 했다. 20년대 말 물질적 번영의 가운데에 맞이한 대공황은 대중을 혼란에 이어 어둠으로 몰아넣기 충분했으리라. 대공황 시기로 접어든 1930년대 미국인들에게 필요한 것은 전쟁의 공포와 경제적 번영에 따른 흥분과 새로운 문화로의 이전에 따른 삶에 정신적 안정과 질서를 가져다줄 '영웅'이었다. 현재까지도 미국의 대표적인 영웅으로 꼽히는 '슈퍼맨'의 등장은 어쩌면 필연적이었을 것이다. 페리 메이슨 또한 바로 이 시대 태어난 영웅 가운데 한 명이다.

정의의 투사, 법정의 영웅

페리 메이슨이라는 캐릭터의 전사前史는 그

다지 밝혀진 바가 없다. 작품 속에서도 눈앞에 놓인 활약상과 말이나 행동으로 표현되는 그의 성격뿐, 생긴 모습조차 정확하게 드러나지 않는다. 로스앤젤레스에서 형사사건을 전문으로 하는 변호사라는 타이틀을 제외하면, 소설로 직접 맞닥뜨리며 확인하는 것이 그를 알기 위한 가장 간단한 방법이다.

페리 메이슨이 처음 등장하는 작품은 『벨벳 속의 발톱』(1933)인데, "당신이 하는 일이 뭔데요, 메이슨 씨?"라는 의뢰인의 질문에 이렇게 대답한다. "전 싸웁니다!" 이 우스꽝스러울 정도로 단순하고 거친 대답은 페리 메이슨 자체를 정의하는 말과 다름없다. 그는 의뢰인을 위해서라면 어떤 희생이나 난관을 마다하지 않는다.

캐릭터 자신의 입을 통해 좀더 페리 메이슨이 어떤 인물인지 들어보자.

"난 돈을 받고 싸우는 검투사야. 의뢰인을 위해 싸운단 말이지. 의뢰인 대부분은 정직한 사람이 아니야. 그렇기 때문에 내게 의뢰를 하는 거고. 의뢰인들은 스스로 파놓은 함정에 빠져 허우적거려. 그들을 함정에서 벗어나게 해주는 게 나고." (본문 30쪽)

페리 메이슨에게 의뢰인의 무고함은 중요한 문제지만, 의뢰인이 공정하게 구는지 아닌지는 중요한 문제가 아니다. 그는 그것을 의뢰인에 대한 변호사의 의무이자 정의 실현이라고 생각한다. 작품 속에서 중요한 동료이자 친구로 등장하는 탐정 폴 드레이크에게 그는 이렇게 말한다.

> "그게 내가 살아가는 신조야, 폴. 난 변호사야. 곤경에 처한 사람들을 대리해서 그들이 곤경에서 벗어나도록 해주지. 난 시민의 입장이 아니라 피고인의 입장을 대리할 뿐이라고. 지방 검사는 시민의 입장을 대변하고 그에 가장 유리한 주장을 전개하지. 내 의무는 피고인의 입장에서 가장 유리한 입장을 주장하는 거야. 그런 다음 결정은 배심원단에게 맡기는 거지. 바로 이런 식으로 정의를 얻는 걸세." (본문 306쪽)

현재까지 이어진 페리 메이슨의 캐릭터는 온전히 통합되어 있지 않다. 소설의 성공 이후 영화와 드라마로도 널리 알려져 매체의 특수성에 맞게 새로 개발되기도 했기 때문이다. 아마도 소설 독자를 포함하여 일반 대중들의 머릿속에 남아 있는 페리 메이슨의 이미지는 TV와 영화 속의 그것에 기반하고 있을 가능성이 높다. 하지만 그의 모습이나 그를 둘러싼 인물 관계가 달라질지언정 그가 갖고 있는 '영웅적 특질'은 앞에서 언급한 그대로다. 약자의 편에 서서 자신의 안위와는 상관없이 언제나 그들을 보호하고 언제나 승리하는, 그야말로 전형적인 '영웅'의 모습이다. 의뢰인들은 이러한 페리 메이슨의 능력과 정의를 믿고 그를 찾는다.

현대에 활약하는 영웅상에 비춰보면 지나치게 단순하고, 구태의연하다 못해 신선하게 비칠 만큼 전형적인 캐릭터로 보일지 모르겠다. 하지만 그렇기에 모습을 바꿔가며 100년 가까이 대중들의 사랑을 받는 캐릭터가 되었는지도 모른다. 잊혀도 이상하지 않을 만큼 오랜 시간이 흐른 지금까지도 페리 메이슨은 살아남아, 과거 대중들의 사랑을 한껏 받았던 모습과는 또 다른 모습으로 드라마에 등장한다. '페리 메이슨'이라는 이름을 그대로 달고 등장한 드라마(HBO 제작)에서는 그가 변호사로 활동하기 이전 시기로 돌아가 변호사가 될 수밖에 없었던 사연을 포함하여 현대에 맞게 변화한 캐릭터의 모습과 함께 가려진 전사를 밝힌다. 현재 시즌 2까지 확정하며 아직까지 살아 있는 인기를 증명하고 있다.

하드보일드 × 추리 + 법정물 = 규격화된 시리즈 안에 담긴 재미

가드너의 '페리 메이슨' 시리즈는 스토리 구성과 전개가 매우 공식화되어 있는 편이다.

1. 뭔가 미심쩍어 보이는 의뢰인의 의뢰를 받는다.

2. 의뢰인(의 사건)을 조사하는 와중에 드러나지 않은 사실을 발견한다.

3. 새로운 사건이 벌어지며 일이 꼬이고 의뢰인(과 메이슨)은 궁지에 몰린다.

4. 메이슨은 (법정에서) 형세를 뒤집으며 진범과 진상을 밝힌다.

이것은 시리즈가 정교한 미스터리물보다는 기본적으로 '모험물'의 성격을 띠고 있기 때문이다. 가드너는 본디 황금시대 고전 미스터리에서 주류를 이뤘던 퍼즐 미스터리가 아닌, 하드보일드-누아르의 글쓰기에 더 익숙한 작가였기에, 사건에 얽힌 다채로운 정보들을 취합하여 추론하는 안락의자 탐정이 아니라 자신의 발로 뛰며 문제를 해결하고 난관을 몸으로 부딪쳐 깨는 하드보일드 탐정에 가까운 변호사를 주인공으로 내세웠다. 아니, 반대로 하드보일드적인 전개 속에서 퍼즐 미스터리의 재미를 추구했다고 말하는 편이 가까울지도 모르겠다.

'페리 메이슨' 시리즈의 장점은 빠른 전개에 따른 짧은 카타르시스의 연속이다. 머리를 굴리는 대신 인물들의 속도감 있는 대화와 정신없이 내달리는 메이슨의 등을 쫓다 보면 사건의 새로운 장면이 기다리고 있다. 장면과 장면은 작은 수수께끼로 이어져 있다. 그 수수께끼에 대한 해답이 반드시 올바른 길로 주인공을 이끄는 것은 아니지만 잘못 든 길목에 서서 난관에 빠진 채 다른 방책을 고민하는 주인공을 보는 것 또한 작품의 재미. 소소한 퍼즐과 빠른 전개는 '예측 불가능한' 맛이나 '대반전'이라는 강한 양념이 없더라도 미스터리를 충분하게 즐길 수 있게 한다.

'페리 메이슨' 시리즈는 많은 경우 사건의 진상을 쫓는 탐정의 활약과 불리한 조건에서 진범을 밝혀내는 변호사의 법정 싸움, 두 가지를 결합한 재미를 선사한다. 그래서 종종 법정에서의 장면이 클라이맥스로 치닫지만 『벨벳 속의 발톱』은 첫 작품이면서도 드물게 법정 신이 없는 작품이다. 변호사라기보다 하드보일드 탐정의 모험물의 색채가 유독 강한 편이다.

팜파탈 또는 안티히어로

의뢰인 때문에 곤경에 빠진 메이슨에게 유능한 비서이자 동료인 델라가 걱정하며 말한다.

> "그 여자가 정말 미워죽겠어요! 그런 여자는 아예 만나지 않았으면 좋았을걸. 그 정도 돈으로는 어림도 없어요. 열 배를 지불한다고 해도 모자랄 여자라고요. 제가 전에도 말씀드렸죠? 벨벳 속에 발톱을 숨긴 여자라고요!"(본문 224쪽)

제목인 '벨벳 속의 발톱'은 팜파탈을 직접적으로 가리킨다. 겉으로는 나긋나긋하고 부드러워 조심스레 쓰다듬어보고 싶지만 그 안에는 언제 뻗칠지 모르는 짐승의 발톱을 가지고 있는 인물. 『벨벳 속의 발톱』이라는 제목은 여기에서 그대로 따온 것인데, 주인공인 메이슨에 동화되어 작품을 읽다 보면 이바 벨터가 대체 왜 빌런이 아니라 의뢰인인 건지, 곤경에 처한 약자가 맞는지 끊임없이 자문하게 된다. 만약 우리가 델라였다면 처음부터 끝까지 밤고구마를 먹은 느낌이지 않았을까……. 그러나 한편으로, 이 작품의 재미 포인트를 생각해보면 결국 진상이 어떠했는지보다 이바와 메이슨이 밀고 당기는, 목적지는 같으면서도 다른 방향으로 달려가려고 하는 마음 안 맞는 이인삼각 게임에 있지 않나 하는 생각이 든다. 작품에서 진상은 크게 중요해 보이지 않고, 책을 덮고 난 뒤에 남은 것도 사건의 실체보다 팜파탈의 전형이라 할 수 있는 이바 벨터의 잔상이다.

팜파탈의 캐릭터는 (적어도 미국 대중문화에서 발현되어 현재까지 이어지는 이미지로 미루어 생각해보건대) 남성이 아니기에 될 수 없었던 영웅의 한 일면, 또는 일종의 안티히어로라고도 해석할 수 있으리라. 대공황 시기를 기점으로 많은 사람들이 실업자가 되었는데, 특히나 '바깥의 일터'에서 쫓겨난 것은 남성보다는 여성이 월등하게 많았다. 루스벨트가 뉴딜 정책을 내세우며 경제를 일으켜 세우기 위해 '집 안의 일터'에서 일하는 가사를 '노동'으로 받아들이지만 그것은 한편으로 남성이 사회를 일으키는 동안 여성을 집 안에 가두는 꼴이 되고 만다.

이는 대공황 이전 호황기에 맞춰 등장한 '신여성New Women'의 모습과 비교되며 대조적인 모습을 보인다. '플래퍼Flapper'라고 불렸던 이들 신여성은 과거의 수동적인 여성상에서 벗어나 남성의 전유물처럼 생각된 활동을 함께 즐기고 사회에 적극적으로 참여하며 성에 관해서도 자유분방했다. 1930년대를 전후로 발생한 미국 하드보일드-누아르의 팜파탈 이미지는 이러한 사회의 과도기적 여성상이 표출된 모습이라고 할 수 있을 것이다.

이바 벨터는 자신이 가진 재력이나 능력은 없지만 남성을 이용해 자신의 것으로 만들 줄 안다. 남성들은 보호해줘야 할 것만 같은 아름다운 모습에 홀려 접근하지만 발톱에 할퀴어 드러난 자신의 내장을 보며 당혹스러운 모습을 보였을 것이다. 이바에게는 적과 아군이 따로 없다. 그는 올곧게도 자신의 이익을 위해 움직일 뿐이다. 굳이 비교를 하자면, 델라는 오로지 메이슨을 위해 싸운다. 델라가 남성 사회에 편입된 여성인 반면, 이바는 현재의 사회에 편입하지 못하고 탈출을 위해 발버둥치는 여성 캐릭터라고 볼 수도 있으리라.

재밌는 것은, 이렇게 사회에 편입될 수 없는 이바를 메이슨이 의뢰인으로서 받아들이고 끝까지 그녀의 이익을 위해 애쓴다는 점이다. 메이슨이 이바에게 속아넘어가거나 성적 매력에 끌리거나 그녀의 삶을 인정한 것은 아니다. 오히려 인간으로서는 인정하지 않는 모습을 보인다. 그럼에도 의뢰인으로서 공정하게 대하고 자신을 위험으로 몰아넣으면서도 이바를 위해 분투한다. 그것이 자신의 정의라고 믿고 있었으므로. 물론 작가가 메이슨과 이바를 동등하게 대하는 것은 아니다. 이러한 사회적 관점을 의식했는지도 알 수 없다. 그러나 당시의 사회와 문화에 비추어 작품을 이리저리 해석해보는 것도 작품을 즐기는 또 하나의 방법이리라.

옮긴이 하현길

한양대학교 법학과와 서울대학교 행정대학원을 졸업하고, 고려대학교에서 행정학 박사과정을 수료했다. 한양대학교, 서울시립대학교, 숙명여자대학교 등에서 강의했고, 현재 서경대학교에서 행정학을 강의하며 번역가로도 활동하고 있다. 옮긴 책으로는 『프로파일러』, 『셜록: 크로니클』, 『셜록: 케이스북』, 『벤트 로드』, 『착탄점』, 할런 코벤의 『홀드 타이트』 등이 있다.

벨벳 속의 발톱
THE CASE OF THE VELVET CLAWS

초판 발행 2022년 12월 15일

지은이 얼 스탠리 가드너 | 옮긴이 하현길

책임편집 김유진 | 편집 임지호 이송
아트디렉팅·표지디자인 이효진 | 본문디자인 이보람
저작권 박지영 형소진 이영은 김하림
마케팅 정민호 이숙재 박치우 한민아 이민경 안남영 왕지경 김수현 정경주
브랜딩 함유지 함근아 김희숙 고보미 박민재 박진희 정승민
제작 강신은 김동욱 임현식 | 제작처 천광인쇄사

펴낸곳 (주)문학동네 | 펴낸이 김소영
출판등록 1993년 10월 22일 제2003-000045호

주소 10881 경기도 파주시 회동길 210
문의 031-955-2637(편집) 031-955-3578(마케팅) 031-955-8855(팩스)
전자우편 editor@elmys.co.kr | 홈페이지 www.elmys.co.kr

ISBN 978-89-546-9846-7 03840

엘릭시르는 출판그룹 문학동네의 장르문학 브랜드입니다.